용마검전

FANTASY FRONTIER SPIRIT

김재한 판타지 장편 소설

용마검전 10
김재한 판타지 장편 소설

초판 1쇄 찍은 날 § 2015년 5월 7일
초판 1쇄 펴낸 날 § 2015년 5월 14일

지은이 § 김재한
펴낸이 § 서경석

편집책임 § 박은정
디자인 § 신현아

펴낸곳 § 도서출판 청어람
등록번호 § 제387-1999-000006호
등록일자 § 1999. 5. 31
어람번호 § 제1-2117호

주소 § 경기도 부천시 원미구 부일로 483번길 40 서경B/D 3F (우) 420-822
전화 § 032-656-4452 팩스 § 032-656-4453
http://www.chungeoram.com
E-mail § chungeorambook@daum.net

ⓒ 김재한, 2014

ISBN 979-11-04-90224-6 04810
ISBN 979-11-316-9234-9 (세트)

※ 파본은 구입하신 서점에서 교환하여 드립니다.
※ 저자와 협의하여 인지를 붙이지 않습니다.
※ 이 책은 도서출판 청어람과 저작자의 계약에 의해 출판된 것이므로,
    무단 전재 및 유포 · 공유를 금합니다.

CONTENTS

Chapter 49 종족의 숙명 … 7

Chapter 50 어둠의 화신(化身) … 53

Chapter 51 개전(開戰) … 141

최종장 한사람 … 173

에필로그 … 257

후기 … 313

1

문득 레이거스가 고개를 들었다.
〈알마릭 녀석, 결국 죽었군.〉
"네?"
뜬금없는 말에 놀란 것은 키르엔이었다. 그는 탈진해서 축 늘어져 있었다.
극멸을 썼기 때문이 아니다. 극멸로 무한의 마수를 소멸시킨 직후, 용마기 피 흘리는 별이 파괴되면서 문제가 발생했다.
비유하자면 용마기 피 흘리는 별은 댐이었고 거기에 모인 마력은 저수지의 물이었다. 댐이 파괴되면서 그 안쪽에 모여 있던 마력이 무시무시한 기세로 터져 나왔다.
모인 마력 중에 극멸을 발동시키기 위해 소모된 마력은 고작해야 1할.

아무리 키르엔이 뛰어난 마법사라고 할지라도 용마기라는 제어 장치도 없이 그 어마어마한 마력을 다룰 수는 없었다. 키르엔은 필사적으로 그 마력을 이용, 사방팔방으로 마법을 날려서 대파괴를 일으켰고 덕분에 세 사람은 유유히 그 자리를 빠져나올 수 있었다.

레이거스가 말했다.

〈아마 아젤과 싸웠겠지. 흥, 치사한 녀석이야. 나랑 한판은 붙어보고 죽었어야지.〉

용마장군이 되기 전, 레이거스와 알마릭은 오랜 숙적이었다.

하지만 아득한 세월 동안 서로를 알고 지내오면서 어떤 때는 서로의 목숨을 노리는 적으로, 어떤 때는 기꺼이 등을 맡기는 전우로 지내왔던 둘 사이에는 다른 이들은 이해하기 어려운 복잡한 감회가 존재하고 있었다.

〈그래도 뭐, 그놈하고 다시 한 번 제대로 붙어보고 죽었으니 여한은 없었겠군.〉

그렇게 말한 레이거스는 한참 동안 말없이 먼 곳을 바라보았다. 아마도 알마릭이 아젤과 싸워 죽었을 그 방향을.

2

마왕 불세르크는 말했다.

"마족은 거짓을 말하지 않는다."

이 말을 아젤은 가당찮은 소리로 치부했다. 분명 마족은 거짓을 말하진 않지만 진실을 교묘하게 이용해서 파멸로 유도하는 존재였으니까.

그래서 아젤은 불세르크가 한 말을 전적으로 믿지는 않았다.

마족의 진실을 트집 잡을 생각은 없다. 그러나 불세르크를 안배로 만든 자의 의도에 대해서는 의심할 필요가 있었다.

불세르크는 말했다.

자신을 가둔 인물과 아젤에게 마족의 진실을 전하기 위한 안배로 만든 인물은 다른 인물이라고.

안배자는 인간이라고는 믿을 수 없을 정도의 마법사였다고.

"…지금 와서 생각해 보니 교묘하게 거짓을 피해가는 이야기였군. 가둔 것은 아테인, 안배로 만든 것은 아테인의 전생체. 그렇지 않나?"

용마전쟁 이전의 아테인이 불세르크를 잡아서 가두었다. 그리고 인간으로 전생한 아테인이, 그 생의 끝에서 깨어나서 미련을 정리하는 과정에서 불세르크를 아젤에게 메시지를 전하기 위한 안배로 만들었다. 아발탄에게 그다음을 부탁한 것은 아마도 레슈를 설득했던 시기의 일이리라.

그렇게 생각하면 앞뒤가 맞는다.

아젤이 말한 추측에 아테인이 대답했다.

"반만 맞았다."

"뭐?"

"나머지는 그대가 추측한 대로지만, 불세르크를 봉인한 것은 내가 아니라 발타자크였다."

"……."

"그 부분에 대해서는 불세르크는 전혀 거짓말을 하지 않은 셈이지."

아테인이 재미있다는 듯 웃었다.

아젤이 물었다.

"왜 그런 짓을 했나? 설마 진심으로 거시적인 관점에서 보면 세계는 위기에 처해 있고 너는 그것을 해결하기 위해 노력하고 있다……. 그렇게 말하면 내가 설득될 거라고 생각했나?"

"설마."

고개를 저은 아테인이 말을 이었다.

"하지만 아젤 카르자크, 나는 진심으로 그대와 하늘을 가르는 검을 필요로 하고 있다. 그렇기에 최소한 설득하기 위한 노력은 해야 한다고 여겼다. 그것 또한 내가 확인해야 하는 가능성이기 때문이지. 이것은 내가 그대에게 보이는 예의라고 받아들여 줬으면 한다."

설득되지 않을 거라고 생각하면서도 설득을 시도한다.

참으로 무의미해 보이는 행동이었지만, 아테인은 그렇게 생각하지 않았다. 이전에 자신과 싸워서 한 번 세계의 운명을 결정지었으며, 이 시대에 다시 한 번 그리할 아젤에게는 자신이 행동을 결정한 이유를 밝혀둬야만 했다.

"나와 아운소르, 발타자크는 마족에 대해서 오랫동안 연구해 오고 있었다. 마족의 정체, 그리고 그들로 인한 문제를 반드시 해명해야 한다고 여겼지."

긴 시간 동안 연구한 끝에 많은 것을 밝혀냈다.

마족이 어떻게 해서 탄생하는지도, 그들이 속한 지옥이라는 세계에 대해서도, 용마족이 발생하는 과정까지도.

"하지만 아직도 마족의 근본적인 발생 원인은 알아내지 못했다. 내가 존재하기 이전, 따라서 마법조차도 존재하지 않던 시절에 누가 지옥과 마족을 만들어냈는가……. 수많은 시행착오 끝에 최초의 마족을 찾아내는 데 성공했지만, 그도 그 이유는 모르더군."

"간단한 답이 있지 않나?"

아젤이 어깨를 으쓱하자 아테인이 고개를 갸웃했다.

"어떤 답 말인가?"

"신이 만들었다."

"……."

"아테인, 너는 어떤 의미에서는 신과 같은 존재지만 신은 아니지. 용마족의 기원을 알아내고, 그보다 더 거슬러 올라가서 마족의 기원을 탐구하고 있지만 세계의 시작을 아는 것은 아니지 않나? 아, 혹시 인간과 용의 기원에 대해서는 아나? 오크라든가 울프노이드라든가 하는 종족의 기원이라거나?"

"모른다. 확실히 내 연구는 마족과 지옥의 기원에서 멈춰 있지. 아직 그 이전의 일들은 구멍투성이 가설만 갖고 있다. 그건 앞으로 내가 탐구해야 할 과제겠지."

"그럼 애당초 세계가 그런 식으로 생겨먹었다고 생각할 수도 있겠지. 신을 직접 본 사람은 아무도 없지만 신들이 이 세계를 만들었다는 사실을 부정하는 사람은 별로 없으니까."

그 말에 아테인이 웃었다.

"부정할 수 없어서 슬픈 말이군. 지옥도, 마족이 되는 조건도 불합리하기 짝이 없지만 애당초 우리가 사는 세상도, 우리의 삶도 마찬가지니."

"그래서 그런 웃기지도 않는 계획을 세운 거 아니었나? 애당초 세상이 글러먹었다는 사실에 절망해서?"

"그 말이 맞다. 내가 이 결론에 도달하기까지 오랜 시간이 걸렸지. 그 과정을 그대에게 이해시키기란 참으로 어려운 일일 것이다. 적어도 이곳에서는 불가능할 것 같군."

"이해시켜 주길 바라지도 않는다. 빨리 남은 말이나 지껄이시지."

"그러도록 하지. 불세르크와 아발탄에게 들었겠지? 현세와 지옥이 겹쳐지면서 용마족이 발생하는 빈도가 점점 높아지고 있다."

아테인은 그 이유를 인구 증가와 죽음의 누적에서 찾아냈다.

"내가 용살의 의식을 만든 이후로, 인류의 영역은 지속적으로 늘어났다. 그만큼 인구도 증가했지. 마족의 발생 빈도가 가파르게 증가한 것은 당연한 결과였다."

여기서 치명적인 문제가 발생했다.

인간은 언젠가는 죽는다. 그리고 그들 중 일부는 마족이 된다.

그런데 마족에게는 죽음이라는 개념이 없다.

"없었다고 하는 편이 맞겠지만 그 이야기는 나중에 하도록 하지. 그대도 알다시피 마족은 소멸하지 않는다. 현세에 소환된 마족을 물리친다 한들 지옥으로 돌아갈 뿐이지."

발타자크가 불세르크를 봉인해 둔 것도 그래서였다. 그를 지옥으로 추방한다 한들 다른 누군가가 불러내면 똑같은 일이 반복될 뿐이니까.

"마족이 된 시점에서, 그들의 근본은 현세가 아니라 지옥에 있었다. 하지만 발타자크는 그들이 계약자를 파멸시켜서 그 육체를 손에 넣는다는 점에 착안해서 불세르크를 봉인했다."

산 몸을 부여하고, 그 몸을 죽여 불사체로 만드는 과정은 마족의 본질을 이 세계에 각인시키기 위한 과정이었다. 그런 번거로운 과정을 거쳐야만 마법으로 그 영혼을 구속하는 게 가능했던 것이다.

"심지어 그러고도 마족을 완전히 죽일 수는 없었다. 인간의 몸을 빼앗은 마족도, 비록 산 몸은 아닐지언정 현세에서 실체를 유지하기 위해서 불사체가 된 마족도 결국 죽으면 지옥으로 돌아가더군."

어떤 의미에서는 그들이야말로 진정한 불멸의 존재라고 할 만했다.

아테인이 방법을 찾아내기 전까지는 그랬다.

"나는 마족을 소멸시킬 방법을 찾아내어 불세르크에게 죽음을 주겠다고 약속했다."

그 방법은 바로 위대한 어둠이었다. 불세르크를 위대한 어둠에 종속시킨 다음 그 거대한 힘과 정보의 흐름 속에 녹여 버리는 것이다.

"사실 진정한 의미에서의 소멸은 아니지. 하지만 그들의 존재를 현세에 구속하면서 개개인의 자아를 없애 버릴 수 있었다."

문제는 이것이 너무 비효율적이라는 것이다.

마족은 셀 수 없을 정도로 많다. 그리고 계속해서 발생한다.

그런데도 단 하나를 없애는 것만으로도 엄청난 시간과 노력을 필요로 한다. 그들에게 산 몸을 부여하고, 불사체로 만들어서 봉인할 수 있다면 그것만으로도 대마법사 소리를 듣기에 충분하다. 그런 상태로 위대한 어둠에 종속시켜서 많은 시간을 들여야만 '마족 살해'에 도달할 수 있었다.

거기까지 들은 아젤은 한 가지 사실을 깨달았다.

"그래서였군! 그래서 극멸을 필요로 했던 거냐?"

"정답이다. 극멸은 과격하기는 해도 마족 문제를 해결할 수 있는 답이다. 거시적으로 보면 나는 거기에 의지하지 않는 다른 답을 찾아내기 위해 노력할 것이다. 하지만 당장 눈앞에서 벌어지는 일을 막기 위한 답도 필요하다."

"그럼 나를 필요로 하는 이유는 역시……."

"지금 떠올린 바가 맞을 것이다. 하늘을 가르는 검 때문이지. 칼로스 리제스터가 극멸을 일으킬 수 있는 비술을 만들어낸 것을 알지만 그것은 용마기라는 귀한 자원을 희생해야만 가능한 일. 그에 비해 그대는 그런 희생 없이도 하늘을 가르는 검을 통해서 얼마든지 극멸을 일으킬 수 있지."

적어도 이 시점에서, 아젤은 일반적인 마법과 같은 자원 투자만으로 극멸을 일으킬 수 있는 유일한 존재였다.

칼로스가 용마기를 희생해서 극멸을 일으키는 비술을 만들 수 있었던 것도 아젤의 적극적인 협력이 있었기 때문이다. 그런 협력이라도 없으면 아무리 아테인이라고 할지라도 과연 그 지점에 도달하기까지 얼마나 많은 시간이 걸릴지 짐작조차 할 수 없었다.

아젤이 눈살을 찌푸리며 물었다.

"그렇게까지 해서 마족을 없앨 수단을 확보하려는 이유가 뭐지?"

"바로 그것이 내가 이야기하려는 내용의 핵심이다."

3

아테인이 말했다.

"아젤이여, 아발탄으로부터 들었겠지. 갈수록 1세대 용마족의 발생 빈도가 늘어나고 있다."

"현세와 지옥이 겹쳐지는 빈도수가 늘어나는 증거라고 했지."

"앞으로도 그 현상은 계속 가속화될 것이다. 마족은 계속해서 늘어나기 때문이지. 인류가 번성해서 인구가 늘어나는 것과는 달라. 죽음이라는 개념이 없는 자들이 계속해서 누적되는 것이다. 이 상황에서 발생하는 문제가 무엇인지 알겠는가?"

"글쎄?"

"지옥이 포화 상태가 되고 있다는 것이다."

그 말에 아젤의 눈이 크게 떠졌다.

아테인이 말을 이었다.

"애당초 현세와 지옥은 유기적으로 연결되어 있다. 그렇기에 인간이 죽어서 마족이 되고, 마족은 이 세계를 관측하다가 기회를 얻으면 이 세계로 올 수 있는 것이지."

아테인은 마족의 수가 늘어나는 만큼 지옥이라는 세계의 면적도 점점 늘어나고 있다는 결론을 얻었다. 물론 여기서 말하는 '면적'은 현세의 그것과는 좀 다른 개념이지만 그곳의 주민인 마족을 수용할 수 있는 한계라는 점에서는 마찬가지였다.

"그런데 지옥의 면적이 늘어나는 것보다, 마족의 수가 늘어나는 것이 빠른 것이다."

현세와 지옥이 겹쳐지는 현상은 그럴 때마다 발생한다. 그러니까 최초의 용마족인 아테인이 발생한 그 시절부터 지옥은 만성적인 포화 상태에 시달리고 있었던 셈이다.

"마족의 발생 빈도가 높아지면서 포화 상태는 더 심각해졌고, 그것은 앞서 말한 현상의 가속화를 불러일으켰다."

이 시대에 부활한 아테인은 용마전쟁이 끝나고 지난 220년간 그 사태가 더욱 가속화되고 있음을 알았다.

"대암흑으로 인해서 인류 문명이 한차례 크게 후퇴했음에도 그 현상의 가속화 자체는 멈추지 않았다."

오히려 대암흑 때문에 마족의 수가 폭발적으로 늘어났다. 지옥이 인구 폭발을 겪은 것이다.

"물론 현세와 지옥이 겹쳐진다고 해서 반드시 용마족이 발생하는 것은 아니지. 대부분은 아무 일도 일어나지 않는다. 하지만 결국 용마족의 발생 빈도는 용의 개체수 증가를 넘어설 것이다."

지상의 모든 용이 용마족이 된다. 어떤 의미에서는 모든 용이 비원을 이루는 셈이다.

그로써 용은 멸종할 것이다.

"인간의 관점에서 보면, 용의 멸종은 인간에게 긍정적인 영향을 준다고 말할 수도 있을 것이다. 인간을 위협하는 존재가 하나 사라지고, 인간은 보다 번성할 수 있게 된다. 그런데 그 전에 거쳐야 할 과정이 있다."

바로 인간과 용마족의 관계다.

용마족의 피는 인간보다 강하다. 둘이 결합하면 용마인이 나온다. 용마인과 인간이 결합해도 용마인이 나온다. 다시 인간 자손을 얻기까지는 적어도 몇 대에 걸쳐서 같은 구성으로 결합해야 한다.

심지어 피가 옅어질 대로 옅어진 용마인이더라도, 용마족과 결합한다면 용마족 자손을 얻는다.

"분명 지금은 용마족의 수가 인간보다 훨씬 적다. 희귀할 정도지. 하지만 앞으로도 그럴 것 같은가? 내 입장에서 보자면 용마족의 수는 엄청난 속도로 늘어났다. 그동안 발생한 1세대 용마족의 수는 같은 기간 동안 태어난 인간의 수에 비하면 티끌만큼밖에 안 되는데도."

문명이 그리 발달하지 않았던 시절, 인간들은 용마족의 피를 갈구했다.

용마족은 태생부터 인간보다 강하다. 그런 자들이 자신들의 혈족으로, 공동체 구성원으로 있는 것만으로도 자신들의 삶이 나아질 수 있다.

"문명이 발달하면서 그런 열망은 줄어들었지. 그럼 이제 지극히 인간다운 본성이 남는다."

인간이 긴 수명과 뛰어난 능력을 가진 용마족을 질시하고 박해한다면, 그게 과연 부자연스러운 일일까?

 그런 용마족이 인간을 자신보다 하등하다고 여기며 지배하려고 하는 것은 과연 부자연스러운 일일까?

 "…슬프게도 난 그 두 가지가 매우 자연스러운 일임을 알았다."

 "네놈이 일으킨 용마전쟁을 통해서 말이지."

 아젤의 눈이 매서워졌다. 아테인은 그의 날카로운 살기를 담담하게 받아넘겼다.

 "그렇다. 문제는 인류 안에서 용마족의 수가 빠르게 불어나는 것은, 실질적으로 인간이라는 종족을 용마족이 잡아먹고 그 자리를 대체하는 세대교체의 과정이라는 데 있다. 과연 이 과정에서 용마전쟁 이상의 비극이 일어나지 않을 것 같은가?"

 "……."

 "모든 것이 기적적으로 최선의 경우로만 흐른다고 하더라도, 아마 그때와는 비교도 안 될 정도로 많은 피가 흐를 것이다."

 그 말에 아젤은 아연해졌다.

 아젤에게 있어서 용마전쟁은 상상할 수 있는 최악의 재난이었다. 세상 어디에 가도 싸움 없는 곳이 없고, 하루라도 죽음을 생각하지 않은 날이 없었다. 안주할 곳이 존재하지 않았기에 모두 그렇게 필사적으로 싸웠던 것이다.

 그런데 그것과는 비교도 안 되는 피가 흐를 거라고?

 무엇보다 무서운 것은…….

 '그렇겠지.'

…아테인의 예상에 동의하고 있는 자신이었다.

살면서 수많은 인간을 보아왔다. 그들이 극한 상황에서 어떤 선택을 하는지도 지긋지긋할 정도로 많이 겪었다.

그러니까 안다. 아테인이 말한 것들이 사실이라면, 그가 말한 대로 지옥 같은 미래가 펼쳐질 것이다.

아테인이 말을 이었다.

"최악의 경우 양쪽이 공멸할 수도 있다. 하지만 난 앞서 말한 이유들로 인해서 장기적으로는 결국 인간이 먼저 사라질 것이라고 생각한다."

가장 먼저 용이 멸종하고, 그다음에는 인간이 멸종할 것이다.

"물론 인간이 사라지기까지는 아주 긴 시간이 필요할 것이다. 아무리 짧게 잡아도 천 년 이상의 시간이. 그리고 어쩌면 용마족이 절대 우위를 점한 상황에서는 그들에게 일정한 구역을 내주고 보호하려고 할 수도 있겠지. 아발탄과 비슷하지만, 좀 더 오만한 방식으로."

하지만 두 종족의 관계를 생각하면 인간의 멸종 역시 피할 수 없는 숙명이다.

"긴 시간에 걸쳐 인간이 사라지고 나면, 용마족과 인간의 중간에 위치한 용마인도 사라질 터."

그렇게 용마인이 사라지고 나면 용마족만이 유일한 인류가 되는 것이다.

"그리고 인간과 용이라는 부모를 떠나보낸 용마족은, 부모가 낳은 악의와 싸워야 할 것이다."

"…그때까지도 마족의 문제는 해결되지 않을 거다 이건가?"

"최선을 다하겠지만, 아마도 그럴 것이다. 그리고 그 문제는 지금과는 비교도 안 될 정도로 심각하겠지."

마족에게는 죽음이라는 개념이 없었다.

그들의 개체수가 줄어드는 경우는 단 하나, 그것은 바로 용과 하나가 되어서 용마족이 되는 경우다.

문제는 용이 사라진 후다. 더 이상 용마족이 발생할 수 없게 된다면?

"인류가 줄어들어가는 동안 마족은 가파르게 늘어난다. 인류가 세대교체를 겪는 동안 빚어지는 갈등으로 인해서 그 속도는 폭발적으로 가속할 것이다."

지옥의 포화 상태는 해결되는 일 없이 악화된다. 용이 멸종한 후에도 현세와 지옥이 겹쳐지는 일은 더더욱 많아져서, 종국에는 아마 인간이 삶의 터전으로 삼는 영역에서 흔하게 목격할 정도가 될 것이다.

"인간과 마족이 그런 식으로 만나는 것이 얼마나 심각한 문제인지 알겠는가?"

"글쎄. 불세르크 같은 경우를 걱정하는 건가?"

아젤이 물었다.

확실히 듣기만 해도 심각한 문제이기는 하다. 흑마법사들이 불러내지도 않는데 마족이 멋대로 세상에 나타나서 인간을 유혹할 수 있다는 소리 아닌가?

하지만 아테인의 말투로 보건대 더 심각한 문제가 있는 것 같았다. 과연 아테인이 한숨을 쉬었다.

"그대는 마법사가 아니었지. 아니, 마법사라고 할지라도 마족에 대해 깊이 연구하고 이해하는 자가 아니라면 알 수 없는 문제이긴 하군."

아테인은 라우라를 비롯해서 이 자리에 있는 마법사들의 면면을 살피면서 말했다. 고위 마법사들인 그들도 아테인이 인식하는 문제를 알아차리지 못하고 있었다.

"아젤, 그대는 마족에 대해서 모른다. 그대가 마족에 대해서 알고 있는 규칙은 어디까지나 '마법에 의해서 세상에 소환된 경우'에 한정되어 있다."

그리고 그 마법을 만들어낸 장본인이 바로 아테인이었다. 세상 곳곳을 떠돌며 자신의 기원을 탐구하던 그는 당시의 동료들과 머리를 맞대고 연구한 끝에 마족을 소환하는 마법을 만들어 냈다.

아젤이 혀를 찼다.

"…이쯤 되면 이 세상에서 네놈이 원흉이 아닌 걸 찾는 게 더 빠를지도 모르겠군."

"아니, 내가 첫 번째였던 일은 그렇게까지 많진 않다. 지금은 그저 인상적인 사례만 나열하고 있을 뿐이지."

아테인이 빙긋 웃었다.

"마족 소환 마법의 핵심은 그들에게 최대한 많은 제약을 강제한다는 데 있다. 거짓을 말할 수 없는 것, 소환자가 원하지 않으면 합신할 수 없는 것도 그렇지. 하지만 거래라는 것은 아무리 불공정해 보여도 결국 오는 것이 있으면 가는 것도 있어야 하는 법이기에 마족의 의도가 이뤄질 경우 소환자가 몸을 강탈당할 수 있다는 조건만은 지울 수가 없었지."

하지만 현세와 지옥의 경계에서 출현하는 마족에게는 그런 제약이 없다.

그들은 흑마법으로 소환되어 강제된 규칙을 따르는 마족처럼 온전하게 인간의 몸을 손에 넣을 수는 없다. 대신 얼마든지 거짓을 말할 수 있고, 현세의 주민을 덮치는 데 아무런 제약도 존재하지 않는다.

그 말에 아젤은 비로소 아테인이 말하는 문제의 심각성을 이해할 수 있었다.

"마족이 멋대로 인간을 덮칠 수 있다고?"

"그뿐만 아니라 설령 용마족이라고 해도 이 문제를 피할 수 없다. 그렇게 마족이 현세의 주민을 덮쳐 합신할 때마다 끔찍한 재난이 일어날 것이다. 그런 일이 거듭되다 보면 지금까지 내가 예상하지 못한 심각한 위험이 발생할 가능성이 크지."

아테인은 마족에 대해서 모든 것을 아는 것이 아니다. 어디까지나 가장 많은 것을 아는 존재에 불과하다.

"나는 이것이 인류가 멸절할 수 있는 문제라고 보았다. 용이 사라지고, 인간이 사라지고, 용마인마저 사라지고 나서… 그들의 자식들인 용마족마저 과거의 망령인 마족들에게 먹혀 사라질 것이다."

그래서 아테인은 세상에서 악을 지우고자 했다.

극단적인 방법을 통해서 인간과 용마족이 겪어야 하는 세대교체의 갈등을 최대한 온건하게 진행한다. 그로써 마족의 발생 속도를 극적으로 둔화시킬 수 있을 것이며, 인류는 마족 문제에 대응할 충분한 유예 기간을 얻을 수 있으리라.

"그것이 내 선택의 이유다."

아테인의 고백에 다들 할 말을 잃었다.

이것은 용마전쟁 때 그가 주장했던 이상은 비교도 안 될 정도로 어마어마한 스케일의 이유가 아닌가?

고작 한 사람의 계획일 뿐인데 수천 년에 달하는 과거의 연구와 그 이상의 미래가 담겨 있었다. 고독을 두려워했기에 인류가 영원히 존속하기를 바랐던 한 남자는 세상에 내재된 파멸의 운명을 예지하고 그것을 막을 계획을 세워놓았다.

"…백 년, 아니, 천 년."

문득 정적을 깨면서 아젤의 목소리가 울려 퍼졌다.

"아니… 그런 세월조차도 우스워질 정도로 장대한 이야기로군."

"하지만 언젠가 반드시 다가올 미래이기도 하다."

"수백 년조차도 밤하늘의 별처럼 멀리 느끼는 입장에서는, 그래, 너무 큰 이야기야. 그렇게 먼 미래의 일 따위 알게 뭐냐고 하고 싶지만 네놈에게는 현실이겠지."

스스로의 이야기에 고개를 끄덕이는 아젤을 보던 아테인이 입을 열었다.

"받아들이기 힘든 이야기임을 안다. 지금 당장 대답을 강요하지 않겠다."

"뭐?"

"다음에 만날 때는 대답을, 아니, 그 이유를 들을 수 있기를 기대하지. 그 정도의 성의는 보여줄 것이라 믿겠다. 내 운명의 대적자여."

"잠깐!"

아젤이 당황해서 손을 뻗었지만 아테인은 기다리지 않았다. 그의 모습이 어둠의 포말로 부서지면서 사라져 버렸다.

한참 동안이나 정적 속에 파묻혀 있던 아젤이 어이없어하며 중얼거렸다.

"…저 자식, 이쪽은 얼마든지 대답해 줄 수 있는데 듣지도 않고 자기 할 말만 지껄이고 가네?"

4

아테인이 사라진 후, 일행은 수목의 신의 봉인을 풀어서 소멸시키고 그 자리에서 이탈했다.

버레인이나 라카디 일족 같은 수호그림자 조직원들은 복잡한 심경이 드러나는 표정을 짓고 있었다.

그들은 모두 용마왕 숭배자에게 깊은 원한을 품은 자들이다. 하지만 개인적인 원한만이 아니라 용마왕 숭배자들로부터 세계를 지킨다는 사명감 역시 그들을 움직이는 원동력이었다.

그런 이들에게 아테인의 이야기는 충격적이었다.

격전으로 지친 기색이 역력한 용마인 노인, 버레인이 물었다.

"카이렌, 자네는 어떻게 생각하나?"

"아테인의 이야기 말인가?"

"그거 말고 뭐가 있겠나?"

"세상에는 늘 이상을 품고 패왕이 되고자 하는 작자들이 있었지."

멀리 갈 것도 없다.

용마전쟁 당시의 아테인이 그랬고, 그 이전에는 나딕 제국을 건국한 황제 나딕이 그랬다. 그들은 세상을 자신의 이상에 맞게 바꾸기 위해서 세상을 정복하고자 했고 그 과정에서 어마어마한 피가 흘렀다.

"그런 자들이 내가 아니면 안 된다. 인류는 워낙 글러먹은 종자들이니 잘나신 이 몸께서 이끌어주지 않으면 파멸할 것이다, 그렇게 생각한다 한들 이상할 게 있나?"

"그렇게 단순하게 치부할 수 있는 문제가 아니잖나?"

"내가 보기에는 그런 문제다."

카이렌이 고개를 저었다.

"아무리 그럴싸한 소리를 늘어놓더라도, 그놈이 과거에 저질렀던 짓이 바뀌진 않지. 생각하는 스케일이 너무 큰 나머지 입증되지 않은 가설을 입증하기 위해서 온 세상을 뒤집어놓았던 자다. 아무리 그럴싸한 대의로 포장한다고 하더라도 그 근본에 광기가 도사리고 있다는 사실은 변하진 않아. 그리고 버레인, 잊지 말게."

"뭘 말인가?"

"저놈이 말하고 있는 멸망이 자네가 죽고, 자네의 후손도 죽고, 또 그 후손도 죽고… 아마 그때쯤이면 자네라는 존재가 있었다는 기록조차 사라진 후일 거라는 사실을 말이야."

아테인의 계획은 그만큼이나 장대한 시간에 걸쳐 있었다. 가장 빠를 거라고 예상되는 용의 멸망조차도 이 시대 사람들이 다 죽고 나서 까마득한 훗날의 일일 것이다.

버레인이 말했다.

"하지만 언젠가는 벌어질 일 아닌가? 그저 우리 시대의 일이 아니라고 해서 외면해도 되는 일일까?"

"그럴지도 모르지. 하지만 안 그럴지도 모르지 않나?"

"카이렌."

"장난하는 게 아닐세, 버레인. 사람이 언젠가 죽는 것처럼 인류도 언젠가 멸망할 수도 있겠지. 어쩌면 세상이 망해 버릴 수도 있어. 하지만 그게 우리의 현재와 미래의 가능성을 전부 희생해 가면서까지 책임져야 할 문제인가?"

"으음……."

"아테인의 말은 잘 들어보면 이기심과 독선으로 가득 차 있다. 인간에게, 용마족에게, 용마인에게 절망했다고 하면서 그들의 가능성을 모조리 부정해 버리고 있단 말이다. 그만큼 장구한 시간을 이야기하면서 그동안 자기 말고는 아무도 진실에 도달하지도, 방법을 찾지도 못할 거라고 단정하고 있지 않나?"

오직 나만이 할 수 있다.

어리석고 무능하며 가엾은 인류를 구원할 수 있는 것은 나뿐이다.

"얼마나 오만한가? 물론 오만할 자격이 있다는 것은 인정하겠지만……."

카이렌이 쿡쿡 웃었다.

정말 유감스럽게도 아테인이 미쳤을지언정 위대한 존재라는 것만은 부정할 수 없었다. 그가 세계에 아로새긴 업적들은 하나같이 신화의 영역이었으니까.

"그래도 난 아무도 사랑하지 않고 누구도 믿지 않는 미치광이 성자에게 구원을 청하고 싶지는 않네. 나는 우리 후손들이 아테인이 단정 지은 것처럼 머저리만 태어나지는 않을 거라고 믿고 싶군."
"만약 잘 안 되어서 멸망하면?"
"그거야 그놈들 팔자지."
"……."
"사람은 자신이 살아가는 시대에 최선을 다할 수밖에 없어. 할 수 있는 일은 해주더라도 미래는 미래를 살아갈 당사자들에게 맡기는 수밖에."
"이럴 때 보면 참……."
버레인이 수염을 쓰다듬으며 실소했다.
"…자네는 젊어. 같이 나이 먹었는데 아직도 이렇게 젊음의 패기가 넘치는 걸 보면 참 부럽단 말이지."
"그야 난 한창때니 당연하지. 그러니 위험한 일은 젊은 나에게 맡겨두고 자네는 후방 지원이나 맡아."
"구미가 당기는 제안이구만."
두 사람은 수십 년 전으로 돌아간 것처럼 킬킬거리며 웃었다.

5

"무슨 생각을 하고 계신가요?"
곁에서 들려온 나긋나긋한 목소리가 아테인을 상념에서 일깨웠다.

수면에 번지는 파문처럼 빛이 일렁거리는 거대한 마법진 앞에 책상다리를 하고 앉아 있던 아테인이 고개를 돌렸다. 그곳에는 수줍은 얼굴의 아인세라가 식사가 담긴 수레를 밀고 있었다.

의식이 진행되는 동안 아테인은 되도록 이 자리를 떠나지 않아야 한다. 24시간 내내 마법을 구사하고 있는 것은 아니지만 때때로 이상이 발생할 때마다 수정하고, 마력의 흐름이 약해지면 다시 가속해 주는 등의 조정을 계속해 줘야 하기 때문이다.

그동안 아인세라가 그의 수발을 들었다. 무슨 일이든 시녀를 시키지 않고 직접 하는 모습에 평소 그녀를 모시던 자들은 지독한 이질감을 느끼고 있었다.

"많은 희생 덕분에 의식이 한 단계 넘어갔소. 이제는 몇 시간씩이라도 침실에서 잠을 잘 수 있을 것 같군."

아테인이 빙긋 웃으며 말했다.

지금 이 순간에도 느껴진다. 위대한 어둠이 충만해지고 있었다.

그와 뜻을 함께할 것을 맹세한 용마왕 숭배자들의 죽음이 위대한 어둠을 살찌운다. 지성체를 이루고 있던 모든 것이야말로 위대한 어둠을 이루는 근본이었다.

'무한의 마수와 수목의 신을 잃었지만…….'

기둥을 두 개나 잃은 것은 크나큰 손실이었다. 그들로부터 비롯되던 권능은 더 이상 쓸 수 없게 되었다. 마법으로 대체하려면 많은 시간과 노력이 필요할 것이다.

하지만 그럼에도 위대한 어둠은 그 어느 때보다도 강성해져 있었다.

이 강함은 어디까지나 한시적인 것이다. 장기적으로는 용마왕 숭배자들의 죽음으로 인한 득보다 기둥을 잃은 실이 컸다. 그래도 지금 싸우고 있는 적의 위협을 막고 의식을 완성하기에는 충분했다.

문득 아테인이 말했다.

"또 친구 하나가 내 곁을 떠났소."

"알마릭 장군이군요."

"그렇소. 운명이 그에게 비원을 이루는 것을 허락하지 않았군……."

자신과 같은 시간을 공유했던 자들이 하나하나 사라져 간다.

아운소르가, 발타자크가, 그리고 이제 알마릭마저…….

그것은 아테인에게도 상처였다.

인간의 일생은 그에게는 반딧불과도 같다. 눈앞을 스쳐 가며 반짝이고 나면 덧없이 스러져 버린다.

그렇기에 용마장군들의 존재는 소중했다. 세상 전부를 거시적으로밖에 볼 수 없게 된 아테인이 순간만이 아니라 긴 시간을 공감할 수 있는 몇 안 되는 이들이었으니까.

"레이거스까지 내 손으로 죽이고 나면 아무도 남지 않겠지."

"제가 있잖아요."

아인세라가 아테인을 끌어안았다.

"저는 끝까지 당신 곁에 있을 거예요."

"고맙소."

아테인은 미소 지으며 말했지만, 아인세라에게 보이지 않는 눈동자는 공허했다.

분명 그녀는 사랑스러운 반려이며 뜻을 함께하는 소중한 동반자다. 그러나 아테인과 같은 시간을 공유하는 존재가 될 수 없다.

그녀의 일생은 아테인이 앞으로 살아가야 하는 시간에 비하면 찰나와도 같으니까. 현재의 사랑에 충실하지만 그럼에도 이 감정이 마모될 미래를 상상하지 않을 수 없는 것이 아테인의 아픔이었다.

"세상을 미움으로 대하는 자는 세상의 미움을 받을 각오를 해야 한다……."

문득 아테인은 용마전쟁 당시 자신의 각오를 대변하던 글귀를 중얼거렸다.

사실 그 말은 아테인 스스로 떠올린 것이 아니다.

머나먼 옛날, 한 인간이 그에게 해준 말이었다. 아테인에게는 덧없이 짧은 시간을 살아갔던 한 청년이.

이제는 그 청년의 이름도, 얼굴도 잊어버렸는데 그때 나눈 대화만은 눈을 감으면 얼마든지 떠올릴 수 있었다.

"마법사님은 세상이 미워요?"
"넌 밉지 않으냐?"
"안 밉다고 하면 거짓말이죠. 빌어먹을 세상."
"그런데 왜 이렇게 살지?"

아무것도 갖지 못하고 태어난 청년이었다.
가난하게 태어나서 어렸을 때 부모를 잃고 힘겹게 살다가 무언가를 이루기도 전에 병에 걸렸다. 그리고 결국 회복하지 못하고 죽었다.

그런데도 청년은 죽을 때까지 길거리의 부랑아들을 돕고 살았다.

인간 마법사로 위장하고 여행하던 아테인은 어느 소도시의 뒷골목에서 몸을 파는 어린 소녀를 감싸다가 두들겨 맞던 청년을 구해준 것이 인연이 되어서 몇 개월간 근처에 머물렀다. 그러다가 그에게 유언을 집행해 줄 것을 부탁받는 몸이 되었다.

"세상을 미움으로 대하려면 세상의 미움을 받을 각오도 해야 할 거 아녜요?"
"너는 이미 세상의 미움을 받고 있지 않은가?"
"그럴지도요. 그래도 내가 세상을 미워할 각오는 안 생겨요. 세상이 날 미워해도 내가 작정하고 세상을 미워하지 않으면 날 좋아해 줄 사람 정도는 있는 것 같으니까."

그 말대로 청년에게는 그를 좋아하는 사람이 잔뜩 있었다.
부모도, 친척도 없는 몸이었지만 그가 일어나기도 힘들 정도로 쇠약해지자 기꺼이 찾아와서 수발을 들어주는 사람들이 있었다. 아테인이 치러준 장례식에는 수많은 사람이 와서 울었다.
청년의 유언은 간단했다.

"그래도 죽어라 일했는데 가진 건 이 집뿐이네요. 이 집을 제가 밥 먹여주던 애들이 쓰게 해주세요."

집 없는 부랑아들에게 집을 내주라는 소리였다.
청년의 삶은 어처구니없을 정도로 희생적이었다. 학자도 마법사도 아닌, 그저 하루 벌어 하루 먹고사는 가난뱅이일 뿐이었지만 그가 살아온 방식과, 그와 나눈 대화는 아득한 세월이 지난 후에도 아테인의 뇌리에 인상 깊은 흔적으로 남았다.

"마법사님은 잘생겼으니까 좀 많이 웃고 살아요. 그럼 좋아해 줄 여자가 줄을 설걸요."
"안 그래도 여자는 많았다만."
"와, 재수 없다. 하긴 마법사님 정도면 그랬을 것 같네. 마법사님."
"왜 그러느냐?"
"뭐가 그렇게 미운지 모르겠지만, 적당히 미워하고 사세요."
"미워하지 않는 게 아니라?"
"그럴 수 있으면 그게 사람이에요?"
"……."
"왠지 마법사님은 다른 사람하고는 달라요. 정말로 세상 전부의 미움을 받을 각오로 세상을 미워할 수 있을 것 같거든. 그러니까 적당히 미워하세요. 마법사님은 좋은 사람이잖아요."

청년이 죽고 나서 아테인은 그 소도시를 떠났다.
그리고 몇 년 후, 다시 들렀을 때 청년의 집은 남아 있지 않았다. 근방을 지배하다시피 하는 폭력 조직이 그곳에 살던 사람들에게 마약을 뿌려서 마약중독자로 만든 다음 몰아내고 환락가를 만들었기 때문이다.

 진저리를 치며 떠나간 사람이 있는가 하면 갈 곳도 없이 내쫓긴 자도 있었다. 폐인이 되어서 죽어간 자가 부지기수였다.

 아테인은 청년이 돌봐주던 부랑아들이, 그리고 맨 처음 만났을 때 지켜주던 어린 소녀가 마지막 사례가 되었음을 알았다. 그들은 약에 사로잡혀서 노예처럼 일하다가 더 이상 아무것도 할 수 없는 폐인이 되거나 죽었다.

 그 사실을 확인한 아테인은 그 일에 관련된 폭력 조직의 일원 전부를 죽였다. 그리고 뒤에 있는 인간 권력자들까지 몰살시켰다.

 아무것도 달라지지 않을 것임을 알면서도 그렇게 할 수밖에 없었다.

 "이 한 몸으로 온 세상의 증오를 살 수 있다면, 그것을 대가로 지불해서 인류의 미래를 얻을 수 있다면……."

 이제는 이름도, 얼굴도 기억나지 않는 그 청년의 말을 떠올리며 아테인은 중얼거렸다.

 "…남는 장사겠지."

 번민 속에서 자신의 신념을 재확인하는 아테인의 얼굴은 왠지 모르지만 서글프게 웃고 있었다.

6

 수호그림자 조직원들에게 알마릭의 죽음은 기념할 만한 승리였다.
 하지만 그들은 결코 멈춰서 쉬지 않았다. 자신들에게 주어진 시간이 얼마 없다는 사실을 잘 알았기 때문이다.
 케이알리아가 말했다.
 ―위대한 어둠은 더욱 강해지고 있어요.
 두 개의 기둥을 부숨으로써 위대한 어둠을 약화시켰다. 기능적인 측면에서 보면 많은 것을 빼앗았다고 할 수 있으리라.
 그러나 위대한 어둠에 종속된 용마왕 숭배자들의 죽음은 그런 문제를 무색하게 만들었다. 지금 이 순간 아테인이 휘두를 수 있는 힘은 최고조에 이르고 있을 것이다.
 ―내 힘이 강해지고 있어요.
 위대한 어둠에 근본을 두고 있는 케이알리아는 자신의 힘이 지속적으로 늘어나는 것을 느끼고 있었다.
 ―수호그림자만 봐도 알 수 있겠지요.
 "확실히. 이런 걸 할 수 있게 될 정도니……."
 레티시아가 고개를 끄덕였다.
 케이알리아의 말대로 수호그림자도 강해지고 있었다. 각 개체의 능력이 확연히 상승한데다가 이제는 지팡이를 들고 조종하는 이를 투영할 수 있게 되는 부가 효과가 생기는 게 아닌가?
 이 현상에 대한 케이알리아의 견해는 다음과 같았다.
 ―이건 아마 아테인이 어둠의 화신을 장거리에서 구현하기 위한 기반을 깔아둔 영향인 것 같네요.
 "마치 아젤의 여명수호대 같군."
 레티시아는 자신의 모습을 하고 창을 휘두르는 수호그림자 개체를 보면서 혀를 내둘렀다.

물론 전투 능력은 레티시아와는 비교도 안 될 정도로 낮다. 어디까지나 수호그림자 개체의 능력을 레티시아의 모습과 스타일로 살릴 수 있을 뿐이다. 하지만 그것만으로도 꽤 유용하게 써먹을 수 있을 것 같았다.

수호그림자 개체를 다루는 기술은 아젤로 인해서 빠르게 향상되고 있었다. 분신술의 요령과 비슷했기 때문이다.

그 활용도를 연구하는 한편, 레티시아는 비장의 기술을 준비하느라 여념이 없었다.

아젤이 말했다.

"이 정도면 슬슬 실전에서 쓸 수 있을 것 같군."

"고작 이런 완성도로 말인가?"

레티시아가 준비하고 있는 비장의 기술은 아젤에게 배운 것이다.

예전부터 꾸준히 가르침을 받아서 연마했지만 워낙 고도의 기술인지라 최근에 와서야 터득했다. 하지만 아젤에게 실전에서 쓸 만하다는 평가를 들은 것은 이번이 처음이었다.

아젤이 고개를 끄덕였다.

"중요한 건 기술을 시도했을 때 성공할 수 있다는 신뢰성이야. 이제 서로 치고받으면서도 열 번 시도하면 열 번 다 성공하잖아? 그렇다면 실전에서 쓸 수 있지."

"하지만 이 정도로는 도저히……."

레티시아는 여전히 자신 없는 모습이었다. 아젤이 말을 잘랐다.

"서로 갑옷을 입고 장검으로 싸우는 상황에서도 단검이 활약할 수 있는 순간이 나올 수 있는 법이야. 네 기술의 완성도가 초라해 보일지 몰라도 그건 생각하기에 따라서 얼마든지 실전에서 써먹을 수 있어."

"음……."

"모든 기술이 필살기일 필요는 없어. 기술에는 각자의 역할이 있는 거다. 당신도 잘 알고 있는 사실이잖아?"

"…그렇군."

레티시아가 피식 웃었다.

아젤의 말을 듣고 보니 자신이 얼마나 쓸데없는 기대감에 부풀어 있었는지 알 수 있었다. 이 기술에 대한 기대치가 너무 커서 중요한 것을 잊고 있었던 것이다.

문득 그녀가 물었다.

"만약 맞붙게 된다면, 내가 레슈를 이길 수 있을까?"

"레슈의 전력은 미지수야."

"하지만 아주 정보가 없는 것도 아니지. 케이알리아에게 들었던 정보도 있고."

레이거스와 레슈의 전투는 케이알리아를 통해서 아젤 일행에게 전달되었다. 그것은 아주 중요한 정보였다.

"…무리일 거야. 라우라나 케이알리아의 지원을 받는다고 가정해도 합공할 사람이 한두 명은 더 있어야 맞설 수 있어."

"역시……."

솔직한 대답에 레티시아가 차갑게 미소 지었다.

"당신에게 묻길 잘했어. 카이렌 그 작자한테 물었다면 내 감정을 배려한답시고 제대로 된 대답은 못 들었겠지."

"공작님이 의외로 그런 구석이 있지. 스스로에게는 엄한 주제에."

아젤이 피식 웃었다. 그리고 레티시아를 바라보면서 생각했다.

'난 운이 좋아.'

220년의 시간을 넘어왔는데도 자신의 곁에는 그 시절처럼 좋은 사람들이 모여 있었다.

지금 살아서 함께하는 동료들만이 아니라 어떻게든 미래의 자신에게 희망을 이어주려고 지옥을 견뎌온 칼로스, 아테인의 전생체이면서도 인간이길 선택했던 유렌, 그리고 오로지 희망을 맡길 사람을 찾아 인간으로서의 삶을 포기하고 사명만을 추구했던 후손들······.

모두들 영원히 잊을 수 없는 인연들이었다.

그리고 지금 곁에 있는 동료들 또한 마찬가지다. 이들과 만나지 못했다면 지금까지 살아남지도 못했으리라.

'그러니까 얼마든지 대답해 줄 수 있다, 아테인.'

영혼에 그들이 새긴 흔적이 남아 있는 한, 아테인의 거대한 질문에 망설임 없이 대답할 수 있었다. 그리고 그 대답을 들려줄 순간은 그리 멀지 않으리라.

7

모닥불에서 떨어진 개울가에서 덜그럭거리는 소리가 울리고 있었다. 두 사람이 설거지를 하는 소리였다.

"생각해 보면……."

설거지하고는 참으로 안 어울리는 귀하디 귀한 신분을 지닌 여성, 아리에타가 입을 열었다.

"…옛날에도 이런 비슷한 기분을 느낀 적이 있었던 것 같군."
"어떤?"

고개를 갸웃한 것은 옆에서 금속제 그릇을 씻고 있던 라우라였다. 그녀는 물만으로는 잘 안 씻기는 찌꺼기들을 제거하기 위해 마법까지 써가면서 설거지를 척척 해치우는 경지에 이르러 있었다.

"첫 실전에 나섰을 때였지. 마치 거대한 운명의 힘에 의해서 세상이 뒤집어진 것 같았다."

아리에타는 열다섯 살 때 성인식을 치른 후 처음으로 용마공주로서 전장에 나섰다. 첫 임무였던 만큼 위험성이 별로 크지 않은 일이었고 실제로 그녀는 털끝 하나 다치지 않았다.

그러나 많은 죽음이 있었다.

토벌 대상이었던 마물들도, 그녀 휘하에 있던 병사들도.

카이렌에게 험악한 가르침을 받은 그녀였지만 다수의 죽음이 당연하게 따라오는 실전의 충격은 상상 이상이었다. 그 충격은 그녀의 내면을 혼란의 도가니로 몰아넣었다.

"…더 이상 어제까지처럼 살 수 없을 것 같았다. 앞으로는 모든 것이 달라질 것이라고 생각했다."

그런데 아니었다.

"난 여전히 누군가와 전투와는 전혀 상관없는 이야기를 하고, 졸려서 잠을 자고, 배고파서 뭔가를 먹어야 하더군. 살아 있는 몸이니 너무나도 당연한 일인데 그때는 왜 그렇게 이상하다고 생각했는지 모르겠다."

그만큼 첫 실전이 아리에타에게 충격적인 경험이었다는 것이리라. 자기가 살아가던 세상이 통째로 바뀌어야 할 것 같은데 아무것도 바뀌지 않았다는 사실이 너무나도 이상하게 다가왔다.

아리에타는 접시의 물기를 닦으며 말했다.

"…지금도 그때와 비슷한 기분이구나. 신과 같은 인생을 살아온 남자에게 세계의 운명, 인류의 숙명이 걸려 있는 장대한 계획을 들은 다음에도 우리는 뭔가를 먹고 설거지를 하고 있으니."

"이런 것들의 누적이야."

"음?"

라우라가 불쑥 던진 말에 아리에타가 의아해했다. 라우라가 말을 이었다.

"아테인이 말한 장대한 것도, 결국 이런 것들의 누적이야."

"설거지의?"

"먹고, 자고, 씻고, 누군가와 만나고, 싸우고 그런 것들. 그런 것들이 백 번 모이고 천 번 모이고 만 번 모이고 억 번 모이면… 그러다 보면 언젠가는 아테인이 이야기한 장대함에 도달하는 거야."

"그렇게도 생각할 수 있군? 하긴 반대로 생각하면 이런 사소한 것들이 없으면 그런 장대한 계획도 의미가 없는 셈인가?"

아리에타가 감탄한 표정으로 고개를 끄덕였다.

라우라가 물었다.

"아리에타는 어떻게 생각해?"

"아테인의 이야기 말인가?"

라우라가 고개를 끄덕였다. 아리에타는 잠시 생각하더니 대답했다.

"전부터 느낀 거지만, 그 남자는 하나부터 열까지 너무 장대하다."

"음?"

"아랫도리를 함부로 놀리고 다닌 것을 비난했더니 인류 문명과 역사를 이야기했단 말이다. 가당키나 한 소린가?"

"……."

"사고를 쳤으면 반성하고, 사과하고, 보상할 생각부터 해야 하지 않는가? 그 남자에게는 그런 당연한 사고방식이 결여되어 있다. 너무 장대하게 어긋나 있어서 도무지 어디서부터 지적해야 될지 알 수가 없을 정도더구나."

아리에타가 고개를 절레절레 저었다.

"그 남자는 세상 모든 것을 자기 사정에 맞춰서 휘두르고 있다. 세상의 기준은 전혀 중요하게 여기지 않는다. 용마전쟁에 대해서 말하는 것만 봐도 그렇다. 말한 것을 요약해 보면 이렇지. 내가 실수했는데 잘못하지는 않았어. 그래도 실수에 대한 책임은 지겠다. 또 다른 방식으로 어마어마한 사고를 쳐서."

"……."

라우라가 눈을 껌뻑거렸다. 분명 틀린 이야기는 아닌데 정말

이렇게 요약해도 되나 싶은 기분이었다.
 아리에타가 코웃음을 쳤다.
 "그런 인물은 신뢰할 수 없다. 하물며 가족도 아니고, 가문도 아니고, 나라조차 아닌… '인류'만을 바라보는 사랑을 공감하고 지지하라? 나는 그렇게 도량이 큰 인물이 못 된다. 나는 그자가 말하는 인류의 미래를 위해 루레인 왕국의 백성들의 현재가 짓밟히는 것을 용납할 수 없구나."
 "아리에타 당신은······."
 눈만 껌뻑거리던 라우라가 감탄한 기색으로 말했다.
 "…소중한 것이 많구나."
 "음? 무슨 말인가?"
 "나는 그저… 끝과 그 너머를 보고 싶어."
 아리에타는 무슨 일이 있어도 지켜야 할 소중한 가치를 갖고 있었다. 그렇기에 아테인과 싸우고자 하는 의지에 흔들림이 없다.
 라우라에게는 그런 것이 없었다.
 물론 소중한 것은 있다.
 '당신들.'
 아젤과 동료들이다. 하지만 라우라는 그들을 위해서 아테인과 싸우는 것이 아니다.
 그렇기에 아리에타가 부럽다는 생각이 들었다. 하지만 아리에타의 입에서 나온 말은 정말 뜻밖이었다.
 "나는 그대가 부럽구나, 라우라."
 "뭐?"
 라우라가 눈을 휘둥그레 떴다. 아리에타가 부드럽게 웃으며 말했다.

"그대가 이 싸움이 끝난 후에 거머쥘 자유가 부럽다. 그대에게 있어서 이 싸움은 저주의 종지부와도 같을 테지. 그 후의 그대는 자기 의지로 어디든 갈 수 있고 누구와도 함께할 수 있을 것 아닌가."

"아리에타, 당신……."

그 미소를 보면서 라우라는 한 가지 사실을 깨달았다. 아리에타가 진정으로 부러워하는 것이 무엇인지를.

하지만 과연 그것을 입 밖으로 내도 좋은지 알 수가 없었다.

라우라가 익숙지 않은 감정에 당혹스러워하는 것을 가만히 지켜보던 아리에타가 설거지를 마친 그릇들을 들고 일어나며 짐짓 쾌활하게 웃었다.

"설거지 다음에는 야숙이로군. 왠지 이것도 얼마 안 남았다고 생각하니 아쉬운 기분이다."

"…응."

라우라는 입속에서 맴돌던 말을 삼키고 고개를 끄덕였다.

8

카이렌이 말했다.

"알마릭을 쓰러뜨린 지금, 아테인에게도 남은 패는 그리 많지 않다."

"문제는 그 패를 없애면 없앨수록 본인이 강력해진다는 점이겠죠. 기둥이 없어지면 단기적으로는 흐트러짐이 드러나는 것 같지만 죽은 부하들이 그 공백을 채우고 위대한 어둠을 강화시키니……."

현재까지 부순 기둥은 다섯 개다.

최초의 용마기 창시자 익세르
죽음의 왕 벨런
강철의 왕
무한의 마수
수목의 신

"남은 기둥은 일곱 개……."

카이렌의 중얼거림에 아젤이 대꾸했다.

"케이알리아의 예상대로라면, 아무리 위대한 어둠이 거기에 유입되는 자원으로 인해서 강성해지더라도 반절의 기둥을 잃은 시점부터는 흔들림이 발생할 수밖에 없습니다."

"즉 반드시 기둥을 하나 더 제거해야 한다는 거지. 하지만 문제는 과연 시간이 얼마나 남아 있을까 하는 것이다."

아테인의 의식 진행 상황은 케이알리아도 어렴풋이 알 수 있을 뿐 구체적으로는 알 수 없다. 그녀는 아마도 의식이 첫 단계를 마치고 다음 단계로 넘어갔으리라 추측했다.

"의식이 완성된다면 모든 것이 끝이다."

권한을 제약당하기 전에 케이알리아가 알아낸 바에 따르면 아테인의 의식은 총 4단계로 진행된다. 그리고 4단계가 완성되면…….

"그럼 돌이킬 수 없겠지요."

아젤은 확신했다.

아테인이 위대한 어둠이라는 장대한 시스템을 이용해서 구현한 기적 같은 마법이 세계를 할퀴어 흉터 자국을 남기리라.

그로써 과거 몇 번이나 그랬던 것처럼 세계의 섭리가 바뀐다. 그 시점에 이르면 아테인을 쓰러뜨린다 할지라도 이쪽의 패배다.

"아직 승산이 불확실하지만……."

고뇌하던 카이렌이 마침내 결단을 내렸다.

"승부를 걸 수밖에 없군."

마침내 결전의 순간이 다가왔다.

9

케이알리아는 밤하늘 아래의 숲을 유령처럼 허공을 부유하고 있었다.

문득 손을 들어 시린 빛을 뿌리는 달에 가져가 본다. 분명 눈으로 보고 있는데도 신기할 정도로 현실감이 들지 않는다. 자신의 손을 투과해서 비치고 있는 달만큼이나…….

매 순간마다 그녀는 자신이 산 자가 아님을 실감했다. 이곳은 자신의 세계가 아니다. 자신은 이미 이 세상에서 사라진 것들로 이루어진 위대한 어둠 속에 있었다.

그래도 이 세계를 버리지 못하는 이유는, 단 하나뿐이다.

"케이알리아."

―회의 끝났어요?

자신을 부르는 아젤의 목소리에 케이알리아는 반갑게 물었다. 아젤이 근처의 바위에 걸터앉으며 말했다.

"그래."

―제가 할 일을 알려주세요.

"일단은 우리랑 같이 이동하면 될 거야."

―그렇군요.

케이알리아는 더 자세히 묻지 않았다.

그녀는 아테인과 서로를 들여다볼 수 있다는 위험 때문에 스스로를 일행의 중요한 정보로부터 배제시켰다. 이것은 목숨 걸고 싸워야 하는 입장에서는 소외감을 느낄 수 있는 선택이었지만 그녀는 개의치 않았다.

그저 아젤이 자신을 믿어준다는 것만으로도 충분하다. 그와 함께 모든 것의 종지부를 찍는 싸움에 임할 수 있다는 것만으로도……

"묻고 싶은 게 하나 있어."

―뭔데요?

헤엄치는 물고기처럼 허공을 날아온 케이알리아가 아젤의 얼굴 앞에 자신의 얼굴을 가져다댄다.

숨결이 닿을 만한 거리였다.

하지만 서로를 볼 수 있을 뿐, 아무것도 느껴지지 않는다. 온기도, 숨결도 없다.

―새삼스럽지만 죽었다는 사실이 참 원망스럽네요.

"……"

―키스 정돈 할 수 있었을 텐데.
"…미안하다고 말하는 건 안 어울리겠지?"
―하지 마세요.
케이알리아가 까르르 웃으며 주변을 맴돌았다. 달빛을 받아서 하얗게 뒤가 비쳐 보이는 그녀의 모습은 마치 숲의 요정 같았다.
문득 그녀가 하늘을 올려다보며 물었다.
―뭐가 궁금해요?
"너는……."
아젤은 잠시 머뭇거리며 말을 골랐다.
그녀가 합류한 후부터 내내 품고 있던 의문이었다. 하지만 섣불리 물어볼 수가 없어서 묻어두고 있었다.
그래도 이제는 물어봐야만 할 것 같았다.
"…왜 죽기를 선택한 거지?"
―그거, 말했었잖아요?
"옛날이 아니라 지금, 이 시대에."
눈을 휘둥그레 뜨는 케이알리아에게 아젤이 무거운 어조로 덧붙였다.
케이알리아는 곧 배시시 웃었다. 귀여운 소녀의 얼굴이었다.
―알고 있었군요.
"……."
―하긴 별로 어려운 비밀도 아니었으니 당연한 건지도 모르겠네요.
케이알리아는 뒷짐을 지고 하얀 맨발로 돌을 차는 시늉을 했다. 물론 그녀의 발은 아무런 영향도 끼치지 못하고 돌을 통과해서 지나갈 뿐이었다.

침묵이 흘렀다. 아젤은 가만히 그녀의 말을 기다렸다.

이윽고 케이알리아가 한숨을 쉬며 입을 열었다.

―나는 이미 죽었어요. 그러니까 죽기를 선택했다는 말은 어울리지 않아요.

"말장난을 듣고 싶어서 물은 게 아니었는데."

―그러려고 한 것은 아니에요. 음. 그냥, 아젤 오빠가 생각하는 것과는 좀 다르다는 것을 확실히 해두고 싶었을 뿐이에요.

케이알리아는 이 세계에 속한 존재가 아니다. 그녀의 세계는 위대한 어둠이다.

그러니까 위대한 어둠이 파괴된다면 그녀의 존재도 끝난다.

아테인의 계획을 저지하기 위해서는 위대한 어둠의 존재를 없애는 것이 필수였다. 죽음의 왕 벨런을 없애서 죽음을 거부하는 기능을 제거했다고는 하나 아테인이 그런 문제를 극복하지 못하리라는 보장은 없다.

결국 위대한 어둠을 소멸시켜야만 모든 것이 끝난다.

―나도, 레이거스 오빠도 마찬가지예요.

케이알리아도, 레이거스도 위대한 어둠을 없애는 것은 자살 행위였다. 자신의 목숨을 걸고 싸워서 얻고자 하는 성과가 자살이라니 이 얼마나 우스운 일인가?

―우리는 이 세상에서는 이미 죽은 사람들이에요. 그저 올바른 방법으로 마무리를 짓고 싶을 뿐이지요.

과거에 케이알리아는 미움과 절망으로 선택한 길을 걸었다.

하지만 길을 걷는 내내 고통받았고, 마지막에는 회의와 후회 속에서 죽음을 맞이했다.

이번에는 그런 과오를 되풀이하고 싶지 않았다.

한 번 죽음으로써 마음을 속박했던 형틀로부터 벗어났기에 자신의 마음을 들여다보고 결정할 수 있었다. 마지막까지 후회하지 않을 길을.

"케이알리아……."

─매순간마다 실감해요. 나는 이 세상의 존재가 아니구나. 내게 있어 이 세상은 아직 끝나지 않은 꿈의 잔영이나 마찬가지고, 이 세상에 있어 나는 허상에 불과하구나.

케이알리아에게 이 세상은 창밖의 풍경이나 마찬가지였다. 그저 마법으로 그곳에 관여할 수 있을 뿐, 아무것도 만질 수 없고 아무것도 느낄 수 없다.

─오로지 옛 인연들만이 내가 아직 이 세상과 이어져 있음을 실감케 해요.

그런 그녀에게 이 시대의 존재들에게서 의미를 찾으라고 요구하는 것은 너무 가혹한 일이다. 오로지 과거로부터 이어져 온 것들만이 그녀와 이 세상을 이어주는 끈이었다.

─그러니까 아젤 오빠, 나는 죽기로 결정한 게 아니에요.

케이알리아는 환하게 웃었다. 한 점의 후회도 없는 미소였다.

─끝내지 못한 내 삶을 완성하고 싶은 거예요.

"……."

그 미소를 마주한 아젤은 아무런 말도 할 수 없었다. 그저 그녀의 결의에 경의를 표할 뿐.

10

 더 이상 아테인에게 시간을 줄 수 없다. 그러니 승산이 확실하지 않더라도 승부에 나서야만 했다.
 용마궁에 쳐들어가서 단번에 아테인을 친다.
 아니, 최우선 전략 목표는 아테인의 살해가 아니라 그가 진행하는 의식의 파괴였다. 용마궁이 적의 본거지라는 점을 생각하면 그것만 달성할 수 있어도 축배를 들 만하다.
 "그 경우 싸움의 양상이 소모전으로 흘러가게 되겠지만……."
 아테인이 살아 있고 용마왕 숭배자들도 건재한 상황에서 의식만 저지한다고 해서 전쟁이 끝날 리 없다. 아테인은 다시 의식을 준비할 것이고, 용마왕 숭배자들은 지금까지보다 과격한 반격에 나설 것이다.
 "지금까지는 놈들에게 수성전을 강요해서 우리가 전장을 선택해 왔다. 하지만 만약 놈들이 공허의 길을 지키길 포기한다면?"
 애당초 어둠의 설원에서는 세상의 이목이 자신들에게 향하지 못하도록 혼란을 일으키는 모략을 진행 중이었다. 그들이 일으킨 혼란은 아직도 정리되지 않은 채다.
 만약 어둠의 설원의 최정예가 자신들의 정체가 드러나는 것조차 아랑곳하지 않고 닥치는 대로 사회 기반을 파괴하기 시작한다면 어떻게 될까?
 수성전을 벌이는 적을 상대하는 것과 너 죽고 나 죽자는 식으로 달려드는 적을 상대하는 것은 부담이 전혀 다르다. 특히 사회적인 영향력이 있는 입장이 대부분인 수호그림자의 일원은 그렇게 될 경우 전선 이탈이 불가피해질 것이다.

"어차피 시간이 흘러서 놈들이 궁지에 몰리면 그렇게 될 가능성이 컸지만… 그때는 이미 놈들의 전력이 상당히 깎여 나간 후였겠지. 이번에는 뒷감당이 어려워질 거다."

"결국 아테인을 이번에 처리하는 게 최선이라는 거군."

레티시아의 말에 카이렌이 고개를 끄덕였다.

"하지만 쉽지 않겠지. 일단 외부에서 공허의 길 거점을 공격하면서 놈들의 주목을 끌어줄 인원과 우리와 함께 어둠의 설원으로 쳐들어갈 특공대 인원 편성도 끝났고 보급도 준비에 들어갔으니 늦어도 사흘 안에는 결행을……."

―있잖아요.

그때 문득 케이알리아가 고개를 내밀었다.

회의 중에 그녀가 찾아온 것은 처음이었기에 다들 어리둥절해하며 바라보았다. 케이알리아가 머뭇거리면서 입을 열었다.

―꼭 알려드려야 할 것 같아서 그런데…….

"무슨 일이지?"

―레이거스 오빠가 기둥 부수겠다고 쳐들어갔는데요?

"뭐라고?"

놀란 카이렌이 벌떡 일어났다. 그의 머릿속에서 정교하게 구성되고 있던 계획이 와장창 부서지는 소리가 울려 퍼졌다.

龍劍魔展

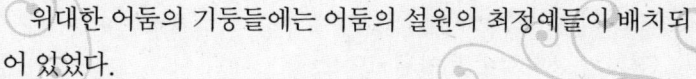

1

 위대한 어둠의 기둥들에는 어둠의 설원의 최정예들이 배치되어 있었다.
 비제스 왕국에 위치한 안식의 신의 봉인에는 그중에서도 많은 병력이 투입되었다. 수호그림자 측에서 주변의 공허의 길 거점을 전부 제거해 두었기에 문제가 터진 후에 지원 병력을 투입할 수 없었기 때문이다.
 레이거스가 그곳에 쳐들어간 것은 카이렌이 그에게 '계획이 완성될 때까지 조금만 기다려 달라'고 연락한 지 사흘째 되는 날 오후였다.
 그렇다고 레이거스가 그냥 기다리기 싫다는 이유만으로 공격을 저질러 버린 것은 아니다. 이유가 있긴 있었다.
 '그게 본인만 납득하는 이유라는 게 문제지.'

키르엔은 두통이 몰려오는 것을 느끼며 눈살을 찌푸렸다.

〈나 왔다! 이놈들아! 정신 바짝 차리고 덤벼라!〉

레이거스는 숲 저편에서 어슬렁어슬렁 걸어서 모습을 드러낸 다음 당당하게 자신의 존재를 알렸다. 그리고 적들이 방비태세를 갖추기까지 느긋하게 기다리는 게 아닌가?

키르엔이 한숨을 쉬었다.

"왠지 조상님들의 기분이 손에 잡힐 듯 실감이 가는군."

지난번에도 그랬다.

이쪽은 고작 세 명이고 적은 수백 명, 그것도 다들 최정예인데다 방어를 위한 시설도 잔뜩 갖추고 있는 상황인데도 기습 따위는 생각하지도 않는다. 친구 집에 찾아온 것처럼 당당하게 자신의 존재를 알리고 적이 싸울 준비를 다 갖출 때까지 기다려 준 다음 쳐들어간다.

'전설의 용마장군만 아니었어도…….'

키르엔이 관자놀이를 지그시 눌렀다.

한창 어둠의 설원에서 임무를 수행할 때 아군 중에 저러는 자가 나왔다면? 망설임 없이 즉결 처형했을 것이다.

하지만 상대는 '대지의 비명을 삼키는 망치'라고 불리던 용마장군 레이거스다. 말로도 힘으로도 통제할 수 없으니 그냥 포기하고 따라가는 수밖에.

콰과광! 콰쾅! 콰아아앙!

그러는 사이 어슬렁어슬렁 걸어가던 레이거스의 발밑이 폭발했다. 동시에 사방팔방에서 은닉되어 있던 마법진들이 활성화되면서 섬광과 뇌격, 폭염을 퍼붓는 게 아닌가?

〈오호! 내가 올 줄 알고 대비하고 있었다 이건가?〉

어디 한번 전투태세 제대로 갖추고 덤비라는 태도로 걸어가던 레이거스의 허를 찌르는 기습이었다. 놀라서 부산하게 움직이는 것은 연기였을 뿐, 처음부터 레이거스가 쳐들어올 경우를 상정하고 치밀한 준비를 해뒀던 것이다.

그리고 함정에 빠진 레이거스에게 적 마법사들이 집중포화를 퍼붓기 시작했다. 미처 혼쇄의 인을 내려칠 여유조차 안 주는 속공이었다.

〈이놈들! 아주 내 성격을 꿰뚫어 봤구나! 제법인데?〉

"이런 말씀드리긴 그렇습니다만……"

그때 적들 사이에서 회색뿔을 가진 차가운 인상의 용마족 노인이 모습을 드러냈다. 용마전쟁 당시 레이거스의 부관이었던 차네스였다.

성대한 폭음이 울려 퍼지는 중이니 정상적으로는 대화가 이루어질 리 없다. 차네스는 굳이 용령기를 써서 자신의 목소리를 레이거스에게 전달하고 있었다. 육체가 쇠해서 전사로서는 은퇴한 몸이지만 마력을 다루는 기술만은 무섭도록 세련되었다.

"…장군님만큼 알기 쉬운 성격의 소유자가 어디 있다고 그런 말씀을 하십니까?"

〈그 점은 부정 못하겠군! 하지만 이래 봬도 예전에는 어디로 튈지 알 수 없는 매력 덩어리라고 불렸는데!〉

"그런 적 없습니다만. 어쨌든 여기 레슈 장군이 있었던 만큼 한판 붙어보자고 달려올 확률이 매우 높다고 생각했습니다. 그런데 생각보다 오래 참으시는 바람에 성심성의껏 준비를 마칠

어둠의 화신(化身) 57

수 있었으니 참으로 복잡한 기분입니다."

차네스가 고개를 절레절레 저었다.

그는 이 시대의 그 누구보다도 레이거스의 성격을 잘 아는 인물이라고 해도 과언이 아니었다. 무한의 마수가 소멸하는 과정에서 일어난 일을 듣고는 레이거스가 이곳으로 올 확률이 지극히 높다고 판단했다.

"하지만 만약 다른 곳으로 가셨거나 끝까지 참았으면 실망했을 겁니다. 이래야 레이거스 장군님답지요."

〈주름살 좀 생겼다고 아주 건방져졌구나! 차네스, 한 가지만 묻자.〉

레이거스가 폭풍처럼 쏟아지는 마법을 버텨내면서 물었다. 동시에 차네스는 눈살을 찌푸리며 손을 들었다. 그러자 집중포화를 뚫고 투명한 빛의 파동이 솟구쳤다.

혼쇄의 인의 힘이 전개되었다. 자욱하게 피어오른 흙먼지 너머에서는 레이거스가 무시무시한 일격을 내리꽂을 준비를 하고 있을 것이다.

〈지금은 인생이 재미있느냐?〉

레이거스가 불사체로 깨어났을 때, 차네스는 말했다. 사는 게 재미없다고. 레이거스와 함께한다면 늙은 몸으로도 화끈하게 날뛸 기회를 얻을 수 있을 것이라고.

차네스는 일그러진 미소를 지으며 말했다.

"…솔직히 고백하자면, 고민을 많이 했습니다."

레이거스를 따라서 아테인에게 적대할 것인가, 아니면 아테인을 따라서 레이거스에게 적대할 것인가.

다른 어둠의 설원의 실세들에게는 고민할 가치조차 없는 문제였다. 그들에게 아테인은 신이나 다름없었으니까.
 하지만 차네스는 아니었다. 그에게는 아테인보다 레이거스의 존재가 더욱 컸다.
 "그런데 잘 생각해 보니, 한 번쯤은 해보고 싶더란 말입니다."
 〈뭘?〉
 "늙을 대로 늙어서 힘도 없는 저지만, 음침하게 음모놀이하면서 쌓아올린 것들로라도 제 영원한 영웅인 당신과 싸워보고 싶더란 말입니다."
 〈오호! 여전히 사나이로구나!〉
 "그동안은 아니었지요. 하지만 결단하는 순간 비로소 가슴이 뛰기 시작했습니다. 인생이 재미있냐고 하셨습니까? 네. 재미있습니다! 지금 이 순간에 와서야 비로소 재미있어졌습니다!"
 〈그렇군. 축하한다!〉
 레이거스가 껄껄 웃으며 혼쇄의 인을 내려쳤다.
 꽈과과과광……!
 전방에서 발생한 지진파가 원추형으로 퍼져 나가서 수백 미터를 집어삼켰다.
 하지만 그것조차도 미리 준비한 마법진이 발동, 대부분의 위력을 죽여 버린다. 동시에 레이거스의 마력이 빠져나가기 시작했다. 마법진이 그를 표적으로 지정, 마력을 억제하고 흡수하는 것이다.
 그게 끝이 아니다. 이곳을 지키기 위해 포진하고 있던 천 명에 달하는 정예가 주변을 포위하고 맹공을 퍼붓는데 그 위력이 마법진에 의해 증폭된다.

레이거스는 왠지 이 상황이 낯익다고 느꼈다.

〈이거 설마…….〉

"기억나십니까?"

차네스의 머리칼이 미친 듯이 휘날렸다. 검을 뽑아 들지도 않은 그는 처음 모습을 드러낸 지점에서 물러나지 않고 있었다. 레이거스와 수백 미터 거리를 둔 정도로는 전혀 안심해서는 안 된다는 것을 잘 알고 있으면서도.

"장군님을 죽였던 수법입니다."

용마전쟁 당시 인간 연합군이 레이거스를 죽이기 위해 준비했던 함정이었다.

차네스는 그 함정을 이곳에 한층 강력하게 재현했다. 레이거스가 그가 예상한 것보다 늦게 움직여 줬기에 그럴 수 있었다.

〈아주 마음에 들어! 그런데 차네스, 한 가지 알려주지 않겠느냐?〉

"흠. 유감스럽게도 레슈 장군은 여기에 없습니다."

〈쳇. 꽝이었나!〉

궁지에 몰린 자가 던지기에는 너무나도 어울리지 않는 질문이었으나 차네스는 당연하다는 듯 그의 생각을 알아차리고 대답했다. 듣고 있던 부하들이 기가 막힐 수밖에 없는 대화였다.

문득 차네스가 중얼거렸다.

"이제야 왔군."

레이거스가 걸어온 저편에서 어둠이 들불처럼 밀려오기 시작했다.
 "니베리스와 키르엔 발타자크."
 얼마 전까지만 해도 어둠의 설원의 고위 간부였던 두 젊은 용마족이 나타난 것이다.
 물론 차네스는 두 사람의 존재를 잊지 않았다. 마법진을 둘러싸고 레이거스에게 맹공을 퍼붓는 500명 말고도 따로 빼둔 100여 명의 별동대가 그들을 막기 위해 움직였다.
 "왕께서 레슈 장군을 데려간 만큼 전력을 충원해 두었단 말이다. 애송이들, 실력이 뛰어난 것은 인정하지만 너희만으로 상황을 바꿀 수 있을 것 같은가? 극멸을 쓸 기회는 주지 않는다."
 니베리스와 키르엔의 위험성은 충분히 인정한다. 그러나 이 전투는 무한의 마수가 소멸했던 전투와는 사정이 완전히 달랐다.
 차네스가 대기시킨 별동대는 애당초 니베리스와 키르엔을 상대하기 위해 준비하고 있었다. 둘의 전력에 대해서 충분히 분석하고, 공략하기 위한 전술을 숙지했다. 또한 용마전쟁 참가자 불사체들을 포함, 그들을 위협할 만한 실력자들도 포함되어 있었다.
 '남은 것은 장군님의 변신을 막는 것뿐.'
 레이거스의 변신만은 막아야 했다. 그가 용마력을 쓸 수 있는 상태로 변신할 경우, 지금 준비한 대책들도 결코 충분하다고 할 수 없었다.
 지금까지는 모든 게 차네스의 계산대로였다. 마법진의 힘이 레이거스의 마력을 억제하고 흡수하는 상황이라면 레이거스는 변신하지 못할 것이다. 그가 변신하기 위해 긴 시간에 걸쳐서 마력을 극대화하는 과정을 거쳐야 한다는 것은 여러 번 검증된 바 있으니까.

"…여기서 끝장을 내드리겠습니다."

존경하는 레이거스를 자신의 손으로 끝장낸다는 사실 때문일까? 그렇게 중얼거리는 차네스의 목소리는 왠지 씁쓸해 보였다.

"음?"

문득 차네스의 표정이 굳었다.

그는 사전에 마법사들로 하여금 구축하게 한 전술 통신망을 통해서 실시간으로 전황을 파악하고 지시를 내리고 있었다. 그런데 그가 전혀 예상치 못한 변수가 등장했다.

"어째서……!"

니베리스와 키르엔을 포위하고 몰아치던 별동대가 하나둘씩 제거되어 간다. 둘 이상으로 강력한 마법사의 등장 때문이었다.

그의 모습을 본 차네스는 경악의 비명을 질렀다.

"어째서 당신이 여기 있는 것인가! 사이베인 전하!"

긴 검은 머리칼을 머리 뒤로 묶고 턱수염을 기른 중년의 용마족 남자, 사이베인이 압도적인 힘으로 용마왕 숭배자들을 쳐부수고 있었다.

2

사이베인은 아발탄 숲의 주민으로 받아들여졌을 때 아발탄과 바깥세상에 관여하지 않겠다는 맹약을 나누었다. 설령 딸을 위해 나서려고 마음먹었다 한들 맹약의 힘이 그를 구속했을 것이다.

그렇기에 사이베인은 그 제약을 깨기 위해 아발탄과 모종의 거래를 했다.

거래를 받아들인 아발탄은 사이베인을 풀어주었고, 그는 딸과 함께 싸우기 위해서 찾아왔다.

레이거스가 내세운 이유가 바로 그것이었다. 막강한 전력도 추가되었겠다, 더 기다릴 것도 없이 기둥 하나를 부수자며 막무가내로 달려 나갔던 것이다.

"레이거스 공은 참 예나 지금이나 변함이 없군."

사이베인은 전신에 새카만 어둠의 용을 휘감은 채 쓴웃음을 지었다.

정말이지 한결같은 사나이였다. 그를 보고 있노라면 절망하기 전, 순수한 열의로 세상과 싸우던 시절의 자신이 되살아나는 것 같았다.

"사이베인 전하! 죽은 게 아니었나?"

별동대 중에서도 사이베인을 알아보고 경악하는 이들이 있었다. 사이베인이 쓴웃음을 지었다.

"되도록이면 끝까지 그 믿음을 뒤집고 싶지 않았지."

현실에 절망해서 아발탄 숲으로 도피했다. 원래대로라면 죽는 날까지 그렇게 살았을 것이다.

하지만 소중한 딸의 존재가, 그녀가 보여준 차갑고 단단한 결의가 사이베인을 움직였다.

잠시 혼란에 빠졌던 적들은 빠르게 결단을 내렸다.

"어찌 된 일인지는 모르겠지만 적으로 돌아선 이상 용서할 수 없소!"

사이베인이 등장과 함께 별동대를 잇달아 쓰러뜨릴 수 있었던 것은 그가 포위망 바깥쪽에서 기습을 가해왔기 때문이다. 그의 존재를 인지한 이상 맞설 방법은 얼마든지 있었다.

"예전의 당신이라면 모를까, 암혼의 서를 잃은 당신은 그저 뛰어난 마법사일 뿐!"

분명 사이베인은 실종되기 전까지는 명실상부한 어둠의 설원 최강의 마법사였다. 아테인의 아들로 태어나 다른 용마족을 압도하는 용마력을 지녔고 마법에 있어서도 극의를 엿보았으니까.

하지만 아무리 그런 사이베인이라고 하더라도 용마기가 있고 없고의 격차는 너무나도 크다. 이곳에 모인 자들은 하나같이 최정예, 용마기 보유자도 여럿 있으니만큼 충분히 사이베인을 상대할 수 있었다.

적어도 그들은 그렇게 믿었다.

콰직!

섬뜩한 소리가 울려 퍼졌다.

네 방향에서 두 명의 전사와 두 명의 마법사가 절묘하게 시간차로 포위 공격을 가한 직후였다. 능히 사이베인의 방어 마법을 뚫고 그의 몸을 노릴 수 있는 공격이었는데 결과는 그들이 기대한 것과는 전혀 달랐다.

"저건 뭐야?"

마법사가 경악했다.

사이베인의 측면에서 달려들었던 전사는 방어 마법을 뚫지 못하고 튕겨나갔다. 그리고 뒤쪽에서 달려들었던 전사는 허공에서 붙잡혀 있었다.

새카만 어둠으로 이루어진 용의 아가리에 물려서 몸통뼈가 모조리 부서진 처참한 몰골로.

"확실히……."

사이베인이 스산한 표정으로 말했다.

"…내게는 더 이상 용마기가 없지."

그에게서 해일 같은 용마력 파동이 뿜어져 나온다. 본신의 용마력만 해도 니베리스가 암혼의 서를 초래한 상태를 능가하는 그다. 용혼까지 전개한 지금은 용마장군들마저 능가하는 수준이었다.

그것은 용혼의 특성 때문에 가능한 일이다.

용마기는 주인의 상태와 독립적으로 힘을 유지하고, 용마력을 저축해 두는 것이 가능한 도구이며 그릇으로서의 특성을 지녔다.

그에 비해 용혼은 주인의 영맥을 신체 밖으로 연장한 것과 같다. 주인의 상태가 나빠지면 그만큼 기능이 저하된다. 대신 전개하면 체내의 영맥을 두 배로 늘려서 몸 밖에다가 둔 것 같은 효과를 얻을 수 있었다.

즉 용마력의 출력을 증폭시키는 효과만 놓고 보면 용혼 쪽이 용마기보다 뛰어난 것이다. 이전에 카이렌이 알마릭과 대등한 수준까지 용마력을 끌어 올릴 수 있었던 이유가 여기에 있었다.

으적! 으적!

"크아, 아아아아악……!"

어둠의 용에 씹어 삼켜지는 전사가 소름 끼치는 비명을 질렀다.

그 광경을 본 용마왕 숭배자들이 얼어붙었다. 참혹한 죽음에 익숙한 그들이었지만 동료가 산 채로 먹히는 광경에는 충격을 받을 수밖에 없었다.

그동안 시커먼 무언가가 그들을 쳤다.

쾅! 콰쾅!

"크악!"

마법사들이 비명을 질렀다.

어둠으로 이루어진 저주의 검이 그들의 방어막 위에 꽂혀 있었다. 사이베인이 장기로 삼는 마법, 춤추는 마검이다.

한 발만으로도 방어 마법이 깨져 나가는데 그 뒤를 이어 무수한 검이 나타난다. 그리고 그것들이 소리조차 뒤에 두는 속도로 그들을 두들겨 댔다.

후우우우우……!

폭음 속에서 사이베인이 연달아 새로운 마법을 내놓는다. 불꽃이, 뇌격이, 저주의 힘이 폭발하면서 적들을 위협하고 그 사이에서 어둠이 파도처럼 퍼져 나가기 시작했다.

"젠장! 막아!"

차곡차곡 전개하는 마법을 포석으로 삼아서 대규모 마법을 준비하고 있다. 그 사실을 깨달은 적들이 다급해졌다.

퍼엉!

그때 뒤돌아선 용마인 전사의 몸통을 날카로운 어둠의 칼날이 정통으로 꿰뚫었다. 용마인 전사가 믿을 수 없다는 듯 뒤를 돌아보았다.

니베리스가 차가운 눈으로 그를 바라보고 있었다.

"우리를 얼마나 무시해야 직성이 풀리겠는가?"

애당초 별동대는 정해진 전술에 충실할 경우 니베리스와 키르엔 두 사람을 확실하게 잡을 수 있다고 판단된 전력이었다. 그런 그들이 사이베인 때문에 혼란스러워하면 포위망에 틈이 발생할 수밖에 없다. 그러니 사이베인을 잡겠다고 전력을 나누는 것은 니베리스와 키르엔에게 공격해 달라고 사정하는 것이나 마찬가지였다.

그사이 사이베인은 여유롭게 적들을 격퇴하고 있었다.

굳이 죽이거나 전투 불능으로 만들지 않는다. 초고속으로 비행하는 춤추는 마검을 이용해서 적들의 혼란을 유발하면서 자잘한 마법의 연계로 그들을 계속 밀어낸다.

그러는 동안에도 그가 구성한 대마법은 착실하게 진행되어 간다. 그 광경을 뻔히 지켜보는 적들은 초조함을 못 이기고 무리해서 달려들게 되고…….

쾅!

바로 그 순간 사이베인이 자잘한 마법들 사이에 깔아둔 치명적인 함정 마법이 발동해서 적을 격살한다.

하지만 적들도 어둠의 설원의 최정예다. 고위 마법사가 얼마나 무서운지 뼈저리게 알고 있기에 동료가 희생되는 것까지 감안하고 그 틈을 찔러서 순동법으로 달려드는 전사도 있었다.

'잡았다!'

아무리 사이베인이 무서운 마법사라고 하더라도 신체 능력과 반응속도는 고위 용령기 수련자를 따라올 수 없다. 그 문제를 메꿔주는 것이 마법인데, 동료의 희생으로 사이베인이 구축한 마법의 성벽에 발생한 찰나의 공백을 뚫은 지금 그의 검이 닿을 가능성은 충분하다.

콰작!

다음 순간 전사의 눈앞이 캄캄해졌다.

사이베인의 주변에 몰려든 어둠 속에 묻혀 있던 용혼이 벼락처럼 튀어나와서 전사를 물어버린 것이다. 용혼의 움직임은 고위 용령기 수련자를 붙잡기에 충분한 수준이었다.

으적, 으적……!

용혼이 전사의 몸통을 씹어 부수면서 소름 끼치는 소리가 울려 퍼졌다.

"고맙군."

게다가 사이베인의 용혼이 적을 씹어 삼키는 것은 단순히 공포감을 조성하기 위해서가 아니었다.

"덕분에 마법의 완성이 7초 앞당겨졌어."

사이베인의 용혼에는 생명체를 치유하는 능력 말고도 또 다른 능력이 있었다. 바로 집어삼킨 존재로부터 생명력과 마력을 빨아내어 용마력으로 변환하는, 지극히 흑마법에 가까운 능력이었다.

―어둠의 여왕!

사이베인을 중심으로 어둠이 해일처럼 퍼져 나갔다. 그의 용마력이 한층 더 폭증하면서 주변에서 무수한 부정체가 일어나기 시작했다.

그 사이로 무수한 저주의 검들이 날아다닌다. 적들의 비명이 울려 퍼졌다.

"아아아아악!"

사이베인이 압도적인 기세로 적들을 학살했다. 포위망의 안팎에서 몰아치는 마법의 연쇄에 적들이 구멍 뚫린 둑처럼 무너져 갔다.

"아버님."

똑같이 어둠의 마력을 두르고, 거의 같은 마법으로 연계하는 두 부녀가 허공의 한 지점에서 마주했다.

사이베인이 말했다.

"너와 함께 싸우는 날이 올 줄은 몰랐구나."

"저는……."

무언가 대답하려던 니베리스는 곧 입을 다물고 옅은 미소만 지었다. 지금의 두 사람에게는 그것만으로도 충분했다.

3

사이베인이라는 막강한 변수가 차네스의 전술 계획을 무너뜨렸다.

암혼의 서를 니베리스에게 계승해 줬으면서도 그의 무서움은 변함이 없었다. 허당왕자라는 모욕적인 별명으로 불렸던 것이 이해되지 않을 정도로 경이로운 능력이다.

"이런……."

차네스의 안색이 참담하게 물들었다. 무너지는 전황을 지켜보던 그가 문득 뒤쪽을 돌아보았다.

"역시 내 손으로 끝낼 만한 그릇이 아니었나, 저분은."

전황은 일거에 무너지진 않는다. 이쪽의 수는 많고 하나같이 정예 병력이다.

그래도 결과는 이미 나와 있었다. 다른 사람은 몰라도 지휘관인 차네스는 그 사실을 알았다.

"하하하. 200년도 넘게 쌓아올린 것들인데, 그래 봤자 정말 시간 벌이밖에 안 되는군요."

차네스는 파국이 다가오는 것을 느끼며 미소 지었다. 공허한 미소였다.

그는 지금까지 뽑지 않았던 검을 뽑아 들었다. 그리고 때를 기다렸다.

"설마 사이베인 전하, 당신이 올 줄이야. 꿈에도 상상하지 못한 일입니다. 역시 할 수 있는 모든 것을 준비해도 승패는 운명에 맡기는 수밖에 없는 거군."

사이베인의 개입으로 니베리스와 키르엔을 상대하던 별동대의 포진이 붕괴, 여유가 생긴 세 명은 레이거스의 포위망도 공격하기 시작했다.

압도적인 규모의 마력을 전개, 독자적으로 움직이는 병졸에 해당하는 존재를 소환하고 전장의 이곳저곳에 동시다발적으로 관여한다. 이것은 니베리스와 키르엔만의 역량으로는 불가능한 일이었다.

용마전쟁 속에서 소규모부터 대규모까지 다양한 전투를 경험해 본 사이베인이 두 사람을 이끌고 있기에 가능한 일이다. 그와 니베리스의 마력 본질이 같다는 점까지 맞물려서 셋의 연계 효과가 극대화되고 있었다.

결국 레이거스의 포위망에도 균열이 발생했다.

〈울부짖어라!〉

레이거스의 외침과 함께 투명한 빛의 파랑이 허공으로 치솟는다. 그리고……

〈혼쇄의 인!〉

대지가 뒤집어지며 지진파가 내달렸다.

레이거스를 중심으로 반경 백 미터가 넘는 대지가 통째로 박살 난다. 마법진이 뒤흔들리고, 포위망을 구축한 채로 맹공을 퍼붓던 어둠의 설원의 병력들도 공격을 멈추고 방어를 취했다.

〈제법 화끈한 영접이었다! 이놈들아!〉

치솟는 흙먼지 너머에서 레이거스의 외침이 울려 퍼졌다. 그리고 대량의 토사와 암석 파편들이 고속으로 내달리면서 우왕좌왕하던 용마왕 숭배자들을 격살했다.

"크아아악!"

비명이 울려 퍼졌다.

하지만 그뿐, 레이거스 본인이 모습을 드러내서 적들을 직접 치는 일은 없었다. 혼쇄의 인으로 지진파를 발생시킨 것도 처음 한 번뿐이고 그 후에는 토사와 암석을 이용해서 허점이 보인 자들만을 친다.

적들에게는 시야가 가려져서 보이지 않았지만 그도 무사하지 않았다. 힘을 억제하고 빨아내는 마법진에 사로잡힌 채로 최정예 500명에게 난타당했으니 당연한 일이다. 갑옷이 반쯤 부서져서 그 안을 채운 어둠이 줄줄 새어 나왔고 휘청거리는 몸을 억지로 다잡고 있었다.

〈이런 젠장! 죽은 후에도 몸 움직이는 데 근성이 필요할 줄은 몰랐군!〉

살아 있는 몸이 아닌데도 마법적인 공격을 받은 결과 통증과 신체 기능에 이상이 발생했다. 게다가 여전히 유지되고 있는 마법진의 효과 때문에 회복이 더뎠다.

"괴물……!"

그러나 흙먼지 때문에 그를 볼 수 없는 적들은 공포를 주체하기 어려웠다. 설령 용이라도 수십 번은 죽어서 가루가 될 만한 대공세였다. 그런데도 일격으로 상황을 바꿔 버릴 힘을 남기고 있었다니.

상황을 냉정하게 꿰뚫어 본 것은 단 한 명, 차네스뿐이었다.

"공격을 멈추지 마라! 장군님이 회복할 틈을 줘서는 안 된다!"

레이거스가 입은 타격은 크다. 차네스가 준비한 함정은 생전의 그를 죽였던 인간 연합군이 준비한 것보다 더욱 치밀했다.

누구보다도 레이거스의 힘을 잘 아는 차네스이기에 가능한 일이다. 그리고 객관적으로 보면 용마전쟁 때 인간 연합군은 지금처럼 최적의 기회를 잡지는 못했다.

당시의 레이거스는 혼자가 아니었다. 아군과의 연계를 무시하고 혼자서 날뛰다가 함정으로 뛰어 들어오기는 했지만, 그의 뒤에는 차네스가 지휘하는 5천 명의 병력이 있었던 것이다.

'장군님부터 잡는다. 시간 내에 장군님만 잡으면 사이베인 전하라도 큰 위협이 아니야.'

차네스는 포위망 외곽의 백 명을 움직여서 사이베인과 니베리스, 키르엔을 치게 하고 나머지 4백 명에게 재차 맹공을 퍼부을 것을 명령했다.

시간을 끌기만 해도 그의 승리다. 일정 시간 동안만 버티면 확실한 승리를 보장해 줄 비장의 카드를 쓸 수 있게 되기 때문이다.

다만 차네스는 그 전에, 자신의 손으로 레이거스와의 싸움을 끝내고 싶었다.

"아."

곧 차네스는 치명적인 문제를 깨달았다.

그의 판단은 정확했다. 그 상황에서 내릴 수 있는 최선의 명령을 내렸다.

하지만 병사들이 그의 명령을 제대로 따라주지 못했다.

최정예라고는 하지만 그들 중에 용마전쟁을 겪어본 이들은 극소수였다. 자신들을 압도하는 강적과 싸워본 경험은 거의 없고 레이거스에 대해서는 전설처럼 들었을 뿐이다.

그 두 가지를 현실에서 맞닥뜨리면서 발생한 충격과 혼란이 너무 컸다. 명령에 따르려고 노력하지만 행동에 신속함과 정밀함이 결여되어 있었다.

그리고 그들이 상대하는 적들은 그 틈을 놓칠 만큼 호락호락한 자들이 아니었다.

〈혼쇄의 인! 근성을 발휘해 봐라!〉

포위망의 공세가 다시 거세어지기 전, 레이거스는 방어를 최소화하면서 흙먼지 속을 질주했다. 산발적으로 쏟아지는 공격에 피격당하는 횟수를 최소화하면서 힘을 응축, 전력을 다해 대지를 내리찍는다.

이번 공격은 전 방위를 노리는 공격이 아니었다. 지진파가 원추형으로 퍼져 나가면서 전방을 관통했다.

"레이거스 공! 가시오!"

그 틈에 사이베인이 혼란에 빠진 자들에게 맹공을 퍼붓는다. 그들 사이에서 원령과 부정체들이 일어나고 저주의 힘이 연달아 폭발하며 끔찍한 비명이 그치지 않고 울려 퍼졌다.

그야말로 한 폭의 지옥도다.

"하하하하!"

최후의 안식이라는 죽음조차 흑마법이 유린하는 전장 속에서 미친 듯이 웃는 자가 있었다. 차네스였다.

레이거스가 온다.

그가 준비한 함정을 헤치고, 그가 지휘하는 병력을 뚫고 달려오고 있다.

그 사실에 심장이 미치도록 뛰었다. 이토록 가슴 뛰어본 적이 얼마 만의 일인지!

"…하! 기분은 정말 좋은데 이러다간 숨넘어가겠군. 늙은 몸은 이래서 안 돼. 하지만 말라비틀어진 불사체가 되는 것보다야 낫지!"

〈내 욕하는 거냐?〉

"그렇게 들으셔도 무방합니다!"

차네스가 급속도로 가까워지는 레이거스에게 검을 겨누었다. 그를 호위하던 병력이 반사적으로 뛰어나가 레이거스를 맞이했다.

쾅!

레이거스는 마치 파리라도 때려잡듯이 그들을 후려쳐서 날려버렸다. 그들도 정예였기에 첫 일격에 동료가 날아가는 순간 민첩하게 행동을 변경, 좌우로 돌아가면서 합공을 퍼부었지만 소용없다.

〈주제 파악을 못하는구나, 애송이들!〉

레이거스는 한쪽은 어깨로 공격을 받아서 비껴내고, 그 기세 그대로 어깨치기로 머리통을 날려 버리고 다른 한쪽은 몸통을 치게 내버려 두었다. 강맹한 검격이 갑옷을 후려갈겼지만 깊숙한 흔적을 남길 뿐, 뚫지는 못한다. 공격을 가한 검사는 상상을 초월하는 강건함에 놀라면서 빠져나가려고 했지만 늦었다.

퍼억!

레이거스가 무릎을 올려치는 것만으로도 그의 몸통이 산산조각 나버린다. 그리고 레이거스가 섬광을 난사하면서 멀어져 가는 마법사들을 보면서 발을 한 번 구르자 땅의 일부가 폭발, 토사와 암석이 간헐천처럼 솟구치면서 그들을 후려갈겼다.

"역시!"

부하들이 당하는 모습을 보면서 차네스가 껄껄 웃었다.

열두 명의 호위가 달려들어서 전부 격파되기까지 채 10초도 걸리지 않았다. 심지어 레이거스는 그들을 상대하는 동안 걸음을 멈추거나 방향을 바꾸지도 않았다. 속도가 느려졌을 뿐, 계속 앞으로 나아가면서 그들을 몰살시키고 차네스를 향해 다가온다.

분명히 약해져 있는데도, 갑옷도 너덜너덜하고 마력도 눈에 띄게 저하되어 있는데도 격이 다르다.

그저 움직이는 성채처럼 강건한 것만이 아니다. 단순무식해 보이지만 놀랍도록 빠르고 정확하게 자신이 지닌 것들을 활용하는 전투 기술은 이미 예술의 경지였다.

그런 그를 향해 차네스가 검을 겨눈다. 그리고 용령기로 섬광을 쏜다. 마치 수십 명의 궁수가 활을 겨누고 연달아 사격하듯, 수십 발의 섬광이 그치지 않고 레이거스를 난타한다.

레이거스는 멈추지 않았다.

〈자아! 차네스!〉

섬광이 자기를 때리든 말든 걸음을 늦추지도 않고 그 앞에 도달했다.

차네스도 개의치 않았다. 소용없다는 걸 알면서도 눈썹 하나 까딱하지 않고 공격을 가한다.

그리고 성큼성큼 걷는 레이거스가 자신의 간격 안에 다가오는 순간, 혼신의 힘을 다해 돌진하며 검격을 날렸다.

쾅!

폭음이 울려 퍼졌다.

차네스의 시야가 일순간 암흑으로 물들었다. 고통은 없다. 시각, 청각, 촉각, 후각, 미각에 이르기까지 모든 감각이 한순간 끊어졌을 뿐.

다시 이어졌을 때도 그것은 너무나도 희미해서 더 이상 현실감이 느껴지지 않는다.

"하하하……."

차네스는 웃었다.

하늘이 보인다. 그리고 흐트러진 감각이 절망적인 정보를 전달해 왔다.

그의 몸통이 날아가 있었다.

단 일격으로 결판이 났다. 예전, 활력이 넘치던 시절을 떠올리며 날린 혼신의 공격에 레이거스는 호쾌한 반격으로 대답했다. 인정사정없는 일격이 그의 몸통을 부숴서 수십 미터나 날려버렸다.

즉사하지 않은 것이 신기할 지경이다.

기적은 아니다. 차네스는 처음부터 이렇게 될 것을 알고 있었다. 그렇기에 최후의 대화를 나누기 위해 준비했을 뿐이다.

죽어가는 차네스의 머리 위에 거대한 그림자가 드리워졌다. 차네스는 새카맣게 보이는 실루엣 한가운데서 타오르는 두 개의 불빛을 보면서 그것이 레이거스임을 알았다.

〈흠. 뭐야, 몸은 늙어 비틀어졌어도 근성은 안 죽었잖냐, 이 자식.〉

"…하하, 쿨럭!"

웃던 차네스가 울컥 피를 토했다. 그는 죽어가는 의식을 억지로 붙잡아놓으며 말했다. 용령기를 써서 목소리를 또렷하게 가다듬는다.

"칭찬 감사합니다만, 부끄럽게도 그렇지 못했습니다. 전 비겁한 놈입니다."

〈그동안 해놓은 짓 보면 그렇기는 하지.〉

"여전히 가차 없으시군요."

〈그래도 지금은 제법 사내다웠다. 먼저 가서 저쪽에 터 좀 잡아놓고 기다려라. 재회의 날이 그리 멀진 않을 테니까.〉

차네스는 흐릿해지는 시야 속에서 환상을 보았다. 해골만 남은 불사체가 아니라 예전 살아 숨 쉬던 시절의 레이거스가 자신을 향해 씩 웃고 있는 환상을.

자신은 220년 동안 늙어지고, 추해지고, 타락했다.

그럴 수밖에 없었다는 것은 궁색한 변명이었다. 확고한 의지를 갖고 있었다면 다른 길을 선택할 수도 있었을 테니까. 그저 상처 입었다는 이유로, 다른 이들을 보듬어야 한다는 이유로 흐름을 바꿀 생각도 하지 않고 끌려갔을 뿐이다.

그래서 기뻤다. 레이거스는 변함없다는 것이.

죽는 순간까지도, 그리고 220년의 시간을 뛰어넘어 이 시대에 불사체로 일어난 후에도… 레이거스는 그의 영웅이었다.

"…당신 곁에 서는 게 무서웠습니다."

차네스는 흐릿한 눈으로 진심을 고백했다.

"그 길을 선택하면 저는 아무것도 없는 늙은이에 불과하니까. 당신에게 별 도움도 안 되는 짐일 뿐이었겠지요."

하지만 레이거스에게 적대하는 것을 선택하면, 추악한 타락으로 쌓아올린 것들로 그를 위협하는 강적이 될 수 있었다. 쓸모없는 짐이 되어 죽어 가느니 모든 것을 걸고 그를 위협하고 싶었다.

비겁한 선택이다. 그것을 잘 알면서도 차네스는 어느새 그 길을 선택한 자신을 발견했다.

〈넌 예나 지금이나 쓸데없는 생각이 많아서 문제야.〉

레이거스가 기가 막혀 하며 웃었다. 그리고 말했다.

〈어쨌든 재미있었다. 너는 어땠지?〉

"저는……."

차네스는 꺼져가는 목소리로 말하며 미소 지었다.

"…재미있었습니다, 정말 오랜만에."

그 말이 그의 유언이 되었다.

그리고 차네스의 시체를 넘어서 나아가는 레이거스의 앞에서 어둠이 솟구치기 시작했다.

4

레슈는 아테인의 부름을 받고 어둠의 설원으로 돌아갔다.

이런 상황에서 안식의 신의 봉인을 지켜야 하는 차네스가 믿는 구석은 두 가지였다.

하나는 레이거스가 쳐들어올 경우를 상정해서 준비한 함정이었고, 또 하나는…….

〈아테인!〉

레이거스는 솟구치는 어둠 속에서 모습을 드러낸 용마족 남자를 보면서 말했다.

검은 머리칼을 휘날리는 아테인이 허공에서 그를 내려다보고 있었다. 솟구쳤던 어둠이 사방으로 흩어지는 듯하더니 갑자기 방향을 바꿔서 그에게로 집결한다.

아니, 그에게만 집결하는 게 아니었다. 그중 일부는 레이거스에게로 빨려들면서 그의 상태를 회복시킨다. 마력이 차오르면서 갑옷의 파손까지도 복원되어가는 게 아닌가?

〈어둠의 화신이로군. 이걸 준비하고 있었나?〉

이 어둠은 위대한 어둠의 일부다. 그렇기에 거기에 속한 레이거스 역시 그 혜택을 입을 수 있었던 것이다.

그리고 눈앞에 나타난 것은 아테인의 용마기, 어둠의 화신으로 구현된 분신이었다.

알마릭이 아젤에게 죽었을 때 나타났던 것과는 다르다. 케이알리아의 방해로 제대로 구현되지 못했던 그때와는 달리 이번에는 완벽하게 구현되었다. 차네스가 레이거스를 상대하는 동안 충분한 시간이 주어졌기 때문이다.

전장에 정적이 내려앉았다.

사이베인이 숨을 삼켰다.

"아버님……!"

그에게 있어 아테인은 부친이자 마법의 스승이었고, 나아가서는 신앙의 대상과도 같았다.

220년의 시간을 뛰어넘어 그의 모습을 보는 순간 숨이 턱 막힌다. 잊은 줄 알았던 그에 대한 감정이 되살아나면서 공포와 혼란이 들불처럼 영혼을 잠식해 갔다.

문득 사이베인이 움찔했다.

옆을 바라보니 니베리스가 그의 손을 잡고 있었다. 시선은 아테인에게 두고 있었지만 자신의 손을 잡은 그녀의 손에서 떨림이 전해져 온다.

그 모습을 보자 동요가 신기할 정도로 빠르게 진정되었다. 대신 아발탄 숲을 나오기 전에 마음에 새겼던 결의가 되살아났다.

"흠……."

허공을 응시하던 아테인, 정확히는 어둠의 화신으로 구현된 그의 분신이 말했다.

"예상 못한 일이군."

어둠의 화신을 구현한 여파가 레이거스를 회복시킬 줄은 몰랐다. 이 자리에 의식을 보낸 아테인이 처음으로 관심을 보인 것은 그 현상이었다.

〈역시 의도한 건 아니었나? 하긴 정정당당하게 싸우자고 이런 일을 하는 것은 너답지 않지.〉

"하지만 레이거스, 그대를 상대한다면 그런 불합리한 일도 해볼 만하다는 생각이 드는군. 나 또한 이성보다도 감정을 소중히 하고 싶어질 때가 있으니."

〈큭큭, 상황이 재미있게 되었어. 레슈라는 놈이 없어서 실망했더니만 너무 성급했군!〉

"그대와 적으로 만나는 것도 270년 만의 일인가?"

〈내 체감으로는 그렇게까지 오래되진 않았지만, 실제로는 그쯤이겠지.〉

아테인과 레이거스는 때로는 동료가 되어 강적과 맞섰지만 그만큼이나 서로 적대하고 싸운 적도 많았다.

인간과는 비교도 안 되는 장대한 시간을 살아간 자들이다. 입장이 변하는 일은 얼마든지 있었다. 그리고 무엇보다 강적을 보면 빌미를 만들어서라도 싸우고 싶어 하는 레이거스가 아테인에게 몇 번이고 도전한 것은 당연한 일이었다.

아테인이 말했다.

"7승 2패 1무였지. 오늘이 갱신되는 게 마지막 전적이 될 것이다."

〈웃기지 마라. 누구 마음대로 내가 두 번이나 이겼대? 10패다.〉

레이거스가 반박했다.

마지막으로 싸웠을 때까지 레이거스는 한 번도 아테인에게 이겨보지 못했다. 열 번 싸워서 열 번 다 졌다.

서로의 말이 다른 것은 승패를 결정하는 기준의 차이다.

아테인은 싸움의 목적, 그리고 상황이 어느 쪽으로 기울었느냐를 승패의 조건으로 보았다. 그에 비해 레이거스는 어디까지나 개인의 승부만을 기준으로 삼았다.

승부에서 이기고 전투에서는 졌다는 말이 있지 않은가? 개인의 무용을 겨루어서 이겼지만 그가 속한 집단은 진다. 이 경우 아테인은 그것을 자신의 패배로 여겼지만 레이거스는 그렇지 않았다.

"그렇군. 하지만 레이거스, 처음일 것이다."

〈뭐가 말인가?〉

"내가 그저 그대를 죽이기 위해 싸우는 경우는."

―용마기 초래! 어둠을 새기는 검! 하늘의 성채! 대지의 아들!

아테인이 연달아 용마기를 소환했다. 어둠 그 자체로 이루어져서 입체감이 전혀 느껴지지 않는 장검이 그의 손에 쥐어지고,

투명한 빛으로 이루어진 장벽이 그의 주변을 두르고, 바위로 이루어진 거대한 손이 등 뒤에서 솟구쳤다.

레이거스는 아테인이 용마기를 초래하는 것을 가만히 지켜보았다.

어리석어 보이는 행동이었지만 사이베인도, 니베리스도, 키르엔도 그에게 공격을 재촉하지 않는다. 그저 한숨을 삼킬 뿐.

"저 버릇은 좀 고쳤기를 바랐거늘……."

사이베인이 쓴웃음을 지었다.

강적을 만나면 그가 최적의 상태를 갖출 때까지 기다린다. 한창 싸워서 궁지로 몰다가도 비장의 패를 꺼내 든다 싶으면 공격을 멈추고 한번 해보라고 기다려 준다.

그 점도 예나 지금이나 변함이 없었다. 아련한 추억이라기보다는 속이 쓰려오는 기억들이 물밀듯이 되살아났다.

우우우우우!

하지만 레이거스도 완전히 손 놓고 보고 있었던 것만은 아니었다.

아테인이 용마기를 초래하는 사이, 그에게서도 변화가 일어난다. 위대한 어둠의 일부가 유입되면서 극적으로 회복된 마력이 폭증하면서 변신이 이루어졌다.

갑옷이 해골의 얼굴을 가리면서 새하얗게 물들고, 불사체의 마력이 용마력으로 변한다. 한순간에 조금 전까지와는 비교도 할 수 없는 전력이 그 몸에 갖춰졌다.

아테인이 조금 놀란 표정을 지었다.

"예상보다 빠르군."

레이거스의 변신이 생각보다 빠르다.

이유는 두 가지였다. 위대한 어둠이 레이거스에게 유입되면서 단번에 마력이 충만해진 것, 그리고 레이거스가 변신에 익숙해진 것.

생각해 보면 레이거스는 이 시대에 불사체로 깨어난 후로 급속도로 발전을 거듭했다.

불사체가 된 자신의 상태에 익숙해지고 전투 기술을 거기에 맞춰 최적화하고, 자신의 근본이 된 위대한 어둠으로부터 힘을 끌어내는 방법을 터득한 것이다. 일견 단순하고 무식해 보이지만 어디까지나 스타일이 그러할 뿐, 레이거스는 용마전쟁 때도 정점에 이른 달인 중에 한 명이었다. 그 경험과 재능은 불사체가 된 지금도 전혀 녹슬지 않았다.

〈뭐든지 하다 보면 익숙해지는 법이지!〉

놀라는 아테인에게 레이거스가 순동법으로 돌진해 오며 혼쇄의 인을 내려쳤다. 마치 중간 과정을 생략한 것 같은 속도였다.

폭음이 울려 퍼진다.

혼쇄의 인이 대지를 강타하면서 지진파가 발생했다. 그러나 그것이 대지를 뒤집어놓는 일은 없었다. 아테인이 은밀하게 깔아둔 마법 함정이 발동, 공간왜곡장이 발생했기 때문이었다.

〈아무리 내 머리가 나빠도 똑같은 수법에 몇 번이나 당하겠나?〉

레이거스가 껄껄 웃었다. 공간왜곡장이 펼쳐지는 순간, 레이거스는 혼쇄의 인으로 땅을 찍고 그 반동으로 돌진 궤도를 틀었다. 그리고 다시 땅을 박차면서 순동법을 발동해서 아테인을 덮쳤다.

아테인을 감싼 빛의 벽, 용마기 하늘의 성채가 그 공격을 막아낸다. 혼쇄의 인의 일격을 받아내고도 격하게 흔들릴 뿐, 깨어지지 않는 굳건한 방어벽이었다.

그러나 충격이 완전히 상쇄된 것은 아니다. 허공에 떠 있던 아테인의 몸이 지상으로 푹 꺼지듯이 떨어지고 충격파가 공간을 유린했다.

"음!"

아테인이 땅을 박차고 뒤로 뛰면서 떨어지는 기세를 흘려 넘겼다. 그 앞에 레이거스가 나타난다.

쾅! 쾅! 콰아아앙!

혼쇄의 인이 거침없이 가속한다. 분명 잔뜩 힘을 실어서 호쾌하게 휘두르는 일격인데도 너무나도 빨라서 그 모습조차 제대로 볼 수 없을 정도였다.

변신한 레이거스는 생전과 비교해도 월등히 강하다. 그저 용마력이 생전보다 훨씬 커졌기 때문이 아니다. 살아 있는 자와는 달리 불사체의 모든 능력은 마력에 의해 결정되기 때문에 신체 능력도 압도적으로 상승해 있었다.

콰창!

결국 아테인을 지켜주던 하늘의 성채가 깨져 나갔다. 그 앞에서 레이거스가 발을 한 번 구르자 대지가 터져 나가면서 토사와 암석이 아테인을 맹습한다.

그런데 그것은 아테인에게 접근하면서 급속도로 사그라졌다. 아테인 역시 대지의 힘을 다루는 용마기, 대지의 아들을 초

어둠의 화신(化身) 85

래해 둔 상태이기 때문이었다.

〈흥!〉

하지만 레이거스도 그 대응을 예상하고 있었다. 대지의 아들이 토사를 막아내는 너머에서 정면으로 돌격, 그대로 일격을 내려친다.

피할 수 없다. 그렇게 판단한 아테인이 어둠을 새기는 검을 들고 달려들었다.

충격이 대지를 강타했다.

〈커억……!〉

비명을 지르며 날아간 것은 레이거스였다.

어둠의 궤적이 허공을 질주하고 있었다.

마치 현실을 고스란히 그려낸 그림 위에다가 붓으로 검은 선을 그어놓은 것 같다. 완전한 칠흑이라 입체감이 조금도 느껴지지 않는 이질적인 어둠이 종횡무진 허공을 질주하고 그 사이사이로 아테인의 분신이 환상처럼 나타났다 스러지기를 반복한다.

아테인의 용마기, 어둠을 새기는 검이었다.

자세를 바로잡고 착지한 레이거스가 땅을 굴렀다. 그러자 주변에서 토사가 솟구치면서 어둠의 궤적을 차단한다.

〈이건 뭐야? 아젤 흉내인가?〉

이 어둠의 궤적은 마치 빛으로 화한 하늘을 가르는 검을 어둠으로 바꿔놓은 것 같았다. 보아하니 어둠을 새기는 검으로부터 비롯된 것이 분명한데 레이거스의 기억 속에는 없는 능력이었다.

그 앞에 아테인이 나타났다.

"그렇다."

낯빛 하나 바꾸지 않고 뻔뻔하게 모방했다고 인정한다. 마법의 시조인 아테인 입장에서 보면 누가 자신의 능력을 모방하는 것도, 자신이 모방하는 것도 전혀 자존심을 거슬리지 않는 일이었다.

다음 순간 아테인의 주먹이 토사의 벽을 관통하고 레이거스에게 꽂혔다. 레이거스가 팔을 들어 막는 순간, 둘을 중심으로 충격파가 터졌다.

쿠웅! 쿠우우웅!

거의 동시에 두 번의 굉음이 울린다.

레이거스의 뒤쪽, 몇 미터 떨어진 지점부터 그 뒤로 수십 미터에 긴 상흔이 남으면서 울려 퍼진 소리였다.

아테인이 용령기로 레이거스의 방어를 관통하는 일격을 날렸다. 용의 가죽조차 뚫고 내장을 파괴할 수 있는 기술이다.

그런데 레이거스는 절묘한 방어 기술로 대응해서 타격을 비껴냈다. 그것만이 아니다.

"음……!"

아테인이 신음했다.

타격을 비껴낸 것에 그치지 않고 그 일부를 되받아쳐서 아테인에게 타격을 준 것이 아닌가?

〈낡아빠진 기술이다!〉

레이거스가 호탕하게 웃으면서 경직된 아테인을 걷어찼다. 그러자 그의 모습이 어둠의 포말로 부서지고 그 너머에서 마법의 원 수십 개가 떠오른다.

레이거스는 당황하지 않았다.

방금 전에 분쇄한 것은 그의 주의를 끌기 위한 분신, 그리고 그 너머에서는 아테인이 마법의 융단폭격을 준비하고 있었다. 폭염과 뇌격, 저주의 응집체 수십 발이 일거에 내리꽂히면서 어마어마한 폭발이 치솟았다.

마법이 작렬하는 방향에 있던 산의 일부가 깎여 나가고, 그 여파로 산사태가 일어난다.

쿠르르릉……!

회심의 일격을 작렬시킨 아테인은, 눈썹 하나 까딱하지 않고 다음 공격을 준비하고 있었다.

방금 전의 공격은 아테인에게는 필살의 공격이 아니었다. 어디까지나 레이거스의 움직임을 막기 위한 공격이었을 뿐이다.

진짜는 이다음이다. 사용한 마법으로 인한 여파를 다음 마법으로 연결하는 것이야말로 고등한 마법 운용의 진수다.

융단폭격으로 발생한 여파가 아테인의 주변으로 빨려 들어가더니 한 점으로 밀집되었다.

ㅡ태양의 시선!

그 에너지가 극도로 증폭되면서 파멸의 섬광이 발사되었다. 암석조차도 닿는 순간 증발시켜 버리는 초고열의 공격이었다.

솟구치는 폭발에 구멍이 뻥 뚫린 직후, 그 너머에서 빛이 폭발했다.

콰아아아아아앙!

사람들이 그 현상을 인식했을 때는 이미 충격과 열파가 지형을 바꿔놓고 있었다. 지면은 물론이고 산악지형마저도 버터처럼 깎여 나간다.

쿠구구구구……!

"어, 어마어마하군!"

아슬아슬하게 방어막을 전개한 키르엔이 신음했다.

말이 안 나올 정도로 어마어마한 마법 운용이다. 그저 마법의 파괴력만 놀라운 것이 아니다. 이런 위력의 마법을 너무나도 빠르고 쉽게 구현한다는 사실이 놀라운 것이다.

게다가 아테인은 아직 멈추지 않았다.

—용마기 초래! 공허의 문지기!

계속해서 마법을 연계하던 아테인이 어느 순간 마법 운용을 멈추고 용마기를 초래했다.

그의 앞에 어둠으로 이루어진, 지름이 10미터도 넘는 거대한 원형의 구체가 나타났다. 그리고 그것과 거의 동시에 전방으로부터 마치 뇌전처럼 거칠게 꿈틀거리는 황백색의 섬광이 날아들었다.

아테인의 뒤쪽, 수백 미터 저편에서 대폭발이 일어났다. 공허의 문지기가 서로 떨어진 두 지점을 이어서 섬광을 저편으로 보내 버린 결과였다.

"레이거스, 그동안 무슨 일이 있었나? 내가 알던 그대의 실력이 아니로군."

진심으로 의아해하는 아테인의 앞에서 레이거스가 모습을 드러냈다. 상처 하나 없는 모습이었다.

〈아젤과 싸우기 전이었으면 방금 걸로 꽤 심하게 당했을지도

모르지.〉

 아젤과 싸웠을 때, 레이거스는 혼쇄의 인의 새로운 권능인 대지로 충격을 흘려보내는 힘을 써서 광검해를 버텨냈다. 하지만 그러고도 만신창이가 되었다는 사실에 부족함을 느꼈다.

 그 결과 그의 방어 기술은 한층 더 발전했다. 아무리 강맹하더라도 직선적인 단발 공격이라면, 그리고 사전에 온다는 것을 예측한다면 얼마든지 궤도를 비껴낼 수 있게 되었다.

 조금 전에 아테인은 마법의 융단폭격만으로는 레이거스의 방어를 뚫을 수 없다고 판단, 일점집중의 일격을 날렸다. 그런데 레이거스의 입장에서 보면 앞선 공격은 몸으로 받아낼 수 있는데 비해 이어지는 필살의 공격은 거의 피해 없이 방어할 수 있었던 것이다.

 아테인이 쓴웃음을 지었다.

 "이번에는 빠르게 끝을 내고 싶었건만… 그대와의 싸움은 장기전이 될 수밖에 없는 것 같군."

 〈글쎄? 단기전으로 끝내는 방법이 없는 것은 아니다만.〉

 레이거스가 혼쇄의 인을 들어 올리며 말했다.

 〈내가 네놈을 빠르게 박살 내면 된다!〉

 땅을 박차려던 레이거스는 곧 움찔하며 멈춰 섰다.

 "왜……."

 의문을 담은 아테인의 말은 끝까지 이어지지 못했다. 곧바로 이유를 깨달았기 때문이다.

 "…당했군. 또 별동대를 숨기고 있었나?"

 아테인은 레이거스를 상대하면서도 사이베인과 니베리스, 키르엔에게서 시선을 떼지 않았다. 그가 인카네이션을 구사하는 분신술사이기에 가능한 일이다.
 그런데 그가 인지하지 못한 또 다른 인물이 저 안쪽에서 안식의 신의 봉인을 깨버렸다.
 "아니, 아니군."
 곧 아테인은 자신의 생각이 틀렸음을 깨달았다. 그의 시선이 사이베인에게 향했다.
 "사이베인, 너로구나."

5

 아테인과 시선을 마주한 사이베인이 쓴웃음을 지었다.
 "이제야 제 이름을 불러주시는군요."
 아테인의 말대로 봉인을 푼 것은 바로 그였다.
 이 자리에 있는 자들 중 누구보다도 아테인의 능력에 대해서 잘 알고 있는 사이베인이다. 비록 어둠의 화신으로 구현된 분신이라고는 해도 아테인이라면 레이거스와의 격전 중에도 자신들의 행동을 지켜보고 있을 것임을 예상했다. 그것이 분신술사의 무서운 점이니까.
 하지만 그것이 전장에서 벌어지는 모든 일을 파악한다는 의미는 아니었다.
 만약 사이베인 본인이 직접 봉인을 풀어 움직였다면 아테인은 인카네이션을 써서 막았으리라. 사이베인은 그 사실을 잘 알기에 다른 수단을 썼다.

사이베인은 분신술사는 아니다. 그러나 어둠의 마력을 근본으로 흑마법을 펼치는 그는 즉석에서 자신의 수족이 되어줄 존재, 즉 불사체나 부정체 같은 것들을 만들어내는 데 능했다.

대규모로 마법을 전개하고 계속해서 불사체와 부정체를 만들어서 적들을 상대하는 한편, 일부를 은밀하게 빼돌려서 봉인 시설을 쳤다.

아테인이 말했다.

"많이 변했구나."

사이베인의 외모에는 세월의 흐름이 고스란히 묻어 있었다. 외모만으로 보면 부자의 관계가 서로 바뀐 게 아닐까 싶을 정도다.

사이베인이 말했다.

"아버님께서 부활하시기 전까지 많은 일이 있었습니다. 이미 알고 계시겠지만……."

"그 경험 때문에 내 적이 되기로 한 것이냐?"

그렇게 묻는 아테인의 표정에는 분노라고는 조금도 없었다.

아들인 사이베인이 자신에게 등을 돌리고 살의를 품었다. 그 사실을 접하고도 전혀 동요하지 않는 것이다. 그의 얼굴에 드러난 것은 순수한 궁금증뿐이었다.

"역시……."

그 사실이 사이베인을 상처 입혔다.

차라리 자신에게 분노하고 호통쳤더라면 좋았을 것이다. 아테인이 사이베인을 보는 눈길에는 아무런 애정도 존재하지 않았다.

"…저는 아버님께는 아무런 의미도 없었군요."

"그렇지는 않다. 넌 내 아들이니까."

"아버님이 말씀하시는 혈육의 가치가 다른 사람들이 이야기하는 것과 같습니까?"

그 질문에 아테인은 곧바로 대답하지 않았다.

잠시 사이베인을 바라보며 뜸을 들였다가 고개를 끄덕인다.

"같지 않지. 유감스럽게도… 같을 수가 없구나."

"그럴 거라고 생각했습니다. 전 한 번도 당신에게 중요한 존재가 되었다고 느껴본 적이 없었으니까요."

용마전쟁 때부터 그랬다. 그 시절 사이베인의 투쟁은 그 누구보다도 개인적이었다.

부모에게 인정받고 싶다.

그들에게 특별한 애정의 대상이 되고 싶다.

지극히 평범한 행복이다. 그러나 사이베인의 삶에는 그것이 결여되어 있었다.

부친인 아테인은 그를 혈육으로 인식할 뿐, 그러한 관계에 당연히 따라오는 관심과 애정을 주지 않았다. 분명 눈앞에서 이야기를 나누고 있어도 마음은 언제나 머나먼 어딘가를 향해 있음을 느꼈기에 사이베인은 끊임없이 상처받았다.

그럼 모친인 아인세라는 어땠을까?

"너는 위대한 그분의 아들이다. 그분에게 부끄럽지 않은 자식이 되어야 한다. 만에 하나라도 저 천박한 여자들이 낳은 자식들에게 뒤처지는 일은 없도록 해라."

자아가 마모된 지금의 모습을 보면 상상하기 어렵지만, 예전의 아인세라는 엄격하고 신경질적인 어머니였다.

그녀의 애정은 아테인에게만 향해 있었다. 그녀에게 딸 레베카와 아들 사이베인은 자신이 다른 왕비들보다 아테인에게 사랑받았다는 증거였고, 둘째 왕비인 테드린의 자식들과 경쟁하기 위한 도구에 지나지 않았다.

용마전쟁 속에서 레베카가 죽었을 때, 그녀는 슬퍼하지 않았다. 실망하고 분노했다.

사이베인이 전투에서 패하여 가까스로 목숨을 건져 돌아왔을 때도 마찬가지였다.

"하찮은 인간들조차 못 당해서 그분의 얼굴에 먹칠을 하다니!"

…자식이 죽을 고비를 넘기든 말든 그의 패전으로 인해 아테인의 체면이 손상되었다는 것이, 그리고 자신이 다른 왕비들과의 경쟁에서 뒤쳐진다는 것이 중요했다.

아인세라는 그런 어머니였다.

차라리 부모를 증오할 수 있었으면 좋았으리라. 그러나 사이베인은 그런 성품의 소유자가 못 되었다.

상처받고 분노하면서도 아테인과 아인세라가 자신을 돌아봐 주기를, 인정하고 사랑해 주기를 갈구했다.

"…제가 살면서 얻은 깨달음 중에 제일 재미있는 게 뭔지 아십니까?"

"짐작조차 가지 않는구나."

"제가 아버님과 어머님께 품은 감정이 알고 보니 굉장히 흔하다는 것이었습니다. 자신을 봐주지 않는 부모를 향해 자식이 사랑을 갈구하는 것은, 네, 굉장히 보편적이더군요. 인간 중에서 저와 같은 감정을 품은 이를 찾기가 참 쉽더란 말입니다."

그의 아버지가 더없이 특별한 존재였음에도 불구하고, 사이베인이 그를 보며 느끼는 감정은 보편성의 굴레 안에 있었다.

"제 심정을 상상하실 수 있겠습니까? 아버님은 신처럼 대단한 분이고 저는 그 아들이지만, 그럼에도 우리의 부자 관계는 지극히 보편적이라는 사실을 깨달았을 때의 충격이 얼마나 컸는지?"

아버지는 용마족이라는 종족의 기원이며, 최초의 마법사이며, 몇 번이나 세상을 멸망의 위기에서 구해내기까지 한 용마왕 아테인이었고 자신은 그 아들이었다. 당연히 자신은 특별한 존재이며 부모와의 관계도 다른 누구도 범접할 수 없는 특수성이 있다고 생각해 왔다.

그런데 알고 보니 전혀 그렇지 않았다.

개개인은 특별한 존재일지언정 그들의 관계는 특별하지 않았다. 세상에 사이베인의 처지를 이해하고 공감할 수 있는 '자식'들이 하늘의 별처럼 많았다.

"그제야 비로소 알겠더군요. 비록 굉장히 특별한 부모를 두고 나름대로 희귀한 입장을 타고났지만 저는 결국 사람이라는 것을 말입니다. 그리고……."

사이베인은 잠시 머뭇거리다가 말했다.

"…아버님은 이미 사람이라 불릴 수 없는 존재라는 것을."

그것이 사이베인을 절망으로 던져 넣은 깨달음이었다.

사람을 초월한 아테인은 결코 그가 갈구하는 것을 줄 수 없는 존재였다. 그리고 아인세라 역시 위대한 어둠을 짊어진 대가로 자아가 마모되면서 그럴 수 있는 가능성을 완전히 잃었다.

"아버님께는 혈육의 정 따위는 아무런 의미도 없지요. 냉혹해서 하찮다고 여기는 것이 아니라… 처음부터 감정을 움직일 만한 가치를 실감하지 못하셨을 겁니다. 그렇지 않습니까?"

"부정하지 않으마."

아테인은 망설이는 기색 없이 대답했다. 사이베인의 표정이 일그러졌다.

"하……."

가슴이 아프다.

이미 오래전에 포기했다고 생각했다. 아테인은 한 번도 그를 돌아봐 주지 않았으니까.

자신의 피를 이은 아들이건만 용마왕군의 수많은 존재와 전혀 다를 게 없다. 입장상 아주 조금 더 신경 써서 대해줬을 뿐이다.

그 사실을 알고 모든 기대를 버렸다고 생각했다. 그런데 아니었다.

사이베인은 자신이 줄곧 스스로를 기만하고 있었음을 깨달았다.

그 사실을 깨달은 사이베인이 슬프게 웃었다.

"감사합니다, 아버님."

"무엇이 말이냐?"

아테인이 이해할 수 없다는 듯 물었다. 사이베인이 말했다.

"저는 아버님처럼 살지 않을 겁니다. 그 결심을 이런 식으로 확인하게 될 줄 몰랐군요."

"흠, 좀 더 이야기를 듣고 싶은 마음이 굴뚝같다만……."

문득 아테인이 말했다.

"시간이 다 되었구나."

아까 전부터 땅속에서 발생한 진동이 지상까지 전해져 오고 있었다. 점점 가까워지던 그 진동의 원인이 마침내 지면에 도달했다.

쿠르릉……!

격한 땅울림이 퍼져 나갔다.

모두의 시선이 진원지로 향했다. 봉인을 관리하고 있던 시설로.

쿠콰과과광!

시설이 폭발하면서 그로부터 짙은 어둠이 피어오르기 시작했다. 그리고 그 어둠 속에서 거대한 실루엣이 모습을 드러내었다.

새카만 두 장의 날개가 펼쳐진다. 그 날개의 주인은 마치 가면을 쓴 것 같은 매끈한 재질의 얼굴을 지닌, 레이거스보다도 키가 큰 거인이었다.

〈저게 안식의 신인가?〉

"그렇다."

레이거스의 중얼거림에 아테인이 먼 옛날의 기억을 떠올리며 대답했다.
"인간의 인간을 향한 투쟁을 없애려고 했던 존재지."

6

오래전, 인간이 서로 싸운다는 사실에 진저리를 친 인간이 있었다.

인간은 본능이 이끄는 파멸을 이성으로 극복할 수 있는 존재였다. 그러나 그들의 본질은 추하고 이기적이라 서로 다투기를 그치지 않았다.

이 세상에 인간의 존립을 위협하는 존재가 수도 없이 많은데 인간들이 서로 싸운다는 사실이 그에게 더없는 슬픔과 분노를 안겨주었다.

당연한 사실을 견딜 수 없었던 그는 인간이 스스로를 파멸시킬 수 있는 요소를 제거하고 싶었다.

'인간에게서 서로에 대한 미움을 없애자.'

서로를 파괴하는 욕망을 거세하면 모두가 행복해질 수 있을 것이다. 더 이상 인간끼리 투쟁하는 일 없이 인류의 발전을 위한 삶을 살며 행복해질 수 있으리라.

그는 오랜 시간 노력한 끝에 그렇게 할 수 있는 방법을 찾아냈다.

인간은 누구나 꿈을 꾼다. 꿈은 인간의 정신 깊숙한 곳까지 이어져 있으며 누구도 거기서 자유로울 수 없다.

'꿈을 지배한다면 인간의 정신 활동을 뜻대로 제어할 수 있다.'

그는 자신을 중심으로 수많은 인간의 꿈을 하나로 묶은 거대한 정신세계를 구축했다. 그리고 자신과 이어진 인간들이 꿈의 세계 속에 '불필요한 것들'을 버리고 오게 만들었다.

그에게 지배된 인간들은 모두 안식을 얻었다.

더 이상 다른 인간을 증오하지 않는다.
더 이상 다른 인간을 시기하지 않는다.
더 이상 다른 인간을…….

그런 것들을 모두 꿈의 세계에다 두고 온 인간들은 현실에서는 지극히 평온하고 이성적으로 살았다. 그들에게 있어 인간끼리의 투쟁이란 오로지 수면을 통해 꿈의 세계로 갔을 때 어두운 욕구를 배출하는 과정에 불과했다.

언뜻 보면 지상에 낙원이 구현되었어도 이상하지 않은 상황이었다.

"…그러나 안식의 신이 '불필요한 것들'이라고 여긴 것들은 인간이 인간으로 살기 위해 반드시 필요한 것들이었다."

아테인이 중얼거렸다.

안식의 신은 자신이 구축한 꿈의 세계에 수많은 인간을 종속시키는 과정에서 인간을 초월한 존재가 되었다. 지배하는 인간의 수가 많아질수록 그의 힘도 증가해서 종국에는 정신 활동을 하는 존재에게는 신과 같은 지배력을 행사할 수 있게 되었다.

"차라리 그대로 낙원이 이루어질 수 있었다면 좋았을 것을."

아테인이 쓴웃음을 지었다.

아직 문명이 열악했던 시절이다. 마법사가 희귀했던 그 시절에 안식의 신은 충분히 세계를 지배할 잠재력을 지닌 존재였다.

아테인은 인간의 일생에 필적하는 시간에 걸쳐 그를 지켜보았다.

이미 확고한 기반을 구축한 안식의 신은 당시의 아테인이 쉽게 대적할 수 없는 상대였다. 그래서 충분한 승산이 갖춰졌다고 확신할 때까지 그의 권능을 분석하고 제압할 수 있는 방법을 연구했다.

동시에 아테인은 안식의 신이 정말로 이상향을 만들어낼 수 있는지 관찰했다.

그가 지배하는 땅에는 인간 사회에 마땅히 존재하는 스트레스가 존재하지 않았다. 인간이 서로를 대할 때 스트레스를 느끼는 요소를 전부 거세해 버렸으니 당연하다.

하지만 그렇다고 해서 그들이 행복한 것은 아니었다.

긴 시간 동안 그들을 관찰한 아테인은 안타까운 결론에 도달했다.

'저들은 더 이상 인간이라 할 수 없구나.'

인간의 모습을 하고 인간의 언어를 구사하며 인간처럼 행동하지만, 그들은 더 이상 인간이 아니었다.

분명 그들은 서로를 시기하지도, 미워하지도 않았다.

그러나 서로를 사랑하지도 않았다.

'투쟁이 없다면 소통도 없는 것인가?'

그들은 고독해하지 않았다. 그렇기에 서로 소통하고자 하는 열망도 없었다.

현실에서의 사정으로 무언가를 해야 한다면 대화를 나누지만 그 안에는 알맹이가 없었다. 서로를 이해하고자 하는 열망이 존재하지 않는다.

아테인이 보기에 그것은 낙원이 아니었다.

"그것은 지옥의 또 다른 형태였다. 그리고 나는 그것이 장기적으로 보면 인류를 파멸로 이끄는 길이라는 결론에 도달했다."

증오도 시기심도 투쟁심도 잃은 인간에게는 현실의 부족함을 자각하고 그것을 개선하고자 하는 의지도 없었다. 심지어 그들은 욕망조차 희미해져서 오락도 문화도 없이 안식의 신이 보기에 흡족한 '바른생활 인간'의 삶을 연기할 뿐이었다.

이 정체된 낙원에서는 출생률조차 기하급수적으로 떨어지는 것을 확인한 시점에서 아테인은 모든 기대를 버렸다. 치열한 싸움 끝에 안식의 신은 위대한 어둠에 봉인되었다.

〈하!〉

레이거스가 기가 차다는 듯 웃었다.

〈지금 이야기한 안식의 신의 행태가 네가 하려는 짓과 뭐가 다르지?〉

"다르다."

아테인이 단언했다.

"난 인류의 본성과 자유의지를 제한하지 않는다. 내가 이루고자 하는 것은 어디까지나 인간이 만들어낸 법과 제도의 궁극적인 형태다."

〈웃기는 소리! 운명에 저항할 권리를 박탈하는 너나 저놈이

나 다를 게 없다!〉

"중요한 것은 가능성이다, 레이거스. 인류의 본성에 직접적으로 손을 대어 가능성을 죽일지 아닐지……."

아테인은 레이거스를 설득할 수 없다는 사실에 안타까워하며 고개를 저었다.

―용마기 초래! 꿈의 사도!

그것은 아테인이 안식의 신을 쓰러뜨릴 수 있었던 열쇠였다. 정신과 영혼의 세계를 지배하는 권능을 지닌 이 용마기가 그 시대에 신으로 불릴 자격을 갖췄던 안식의 신의 권능을 막고 아테인에게 승리를 선사해 주었다.

아아아아아……!

지상으로 나온 안식의 신이 입을 벌렸다. 그 입에서 흘러나온 것은 모두가 넋을 잃을 정도로 아름다운 노랫소리였다.

일순간 모두가 거기에 정신을 빼앗겼다. 술에 취한 듯 눈동자가 몽롱해진다.

치열하게 싸우던 자들에게서 투지가 사라진다. 강력한 힘으로 정신을 보호하던 몇몇을 제외하면 다들 어머니 품에 안긴 듯한 안락함 속에서 멍하니 서 있었다.

쿵!

그 상태를 깬 것은 아테인이 달과 별의 형상이 끝에 달린 지팡이, 꿈의 사도로 땅을 찍어서 낸 소리였다.

보이지 않는 힘의 파동이 퍼져 나가면서 노랫소리에 취한 자들의 정신을 현실로 되돌린다. 꿈의 사도를 든 아테인의 분신이 외쳤다.

"홀리지 말고 저것을 제압하라. 나의 힘이 그대들을 가호할 것이다."

〈그렇게는 안 될걸!〉

레이거스가 아테인의 분신에게 달려들었다. 하지만 그 앞에서 어둠이 솟구쳤다.

파아아아앙!

어둠에서 솟구친 또 다른 아테인의 분신이 레이거스를 막고 소멸하지만 측면에서 달려든 또 다른 분신이 그를 쳐서 땅에 처박았다.

〈큭……!〉

"여기서 그대들 모두를 없애겠다. 그렇지 않으면 봉인을 수복해 봤자 의미가 없을 테니."

〈분신 주제에 아주 자신만만하군! 어디 어느 쪽이 끝장나는지 해보자!〉

멈췄던 전장이 다시 격류에 휘말렸다.

7

카이렌이 욕설을 내뱉었다.

"제기랄! 레이거스 그 자식!"

레이거스가 멋대로 움직인 덕분에 그의 계획이 헝클어졌다.

사흘, 불과 사흘이다. 그 시간만 지났다면 모든 준비가 끝났으리라.

이미 결전을 위해 선별된 인원은 유더스크 왕국의 북쪽 국경,

즉 어둠의 설원으로 이어지는 지점에 모여 있었다. 남은 것은 보급과 단번에 어둠의 설원으로 쳐들어갈 방법뿐이었는데…….

그런데 레이거스의 움직임 때문에 모든 것이 엉망이 되어버렸다.

하지만 그렇다고 가만히 있을 수는 없다. 카이렌은 줄기차게 레이거스를 욕하면서도 재빨리 결단을 내렸다.

"오늘 결전을 치르겠다!"

보급이 완전치 않더라도, 인원 수송에 문제가 생기더라도 어쩔 수 없다. 이렇게 된 이상 지금이 아니면 안 된다.

아젤이 쿡쿡 웃었다.

"옛날 생각나는군요."

"이런 적이 있었나?"

"계획대로 돌아간 적이 별로 없었죠. 무엇보다 공작님은 레이거스에게 계획을 제대로 설명하지도 않았지 않습니까?"

레이거스 일행은 카이렌의 계획에서 아주 큰 비중을 차지했다. 그들이 봉인을 공격해서 아테인의 어둠의 화신을 끌어내는 것, 즉 아테인의 전력을 분산시키는 것이야말로 계획의 핵심이었던 것이다.

키르엔이 용마기를 잃은 이상 레이거스 일행이 쓸 수 있는 극멸은 단 한 번뿐. 따라서 이번이 지나고 나면 더 이상 그들에게 어둠의 화신을 끌어내는 역할을 기대할 수 없었다.

그러니까 준비가 완전치 않더라도 지금 결행해야만 하는 것이다. 지금이 아니라면 그들이 대적해야 할 아테인은 훨씬 무서운 존재일 테니까.

카이렌이 아젤을 째려보았다.

"설명했으면 이런 사고를 안 쳤을 것 같은가?"

"음, 뭐… 그랬을 거라는 보장은 없습니다만."

아젤이 볼을 긁적였다.

그들은 하늘을 날고 있었다.

아젤은 폭풍용의 날개로 단독으로 비행하면서 용마기 백염의 불사조를 초래했다. 그 위에 카이렌을 비롯해서 열 명의 인원이 탑승, 마법사들이 구현한 염동의 그물로 인원과 물자를 나르고 있었는데 그 숫자가 50여 명에 달한다.

다들 백염의 불사조에 대롱대롱 매달려 가는 처지였지만 불평할 수 없었다. 어둠의 설원으로 단번에 넘어갈 방법은 이것뿐이었으니까.

참고로 뒤쪽에는 아리에타가 구현한 울부짖는 불새가 비슷한 일을 하고 있었다.

카이렌이 한숨을 쉬었다.

"후우, 고작 100명도 안 되는 인원으로 어둠의 설원을 치겠다니 이 무슨 정신 나간 짓인지 모르겠군."

"계획을 입안한 분께서 그런 말씀을 하시면 안 되지요. 게다가 100명이라고 하기에는 좀······."

지금 어둠의 설원으로 이동하고 있는 인원은 아젤 일행을 포함해서 총 87명이다. 아무리 하나하나가 정예라고는 해도 이 숫자로 어둠의 설원을 공격하는 것은 무모하기 짝이 없다.

그러나 지상에서는 남아 있는 수호그림자 개체가 모조리 카이렌이 지정한 포인트를 향해 집결하고 있는 중이다.

거듭된 격전으로 상당수가 소멸하기는 했어도 아직 8천 이상의 숫자가 남아 있었다. 처음 수호그림자의 통제권을 손에 넣었을 때 카이렌이 절반에 해당하는 수를 정보원으로 돌린 덕분이다.

"그럼 이제……."

아젤이 전방을 바라보며 말했다.

그들의 발아래로 펼쳐진 험난한 지형 너머에 온통 새하얀 설원이 펼쳐져 있었다.

오랫동안 인간들에게 이 세상 모든 악을 가둔 마경으로 이야기되던 땅, 어둠의 설원이었다.

"결판을 내야겠지요."

8

사이베인이 신음했다.

"난장판이군!"

그 말대로였다.

저쪽에서 레이거스와 아테인이 지형을 바꿔가며 싸우는 가운데 이쪽에서는 안식의 신을 막기 위한 싸움이 한창이었다.

문제는 안식의 신과 싸우는 이쪽도 두 편으로 갈려 있다는 점이다.

용마왕 숭배자들은 안식의 신을 상대하는 와중에도 사이베인과 니베리스, 키르엔을 향해 맹공을 퍼부었다. 그들 입장에서는 이들이 안식의 신을 극멸로 없애 버리는 것은 반드시 막아야 할 일이었으니까.

그들은 안식의 신과 니베리스 일행 양쪽을 상대로 잘 싸우고 있었다.

아테인 때문이다. 아테인은 레이거스와 싸우는 와중에도 용마기 꿈의 사도를 써서 용마왕 숭배자들을 지원하고 있었다.

'이렇게 간단히 저주의 태반을 막아버리다니······.'

사이베인과 니베리스는 흑마법 중에서도 특히 저주를 장기로 삼는 이들이었다. 그런데 저주는 대부분이 정신과 영혼에 작용하는 것을 시작으로 다른 현상을 이끌어내게 마련이다. 그러다 보니 꿈의 사도의 가호를 받는 적을 상대로는 위력이 격감했다.

그 결과 그들을 압도했던 것이 거짓말이었던 것처럼 어려운 싸움을 하게 되었다.

새삼스럽게 자신이 누구와 대적하고 있는지가 실감되었다.

용마왕 아테인, 최초의 용마족이며 마법의 창시자.

예나 지금이나 신처럼 거대한 존재감으로 다가오는 자신의 부친을 상대로 이길 수 있을까?

'안식의 신이 좀 더 강력한 존재였으면 나았을 것을!'

사이베인은 짜증이 치민 나머지 그런 생각을 하고 말았다.

안식의 신은 용마왕 숭배자들에게 난타당하고 있었다.

어쩔 수 없다.

안식의 신은 위대한 어둠의 기둥 중에서도 오래된 존재 중에 하나다. 그 힘은 생명체의 정신에 간섭하고 지배하는 데 특화되어 있는데 용마기 꿈의 사도 때문에 위력이 크게 감소해 버렸다.

그 외의 일을 하려면 결국 마법에 기대어야 하는데, 이 시대의 기준으로 보면 그의 마법은 아득한 옛 시대의 구닥다리 기술이었다. 안식의 신이 지닌 마력은 아테인이나 레이거스보다도 월등하지만 그것을 제대로 활용할 기술이 없는 것이다.

안식의 신 입장에서는 비명을 지르고 싶은 기분일 것이다.

'최악이다.'

그때 사이베인의 마법을 뚫고 중년의 용마인 전사 하나가 접근해 왔다.

사이베인이 용혼을 움직여서 그를 쳤다. 하지만 그도 호락호락하지 않았다. 용혼의 맹습을 비껴내고는 허공에다 발차기를 날리는 게 아닌가?

투웅……!

"으윽!"

사이베인이 비틀거렸다. 발차기로 쏘아진 투명한 힘의 파동이 허공을 격하고 그의 몸통에 명중했다.

"사이베인 전하! 목을 가져가겠소!"

그가 용혼을 뿌리치고 검을 휘둘렀다. 하지만 그 검이 사이베인이 급하게 펼친 방어 마법과 충돌하며 스파크가 튀었다.

파지지직!

그리고 그가 미처 물러나기 전에 측면에서 날아든 섬광이 머리통을 날려 버렸다.

쾅!

중년의 용마인 전사가 빙글빙글 돌며 날아가 버린다.

니베리스가 구원의 손길을 내민 것이다. 하지만 놀랍게도 기습을 받았음에도 용마인 전사는 즉사하지 않았다. 이어서 날아드는 마법들을 검으로 받아내면서 후퇴, 그 뒤를 쫓아온 마법사들이 원호사격을 날린다.

"…끈질겨졌군."

한차례 찾아온 위기를 버텨낸 사이베인이 숨을 가다듬었다.

원래부터 힘든 싸움이었다. 아무리 사이베인과 니베리스, 키르엔이 강력한 마법사라고 할지라도 저들은 어둠의 설원의 최정예였으니까.

용살의 의식 경험자와 용마기 보유자까지 다수 섞여 있는 수백의 집단을 셋이서 상대하겠다는 것 자체가 오만하기 짝이 없는 것이다. 적절한 전술적 타이밍, 그리고 셋의 비정상적인 강력함 때문에 우세를 점할 수 있었을 뿐이다.

그런데 아테인의 개입으로 상황이 완전히 틀어졌다.

"하아, 하아……."

니베리스도, 키르엔도 숨이 거칠어져 있었다. 치명적인 상처는 입지 않았지만 몸 여기저기에 상처를 입었다.

절묘한 마법 운용 덕분에 용마력은 아직 여유가 있다. 하지만 슬슬 영맥이 삐걱거리면서 몸이 비명을 지른다.

상황은 시시각각 악화되고 있었다.

안식의 신이 궁지에 몰리는 만큼 용마왕 숭배자들에게는 여유가 생긴다. 조금씩 병력을 돌려서 사이베인 일행을 압박해 온다.

그리고 아테인과 싸우고 있는 레이거스도 문제다.

'레이거스 공이 승기를 잡지 못하고 있어.'

위대한 어둠이 그 어느 때보다도 강성한 지금, 아테인이 어둠의 화신으로 구현할 수 있는 힘도 최고조로 높아져 있었다.

인카네이션으로 넷에서 다섯 사이의 분신을 유지하고 그와 비슷한 수의 용마기를 초래한 아테인 앞에서 레이저스는 거의 공격을 가하지 못한다. 몇 번이나 분신을 격파했지만 그뿐, 본체에게 접근하는 것조차 어려웠다.

이대로는 늪 속에서 발버둥 치는 것과 같다. 조금씩 상황이 악화되다가 결국 파탄에 이르리라.

그때 니베리스가 말했다.

"아버님."

"음?"

"더 늦기 전에 결판을 내야겠습니다."

사이베인은 그녀가 상황을 자신과 똑같이 분석하고 있음을 알 수 있었다.

이대로는 서서히 패배의 수렁에 빠질 뿐이다. 조금이라도 가능성이 있을 때 승부를 걸어야 한다.

"그렇구나. 하지만……."

문제는 적의 숫자가 너무 많다는 것이다. 지금 그들의 눈앞에 있는 적의 수는 아직도 300명이 넘었다.

'키르엔의 용마기가 무사했다면 좋았을 것을. 이런 걸 아쉬워하게 될 줄은 몰랐군.'

사이베인이 그런 생각을 할 정도로 상황이 좋지 않았다.

눈앞의 적들을 물리치는 것은 불가능한 일이 아니다. 키르엔이 용마기를 잃었다고는 하지만 세 명의 조합은 그 정도로 막강했다.

문제는 지금 그들이 맞닥뜨린 상황이다.

혈투를 벌여서 눈앞의 적들을 쓰러뜨린다고 해서 이기는 게 아니었다. 극멸로 안식의 신을 없애야만 이기는 것이다.

'이리되면 차라리 저들이 안식의 신을 봉인하도록 유도하고 빠져나가는 편이 낫지 않은가?'

이 전투의 패배를 인정하고 훗날을 기약한다. 카이렌의 계획을 모르는 사이베인 입장에서는 그쪽이 현명한 선택이었다.

'하지만 과연 기약할 훗날이 있는가?'

사이베인이 숲을 떠나올 때, 아발탄은 그에게 경고했다.

"아테인의 의식이 완성될 때까지 그리 긴 시간이 남지 않았다."

그것이 며칠 후일지 혹은 내일일지, 그도 아니면 오늘일지 누가 알겠는가?

아테인의 의식이 완성된다면 그때는 모든 게 끝이다. 물러날 곳이 없다는 사실에 압박당하면서 사이베인은 니베리스를 바라보았다.

'아.'

그리고 감탄했다.

니베리스는 일말의 흔들림도 보이지 않는다.

분명 그녀도 사이베인과 같은 생각을 했을 것이다. 그런데도 흔들리지 않는다. 지금 눈앞의 상황을 타파하고자 결단하고, 그것을 위해 온 신경을 집중하고 있었다.

'부끄럽군.'

그가 은거를 깨고 나온 것은 사지로 걸어 들어가는 딸을 지키기 위해서였다. 그런데 그런 딸의 결의를 보면서 부끄러워하게 될 줄이야.

문득 니베리스가 물었다.

"키르엔. 얼마나 시간을 벌어주면 될 것 같은가?"

"3분은 필요해."

"2분으로 줄여라."

"당치도 않은 소리를……."

키르엔은 혀를 찼다. 하지만 그러면서도 씩 웃었다.

"하지만 네가 하라는데 해야지."

"뭘 하려는 거냐?"

사이베인이 의아해하며 물었다. 니베리스가 소리 내어 말하는 대신 통신 마법으로 계획을 전달했다.

"호오."

니베리스의 계획을 들은 사이베인의 눈이 이채를 띠었다. 그가 감탄하며 키르엔을 바라보았다.

키르엔에게는 그가 모르는 능력이 있었다. 니베리스는 오랜 시간 동안 그와 경쟁자로 지냈기 때문에, 그리고 목숨 걸고 함께 싸운 경험이 있기에 그가 무엇을 할 수 있는지 명확하게 알았던 것이다.

"해볼 만하겠군. 그럼……."

세 명의 진형이 변화했다.

지금까지는 사이베인과 니베리스가 어둠의 마력을 공유하면서 주변에 두터운 마법의 화망을 쌓으면서 적들을 몰아치고, 키르엔이 적재적소에 힘을 더해서 적들의 움직임을 통제하는 식이었다.

그런데 이제는 키르엔이 완전히 빠져버리고 사이베인과 니베리스가 기세를 올리기 시작했다.

다수의 적을 상대하고 있기에 장기전을 상정하고 마력 소모를 안정화하고 있던 두 사람이, 마치 뒷일을 생각 안 하는 것처럼 강맹한 마법을 쏟아내기 시작한다. 적들이 비명을 지르며 밀리기 시작했다.

그때였다.

쿠르르릉…….

갑자기 기상이 급변하기 시작했다.

지금까지도 전투의 여파로 충격파가 터지고, 열풍이 휘몰아쳤으니 기상이 그리 안정적이지 않았다. 그러나 이제는 사방에서 먹구름이 몰려오면서 바위를 날리고 나무를 뿌리째 뽑아버리는 광풍이 휘몰아치는 게 아닌가?

쫘르릉! 쫘광!

그리고 뇌격이 폭발했다.

하늘과 땅을 잇는 거대한 빛줄기 그리고 그 중심부에서 폭발한 섬광이 온 세상을 하얗게 물들였다. 지금까지도 지상에서 수도 없이 뇌전이 작렬했지만 지금 것은 완전히 차원이 다른 위력이다.

사이베인은 반사적으로 한 가지를 떠올렸다.

'설마!'

그리고 그의 예상이 맞았다는 듯 강맹한 용마력이 퍼져 나갔다.

―용마기 초래! 폭풍의 비명!

죽은 알마릭의 용마기가 모습을 드러내었다. 그리고 무시무시한 뇌격에 이어서 자잘한 뇌격이 수도 없이 지상을 강타한다.

그 너머에서 아테인이 폭풍의 비명에 힘을 집중시킨다. 주변에 충만한 뇌격이 마치 시간을 거꾸로 돌린 듯이 폭풍의 비명 속으로 빨려 들어가면서 거대한 빛의 칼날로 화한다.

"세상에……!"

다들 그것을 보며 경악했다. 이 자리에 있는 모두를 멸살시킬 수 있는 힘이 검의 형상을 한 작은 그릇에 집중되고 있음을 알았기 때문이다.

그러나 이 행위는 레이거스를 몰아치던 공격이 약해지는 결과를 초래했다. 레이거스가 이 틈을 놓치지 않고 돌진, 아테인에게 혼쇄의 인을 내려쳤다.

피할 틈이 없다. 그리고 아테인은 애당초 피할 마음도 없었다.

빛이 폭발했다.

일순간 세상 모든 것이 순백으로 덧칠되었다. 그리고 폭심지로부터 발생한 열과 충격이 지형을 뒤집어엎었다.

쿠구구구구……!

폭심지에서 멀리 떨어져 있었는데도 안식의 신을 상대하던 이들은 다들 필사적으로 자신을 지켜야만 했다. 그리고 지옥 같은 열기 속에서 신음하는 이가 있었다.

〈으으으윽! 젠장! 멋지게 한 방 먹었군!〉

레이거스가 비틀거렸다. 순백의 갑옷 일부가 크게 부서져서 어둠이 흘러나오고 있었다.

 그 너머에서 칼날이 투명한 대검을 손에 쥔 아테인이 그를 내려다보았다.

 용마장군들의 용마기는 위대한 어둠에 종속되었다. 그로써 주인의 생사를 초월하여 존재를 유지할 수 있었다.

 이 용마기들에 대해서 가장 우선적인 소유권을 행사하는 것은 원래의 주인들이었다. 하지만 폭풍의 비명의 주인인 알마릭이 죽었고 다른 이가 계승하지 않았으니 아테인이 쓸 수 있었던 것이다.

 〈알마릭 그놈이 죽은 게 아쉽군. 방금 전의 그걸 봤으면 아주 얼굴 표정이 볼만했을 텐데!〉

 레이거스에게 큰 타격을 준 일격은 분명 알마릭의 비기 천둥신의 검이었다. 폭풍의 비명을 쓰는 것만으로도 모자라서 그 기술까지 재현하다니?

 "글쎄. 미숙하다고 웃지 않았을까?"

 아테인이 쓴웃음을 지었다.

 그가 천둥신의 검을 모방한 것은 사실이다. 하지만 마법을 동원해서 보완했음에도 위력을 완전히 재현할 수 없었다. 무엇보다 사정거리가 짧았기에 레이거스가 뛰어들도록 유도해서 반격하는 식으로 사용했던 것이다.

 〈한 방 먹이고 겸양을 떨다니 재수 없구나. 누가 마법사 아니랄까 봐.〉

 "일방적으로 이득을 본 것도 아니다 보니 잘난 척을 하기가 어렵군."

그 말대로였다. 아테인의 몸에서도 어둠이 피어오르고 있었다. 레이거스에게 멋지게 한 방 먹이기는 했지만 혼쇄의 인을 스쳐 맞는 것만으로도 큰 부상을 입었던 것이다.

물론 이 자리에 있는 것은 살아 있는 몸이 아니라 어둠의 화신으로 구현한 분신이다. 그래도 타격을 입어서 기능이 저하되는 것만은 어쩔 수 없었다.

쿠구구구구……!

두 사람이 있는 공간은 지옥의 한복판으로 변했다. 고위 마법사라 한들 이 환경에서는 살아남는 것만으로도 전력을 다해야하리라.

그러나 아테인도, 레이거스도 그런 수준을 초월했다.

아테인은 지옥 같은 열기마저 마법의 재료로 삼아서 레이거스를 몰아친다. 그리고 레이거스는 그것을 받아내면서도 반격을 준비하고 있었다.

〈분신 없이는 날 못 막는다!〉

서로가 지옥 같은 환경에서 스스로를 지키기 위해 상당한 힘을 할애하는 상황이다.

그러나 이 상황은 명백히 레이거스에게 유리했다. 분신술사인 아테인은 분신을 못 쓰면 전력이 약화된다. 그리고 이 상황에서 인카네이션을 쓸 경우, 분신에게도 몸을 지키기 위한 마법을 걸어줘야 하는 부담이 있었다.

"음……!"

설마 이런 상황에 빠질 줄 몰랐던 아테인의 낯빛이 변했다. 분신을 안 쓰는 만큼 마법의 수를 늘려서 레이거스를 저지하고

자 했지만 쉽지 않았다.

결국 레이거스가 아테인의 마법을 뚫고 접근, 발차기를 날렸다. 아테인이 물러나자 반쯤 녹아내리며 타오르는 토사가 파도처럼 그를 덮친다. 그리고 그 너머에서 레이거스가 한층 가속해서 뛰어들었다.

꽝!

아테인이 아슬아슬하게 측면에서 구현한 마법으로 그를 후려갈겼다. 그것으로 레이거스의 방향이 바뀐다.

그런데 다음 순간 레이거스가 취한 행동이 아테인의 예측을 벗어났다. 방향이 바뀐 그 순간 몸을 회전시키며 혼쇄의 인으로 땅을 찍는 게 아닌가?

"이런!"

아테인은 한 박자 늦게 레이거스의 의도를 깨달았다.

열풍을 가르면서 지진파가 달려 나갔다. 그 진행 방향에는 안식의 신을 상대하던 용마왕 숭배자들이 있었다.

"세상에!"

사이베인이 자기도 모르게 유쾌한 웃음을 터뜨렸다.

"살다 살다 당신에게 전술적 연계로 감사를 표하게 될 줄은 상상도 못했소! 레이거스 공!"

불꽃보다 뜨겁게 달아오른 대량의 토사가 지진파를 타고 용마왕 숭배자들에게 직격했다.

기적 같은 기회를 잡은 사이베인과 니베리스, 키르엔이 승부에 나섰다.

9

"혹시나 해서 물어보는 것인데……."

아테인은 드물게 동요하고 있었다. 살짝 아연함이 묻어나는 표정으로 물었다.

"처음부터 노리고 있었던 건가?"

〈아니? 그럴 리가 있나!〉

레이거스가 당당하게 대답했다.

원래 레이거스는 전투에 임하면 자기 자신의 싸움 말고는 관심을 안 두는 이였다. 그런 이가 꼼꼼하게 전황을 살피고 아군을 돕기 위한 행동을 한다?

〈한 방 먹이려고 했는데 아무리 봐도 빗나가게 생겼고, 그렇다고 공격을 거두기에는 이미 늦었고, 그럭저럭 방향을 바꿀 수는 있을 것 같아서 냅다 질러 버린 거지!〉

"…솔직한 대답 고맙군. 하지만 후회하지 않나?"

아테인이 그렇게 물은 것은 레이거스의 몰골 때문이었다.

어차피 빗나갈 공격, 방향을 틀어서 화끈한 지원사격을 먹여 준 것까지는 좋았다.

그러나 그 대가로 레이거스는 치명적인 허점을 노출했다. 아테인은 어이없어하면서도 기회를 놓치지 않고 강렬한 공격을 명중시켰다.

〈크큭! 후회? 그런 거 안 해! 쩨쩨해 보이잖냐!〉

레이거스가 비틀거리는 몸을 다잡으며 웃었다. 아까 전에 크게 한 방 맞은 것에 더해서 또 한 방 맞는 바람에 갑옷에 또 큰 바람구멍 하나가 뚫려서 어둠이 흘러나오고 있었다.

"참으로 그대답구나."

아테인이 그에게 뛰어들었다. 그리고 레이거스가 반격하는 순간 어둠으로 화해 뒤를 점하더니 폭풍의 비명을 내려쳤다.

쾅!

뇌격이 폭발하며 레이거스의 몸이 흔들렸다. 그리고 뇌격으로 변화했다가 다시 실체화한 아테인의 손이 그의 몸통을 강타, 거구가 하늘로 솟구친다.

〈크억······!〉

그 일격은 정확히 레이거스의 갑옷이 부서진 부분을 노리고 있었다. 갑옷의 균열이 커지면서 몸 안을 채우고 있던 어둠이 폭포수처럼 터져 나온다.

그 앞에 아테인이 나타난다. 내려치는 검격을 혼쇄의 인으로 막는 순간 사방에서 나타난 분신이 연속적으로 레이거스를 후려갈겼다.

분신이 일격을 가할 때마다 준비된 마법이 폭발한다. 레이거스의 몸이 허공에서 공처럼 튕겨 다녔다.

〈크윽!〉

레이거스가 신음했다.

전세가 단번에 기울었다. 레이거스가 아테인의 분신을 봉했던 환경을 스스로 파괴했고, 또 회심의 일격을 헛되이 방출하면서 대량의 마력 손실을 일으켰기 때문이었다.

아테인은 그 틈을 놓치지 않고 맹공을 퍼부었다. 그 결과 갑옷의 파손이 확장되고, 레이거스를 이루는 마력이 급속도로 손실되어 간다.

쾅!

그러나 레이거스도 호락호락 당하지 않았다.

어느 순간, 폭풍의 비명을 내려치던 아테인의 분신을 레이거스가 머리로 들이받았다. 그리고 그 자세 그대로 어깨를 올려쳐서 몸통을 부숴 버린다.

〈이쯤 당하다 보니 슬슬 네놈의 호흡도 읽히는군그래!〉

"음······!"

아테인의 몸 일부가 어둠으로 화해서 흩어졌다가 다시 제 모습을 되찾는다.

그런 그를 덮치려던 레이거스가 갑자기 멈칫했다. 절망적인 깨달음이 찾아왔기 때문이었다.

〈젠장! 이 근성 없는 몸이 벌써?〉

변신이 풀리려고 하고 있었다.

아테인과의 공방에서 입은 타격 때문만은 아닐 것이다. 변신하기 전에도 차네스가 파둔 함정에 빠져서 입은 타격이 보통이 아니지 않았던가?

아테인이 말했다.

"이제야 효과가 나타나는군."

〈···의도한 짓이었냐?〉

"잊고 있는지도 모르겠지만 그대에게 그 권능을 부여한 것은 나다."

아테인은 레이거스와의 공방 중에 변신을 해제하기 위한 마법을 몇 번이나 때려 넣었다. 레이거스의 방어가 워낙 막강해서 한참 타격을 입힌 지금에서야 효과가 드러났을 뿐이다.

새하얗게 물들었던 갑옷이 다시 검은색으로 돌아간다. 레이거스가 발하는 용마력이 마력으로 열화되면서 급속도로 기세가 줄어들었다.

"끝내도록 하지."

아테인은 이미 주변에 무수한 마법의 원을 띄워두고 있었다. 그가 그것을 격발시키려는 순간이었다.

〈누구 마음대로?〉

레이거스가 생각지도 못한 행동을 했다. 아테인을 향해 혼쇄의 인을 집어던지는 게 아닌가?

검도 아니고 창도 아닌 전투용 망치를 투척하다니 대체 무슨 생각이란 말인가? 아테인이 당황하는 순간 혼쇄의 인의 헤드 뒷부분에 있는 인간의 얼굴 모양이 입을 벌리고 포효했다.

크아아아아!

그러자 혼쇄의 인이 날아가는 궤도 아래쪽의 지면이 폭발하면서 암석 파편과 토사가 고속으로 아테인을 덮쳤다.

'이런 기능이 숨어 있었나?'

아테인도 모르고 있던 기능이었다. 그는 당황하면서도 미리 펼쳐준 방어 마법을 믿고 준비했던 마법을 일제히 발사했다.

그것은 실수였다.

레이거스는 혼쇄의 인을 던진 시점에서 이미 순동법으로 달려들고 있었다. 마법의 집중포화 대부분이 아슬아슬하게 허공을 치고, 전방에서 날아든 것만을 돌파하면서 아테인에게 전신을 부딪쳤다.

어둠의 화신(化身) 121

쾅!

아테인의 방어 마법들이 깨져 나가면서 그가 뒤로 밀려났다. 그리고 혼쇄의 인을 다시 잡은 레이거스가 공격을 날렸다.

그 앞에서 아테인의 모습이 허깨비처럼 사라지고 어둠의 궤적이 뻗어 나갔다. 물리적으로 피할 수 없는 상황이라 아테인이 어둠으로 변화해서 빠져나간 것이다.

〈읽힌다고 그랬지!〉

그 순간 레이거스가 거짓말처럼 공격을 거두면서 옆으로 뛰었다. 그리고 정확히 아테인이 나타나는 지점에다가 주먹을 내질렀다.

아테인이 눈을 크게 떴다. 그가 다시 실체화하는 그 순간에 레이거스의 주먹이 그를 강타한 것이다. 겹겹이 둘러쳐놓은 방어 마법이 그것을 막아냈지만 몸이 경직되는 것만은 어쩔 수 없었다.

〈가라!〉

레이거스가 한 손으로 혼쇄의 인을 내려쳤다.

도저히 피할 수 없는 공격이다. 아테인의 판단은 빨랐다.

피할 수 없다면 맞받아친다.

콰아아아앙!

충격이 폭발했다.

일어 오른 흙먼지의 중심부에서 레이거스와 아테인이 서로를 노려보았다.

레이거스는 너덜너덜해져 있었다. 가뜩이나 타격이 쌓인 상황에서 아테인의 반격을 받는 바람에 상반신이 반쯤 날아가 버렸다. 아무리 강력한 불사체라고 해도 회복을 장담할 수 없는 중상이었다.
"…그대의 승리다, 레이거스."
그러나 아테인이 입은 타격이 더 컸다.
이제 아테인은 더 이상 어둠의 화신으로 분신을 유지할 수 없었다. 서서히 부서져 가는 그를 보면서 레이거스가 말했다.
〈젠장. 전혀 이긴 놈 꼬락서니가 아니라서 부끄럽군. 다음번에는 쩨쩨하게 분신 따위로 말고 전력을 다해서 붙자고.〉
"다음이라……."
아테인이 헛웃음을 지었다. 그리고 안타까운 눈으로 레이거스를 보며 말했다.
"…작별이다, 나의 친우여."
아테인의 분신이 완전히 스러지고 나자 레이거스는 비틀거리며 주저앉았다.
〈죽음이 다가오는 소리가 들리거늘 주저앉아서 쉴 시간도 없군! 운명의 신에게 고마워서 눈물이 날 지경이야.〉
그는 어느새 주변을 포위하고 다가오는 적들을 보며 웃음을 터뜨렸다.

10

그사이 사이베인 일행은 노도와 같은 기세로 적들을 돌파하고 있었다.
'조금만 더!'

앞으로는 안식의 신을, 뒤로는 사이베인 일행을 상대하던 용마왕 숭배자들은 레이거스가 날린 공격으로 인해서 치명적인 타격을 입었다.

일거에 수십 명의 사상자가 발생하고 전열이 붕괴했다. 이 혼란은 사이베인 일행에게는 최적의 기회였다.

"간다!"

키르엔이 준비한 마법을 풀어놓았다.

그에게서 어마어마한 마력이 뿜어져 나온다. 용마기를 잃었다고는 믿을 수 없을 정도로 막대한 양이었다.

용마기 피 흘리는 별의 기능을 모방한 마법이었다.

라우라가 비탄의 잔을 연구하여 마법으로 공간왜곡장을 구현하는 데 성공한 것과 마찬가지다. 물론 그 효용성으로 따지자면 도저히 미치지 못하지만 지금 상황에서는 더없이 효과적이었다.

이 전장에는 수많은 이가 죽어가면서 피가 강물처럼 흘렀다. 그 피를 그러모아서 발생시킨 마력은 키르엔에게 눈부신 돌파력을 선사했다.

콰콰콰콰콰콰……!

키르엔이 몰아치는 마법으로 적들이 갈라진다. 그리고 그들이 흘린 피가 또다시 키르엔에게 몰려들면서 마력을 발생시키는, 마치 설산에서 눈덩이가 굴러가는 것 같은 상황이었다.

사이베인과 니베리스가 그 뒤를 따르면서 갈라진 적들에게로 마법을 날렸다. 그 사이사이에서 부정체들이 일어나서 그들을 참살하기 시작했다.

대혼란의 한복판에서 셋은 안식의 신 앞에 당도했다.

안식의 신은 이미 만신창이였다. 봉인의 마법이 걸린 창과 검이 몇 개나 몸에 꽂혀 있었고 마력도 상당히 억제되었다.

그러나 죽음의 기색은 전혀 보이지 않는다. 여유가 생긴 그가 몸에 박힌 날붙이를 뽑아낼 때마다 상처가 급속도로 아물고 마력이 충만해져 간다.

불멸의 존재이기에 가능한 일이다. 그 생명력은 다함이 없으니 아무리 상처 입혀도 무한히 회복될 뿐이다.

"과거의 망령이여! 그 자리에서 죽음을 기다려라!"

니베리스가 노성을 지르며 안식의 신에게 마법을 걸었다. 충격파가 안식의 신을 밀어내고 어둠으로 이루어진 저주의 검이 그에게 꽂힌다.

아아아아… 카아악……!

안식의 신이 고통에 굴하지 않고 노래를 불렀지만 그것도 잠시였다. 사이베인이 날린 공격이 그의 목을 관통하면서 노래를 괴성으로 바꿔 버린다.

"니베리스! 빨리!"

키르엔이 비명을 질렀다.

전장의 피를 이용해서 막대한 마력을 다루었지만 그 대가로 영맥이 비명을 지르고 있었다. 그의 마법이 끊어지기까지 그리 오랜 시간이 걸리지 않을 것이다.

그리고 용마왕 숭배자들도 문제였다. 의표를 찔려서 돌파를 허용했지만 그들은 얕볼 수 없는 위험이었다. 어떻게든 셋을 막겠다고 죽음을 도외시하고 달려드는데 그 압박감이 굉장했다.

"알고 있다."

니베리스도 그 사실을 잘 알고 있었다. 암혼의 서를 통해서 극멸을 구현한다.

마법의 완성까지는 그리 오랜 시간이 걸리지 않았다. 니베리스는 만감이 교차하는 표정으로 말했다.

"…고마웠다, 암혼의 서."

스스로 벼려낸 것은 아니지만 암혼의 서는 분명 그녀의 영혼과 연결된 맹우였다. 어둠의 설원의 광기에 사육당하며 캄캄한 어둠 속을 헤매던 시절, 그녀를 지탱해 준 희망의 등불 같았던 사이베인과의 연결 고리.

그것을 희생시키는 데 감회가 없을 리가 없었다. 니베리스가 그런 감상에 젖어서 극멸을 발동시키는 순간이었다.

파악!

격통이 퍼져 나갔다.

"아……!"

니베리스의 눈이 크게 떠졌다.

어둠의 궤적이 그녀의 몸을 관통하고 있었다.

"이건……!"

안식의 신을 꿰뚫고 있던 칼날 중 하나가 니베리스를 기습했다. 거기에 걸려 있던 강력한 마법은 처음부터 그녀를 노린 함정임을 알려주었다.

'왕이로군! 처음부터 이 상황을 예측하고 있었어……!'

이 함정을 준비한 것은 아테인이다.

아무리 아테인이라고 해도 모든 것을 꿰뚫어 보지는 못했으리라. 하지만 이런 가능성을 염두에 두고 대비책을 마련해 둔 것이다. 분신술사이며 궁극의 마법사인 그는 레이거스와 격전을 벌이는 와중에도 그 정도는 할 수 있었다.

"니베리스! 안 돼!"

사이베인이 비명을 질렀다. 니베리스의 몸에 꽂힌 칼을 잡은 그는 곧바로 상황을 이해했다.

"으아아아아아!"

사이베인이 절규했다.

무슨 일이 있어도 딸만은 지키겠다고 결의했다. 그런데 이런 식으로, 다른 누구도 아닌 아테인에게 그 결의가 짓밟히다니!

"니베리스!"

하지만 허탈감에 빠질 새는 없었다. 그는 쓰러지는 니베리스를 부축하고 칼에 걸린 마법을 해제하려고 노력했다.

불시의 기습을 당한 그녀는 치명상을 입었다. 몸을 관통한 칼에 담긴 아테인의 저주가 맹독처럼 생명력을 갉아먹는다.

"정신 차려라! 안 돼! 살리겠다! 내가 반드시……!"

칼만 뽑으면 된다. 그러면 그의 용혼으로 니베리스를 치료할 수 있다. 아무리 아테인의 저주가 지독하다고 하더라도…….

"아버님, 그만두십시오……."

그러나 니베리스가 손을 들어 사이베인의 행동을 제지했다.

동시에 그녀의 몸이 일어나기 시작했다. 사이베인이 깜짝 놀라서 보니 어둠으로부터 나타난 촉수들이 그녀를 붙잡아서 움직이고 있었다.

"움직이면 안 돼!"

"그랬다간… 우리 모두… 죽습니다. 아무것도… 하지 못하고……."

니베리스가 헐떡이며 말했다.

그 말대로였다. 사이베인의 용혼은 경이로운 치유 능력을 가졌다. 그러나 그것을 쓰는 동안 사이베인은 완전히 무방비 상태가 된다.

사방에서 적들이 맹공을 퍼붓는 지금, 그것은 자살행위다. 키르엔이 뚫리고 나면 치료에 전념하던 사이베인도 죽고, 결국 니베리스도 죽으리라.

"하지만 니베리스, 내가 어떻게……."

사이베인의 표정이 절망에 물들었다. 니베리스가 목소리를 쥐어짜냈다.

"…레이거스 공, 들리십니까?"

그 목소리는 저편에서 격투 중인 레이거스에게 닿았다.

〈들리긴 하지만 나 지금 좀 바쁜데!〉

"우는 소리는 듣지 않겠습니다. 달려와 주시지요. 제 목숨을 지키지 못한 죄를 갚아주셔야겠습니다."

〈아가씨?〉

레이거스의 의아해하는 목소리를 뒤로 한 채, 니베리스는 한 걸음 내딛었다.

통증은 없다. 마법으로 통각을 차단했기 때문이다.

그러나 감각이 혼탁하다. 눈이 거의 보이지 않고 청각도 제 기능을 하지 못한다.

한 걸음 내딛을 때마다, 숨을 쉴 때마다 생명이 빠져나가는 것이 느껴진다. 사신의 숨소리가 점점 가까워지고 있었다.
"키르엔."
"니베리스, 그만둬. 응? 제발……."
키르엔이 울먹이는 소리가 들렸다. 니베리스는 옛 추억을 떠올리며 웃었다.
"이제는 울보는 그만둘 나이이지 않은가. 키르엔, 내가 스스로를 명예롭게 여길 수 있게 해다오."
"……."
"부탁이다."
니베리스는 대답을 기다리지 않았다.

키르엔이 어떤 행동을 하는지도 모르겠다. 하지만 그가 자신을 막지 않는다면 분명 그녀가 바라는 행동을 하고 있을 것이다. 그녀의 죽음을 돌아보지 않고, 그녀가 원하는 대로 할 수 있도록 적들을 막아주리라.

'죽음이라…….'
두렵지 않다고 하면 거짓말이다.
이대로 포기하고 쓰러지면 살 수 있을지도 모른다. 암혼의 서의 힘으로 저주를 치유하면서 가사 상태에 빠져든다면 사이베인과 키르엔이 자신을 회생시킬 가능성도 있었다.
그런 희망을 떠올리면서도 니베리스는 그 길을 선택할 수 없었다.
'듀랑.'
죽음보다도 자신을 위해 죽은 인간에게 부끄러워지는 것이 더 두려웠다.

목숨을 구할 수 있을지도 모르는 가능성 때문에 이 자리에서 도망친다면 니베리스는 스스로를 용서하지 못할 것이다.

'왕이여, 위대한 왕이여……'

니베리스는 흐릿한 눈으로 하늘을 올려다보았다.

'나는 그대의 광기에 저항할 것이다.'

국가의 흥망성쇠조차 한순간으로 여기는 아테인에 비하면 그녀는 하찮은 존재에 불과할 것이다.

그러나 그렇더라도 그가 제시한 운명을 따르지는 않으리라. 그가 하루살이처럼 여기는 생명의 의지를 보여주리라.

암혼의 서가 빛을 발한다. 극멸의 비술이 다시금 완성되어간다.

그때였다.

"그만두거라."

사이베인의 목소리는 비통함으로 가득했다. 니베리스는 고개를 저으려고 했지만 그보다 빨리 사이베인의 용혼이 포효했다.

그오오오오!

강력한 힘의 파동이 주변의 적들을 밀어내고, 동시에 니베리스가 필사적으로 완성해 가던 극멸의 비술을 깨버렸다.

"아……!"

니베리스가 당황했다. 사이베인이 쓰러지는 그녀를 안으며 웃었다.

"키르엔 군."

"네?"

"힘든 건 알고 있지만, 이제부터 30초만 벌어주게. 할 수 있겠지?"

사이베인은 대답을 듣지 않고 용혼으로 니베리스를 감쌌다. 사이베인에게 제압당한 니베리스는 속수무책으로 자신의 용마력이 몸을 회복하기 위해 쓰이는 것을 볼 수밖에 없었다.

'아버님, 어째서……?'

이래 봤자 의미가 없다는 것은 사이베인도 잘 알고 있을 것이다. 그런데 왜 이런 선택을 했단 말인가?

"난 아버님처럼 살지 않겠다고 맹세했단다, 니베리스."

사이베인의 목소리가 꿈결처럼 아득하게 들려왔다. 니베리스는 보지 못했지만 그는 부드럽게 웃고 있었다.

"아빠다운 일은 한 번도 못해줬지만 그래도 눈앞에서 딸이 죽는 것만은 지켜보고 싶지 않구나. 부디……."

그 뒷말은 가까이서 울려 퍼진 폭음에 묻혀 들리지 않았다. 니베리스는 의식이 어둠 속으로 꺼지는 걸 느끼며 소리 없이 절규했다.

'아버님……!'

11

울려 퍼진 폭음의 원흉은 레이거스였다. 그가 니베리스의 부름을 받고 적의 맹공을 받아내면서 이 자리에 도달한 것이다.

물론 그 대가는 컸다. 가뜩이나 상반신이 반쯤 날아간 상태에서 두들겨 맞다 보니 전신이 언제 부서져도 이상하지 않을 정도로 심하게 균열이 생겨 있었다.

원래대로라면 산산조각 났어야 할 것을 레이거스가 억지로 붙잡아놓고 있는 상태다. 이 자리에 남은 적들과 싸운다면 확실히 죽음에 이를 터.

그리고 위대한 어둠이 죽음의 왕 벨런의 권능을 잃은 지금, 레이거스도 더 이상 부활할 수 없다. 이 자리에서 맞이하는 죽음이 최후의 안식이 될 것이다.

〈정말 얼마 안 남았군. 그런데 아가씨가 부른 용건도 안 말하고 잠들어 버렸으니 어쩌지?〉

"대신 내 용건을 들어주시면 되오."

〈어쩌면 되나?〉

"일단 다가오는 것들을 모조리 막아주시오."

사이베인이 그리 말하며 니베리스를 치료하던 용혼을 거두었다. 그리고 멈췄던 마법을 전개해서 결사의 각오로 영맥을 혹사하고 있던 키르엔의 숨통을 틔워 주었다.

"커헉, 어억……."

키르엔이 주저앉았다. 그가 유지하던 마법 중 7할 이상이 와해되었지만 어쩔 수가 없었다.

"키르엔 군."

사이베인이 그의 어깨를 짚으며 말했다.

"정말 잘해주었네. 지금의 자네에게는 가혹한 일이겠지만, 한 가지만 더 부탁하고 싶은데 들어주겠나?"

"말씀, 하시지요……."

키르엔이 거칠어진 숨을 고르며 대답했다. 사이베인이 웃었다.

"내 딸을 잘 부탁하네."

"…사이베인 님?"

"그 아이를 살리지 못하면 용서하지 않을걸세."

사이베인은 그 말을 끝으로 등을 돌렸다. 그리고 레이거스에게 말했다.

"공격은 내가 막아드리겠소. 대신 저쪽을 틔워 주실 수 있겠소?"

〈내 몰골을 보고서도 잘도 그런 부탁이 나오는군?〉

"해주시지 않을 거요?"

사이베인은 씩 웃으며 마법을 썼다.

〈아가씨를 죽게 놔둬서야 사나이가 아니지! 근성은 이럴 때 발휘하라고 있는 거다!〉

레이거스가 하나밖에 안 남은 팔로 혼쇄의 인을 내려쳤다. 그러자 지진파가 원추형으로 달려 나가면서 포위망에 구멍이 뻥 뚫렸다.

동시에 사이베인이 외쳤다.

"지금이다! 가라!"

키르엔은 대답하지 않았다. 그저 니베리스를 안은 채로 혼신의 힘을 다해서 날기 시작했다.

사이베인도 그를 돌아보지 않았다. 그가 적들을 향해 외쳤다.

"아버님의 광기를 추종하는 자들아! 보아라!"

동시에 그에게서 무시무시한 힘이 뿜어져 나왔다. 일순간 적들이 모두 흠칫해서 그를 바라보았다.

지금까지 그는 장기전을 염두에 두고 용마력의 소모를 조절하고 있었다. 강력한 위력을 발휘할 때도 본신의 용마력을 쓰기보다는 차곡차곡 쌓아둔 마법들을 연쇄하는 고도의 마법 운용을 이용했다.

하지만 지금은 달랐다. 남은 힘을 남김없이 쏟아내고 있었다.

마법의 어둠이 해일처럼 퍼져 나가면서 그 속에서 무수한 어둠의 원이 떠올랐다. 거기에 장전된 마법들이 주변에 내리깔린 어둠을 마력원으로 삼아서 격발, 마법의 폭풍이 사방을 뒤덮었다.

콰콰콰콰콰콰……!

하지만 천지를 뒤집어놓는 화려함에 비해서 실속은 적다.

한 사람에게서 비롯되었다고는 믿을 수 없는 수와 규모지만, 구현되는 과정이 뻔히 보였다. 평범한 병사들이라면 모를까 지금의 적은 어둠의 설원의 최정예들이다. 다들 거의 피해 없이 공격을 버텨내고 있었다.

문제는 마법이 계속 연쇄한다는 점이다.

마법들이 터지고, 터지고, 또 터지면서 적들을 몰아붙였다.

"으음! 사이베인 전하, 딸을 위해 희생할 각오로군!"

적들은 사이베인의 의도를 알아차렸다.

이것은 고위 마법사라면 선택하지 않을 악수다. 투자되는 자원에 비해서 실속이 없으니까.

적들 입장에서는 그냥 버티기만 해도 이긴다. 사이베인은 그들에게 거의 피해를 입히지 못하고 자멸할 것이다.

하지만 그 대가로 니베리스와 키르엔은 도망칠 수 있으리라.

'그렇게는 안 되지. 공세가 늦춰지는 순간, 인원을 나눠서 둘

을 추격한다.'

 그들 입장에서 보면 니베리스야말로 반드시 말살해야 하는 대상이었다. 용마기를 지니고 있는 한 극멸을 쓸 수 있을 테니까.

 "네놈들의 머릿속이 훤히 보인다. 버티기만 하면 이길 것 같겠지?"

 하지만 그때 마법으로 전달된 사이베인의 목소리가 그들의 뇌리를 강타했다.

 "그 생각이 틀렸다는 사실을 알려주지. 지켜보아라. 내가 극멸로 안식의 신을 소멸시킬 것이다!"

 "뭐라고?"

 다들 경악했다. 완전히 의표를 찌르는 한 수가 아닌가?

 '허풍이 아닐까?'

 물론 그럴 가능성도 높다.

 문제는 사이베인이 지닌 마법사로서의 위상을 생각하면 허풍이라고 해도 무시할 수가 없다는 것이다. 만에 하나라도 진짜라면 무슨 일이 있어도 막아야만 하지 않겠는가?

 "제기랄! 막아!"

 결국 적들은 버티기를 그만둘 수밖에 없었다. 피해를 각오하고 사이베인을 막아야 한다.

 레이거스도 물었다.

 〈너도 할 수 있었나?〉

 "내 딸이 할 수 있는데 나라고 못하리라는 법은 없지 않겠소?"

사이베인이 씩 웃었다.

그는 아발탄의 구속으로부터 풀려나기 위해 거래를 했다. 그 거래 내용은 바로…….

"아발탄 님께서 나를 놓아주신 것은 거래의 대가가 만족스러웠기 때문이라오."

극멸의 비술이었다.

암혼의 서를 쓰는 법을 가르쳐 주겠다면서 니베리스를 며칠간 붙잡아놨던 것은 그의 꿍꿍이를 위한 핑계였다. 암혼의 서에는 니베리스가 모르는 특성이 하나 있었다.

사용자가 터득한 모든 마법이 거기에 각인된다.

니베리스가 암혼의 서를 손에 넣자마자 막강한 힘을 과시했던 것은 거기에 사이베인이 평생 동안 터득한 마법이 기록되어 있었기 때문이다. 그리고 니베리스가 주인이 된 이상 그녀만이 알고 있는 마법도 거기에 각인되게 되어 있었다.

즉 라우라에게 전수받은 시점에서 암혼의 서에도 극멸의 비술이 각인되었다.

사이베인은 이 사실을 니베리스에게 알려주지 않았다. 암혼의 서에 대해서 알려준다는 핑계로 내용을 열람할 수 있는 권리를 얻었고, 극멸의 비술을 훔쳐내었다.

물론 그 비술을 그대로 쓸 수는 없었다. 칼로스가 만들어낸 비술의 요체는 용마기의 희생을 전제로 하고 있었기 때문이다.

사이베인은 아발탄에게 요구했다.

"최대한 빠른 시간 내에 이 비술의 제물을 용혼으로 대체하도록 개선하고 싶습니다. 협력해 주시지요."

사이베인은 극멸의 비술을 제공하는 대가로 자유를 얻었을 뿐만 아니라 아발탄과 리벤탄, 두 지혜를 얻은 용의 협력을 얻었다. 그 결과 단시간 내에 극멸의 비술을 개선하는 데 성공, 그 시점에서 니베리스와 합류한 것이다.

"만나러 오자마자 이렇게 이별하게 될 줄은 몰랐지만……."

사이베인의 시선이 니베리스와 키르엔이 떠나간 방향을 향했다. 레이거스가 헛기침을 했다.

〈이런. 그런 사정도 모르고 내가 몹쓸 짓을 했군. 미안하다.〉

"미안한 줄은 아시니 다행이구려."

〈해줄 수 있는 게 죽음의 길동무밖에 없군. 왕자, 당신을 사나이로 인정하지.〉

"하하하. 듣기 좋군. 그럼 이제 갑시다."

사이베인이 유쾌하게 웃었다.

그사이 적들이 결사의 각오로 달려들었다. 휘몰아치는 마법의 폭풍을 돌파하느라 수십의 전사자가 발생했지만 개의치 않는다.

'어떻게든 막아야 한다!'

아테인에게 사후의 영광을 약속받은 광신도들은 죽음을 두려워하지 않았다.

하지만 피투성이가 된 그들 앞을 레이거스가 가로막았다.

〈어디 나를 끝장내 봐라, 애송이들아!〉

호탕하게 웃는 그의 갑옷이 부서져서 떨어지고 있었다.

이미 죽음은 눈앞에 와 있었다. 그 사실을 알면서도 레이거스는 웃었다.

콰직!

그를 향해 달려들던 적들 중 하나가 갑옷의 균열에 검을 찔러 넣었다. 레이거스가 머리로 그를 받아버리자 다른 자가 창으로 구멍 속을 찌른다. 그 뒤를 이어 날아든 마법들이 그를 난타하며 부서진 파편들이 사방으로 날렸다.

〈크으으! 제법 화끈하군!〉

동시에 레이거스가 혼쇄의 인으로 땅을 찍었다. 그에게 무기를 찔러 넣었던 자들이 미처 물러날 새도 없이 강맹한 충격파가 내달리며 주변을 휩쓸었다.

쿠구구구구……!

그 한복판에서 레이거스가 주저앉았다.

방금 전의 공격은 자기 자신도 상처 입히는 공격이었다. 이제 더 이상 서 있을 수도 없었다.

〈어이, 왕자! 내 몫은 다한 것 같은데 아직인가?〉

"끝났소."

레이거스가 최후의 격투를 벌이는 동안 그의 용혼이 안식의 신을 휘감고 빛을 발하고 있었다.

적들이 비명을 지르며 달려드는 것이 보인다. 하지만 이미 늦었다.

이제 곧 극멸의 빛이 안식의 신을 소멸시키리라. 그리고 뒤이어 그의 생명을 연소시키는 자폭 공격이 적들에게 치명적인 타격을 입힐 것이다.

'니베리스, 내가 해줄 수 있는 것은 여기까지구나. 부디 행복하게 살아다오.'

사이베인이 미소 지었다. 죽음을 앞두고 있는데도 마음이 신기할 정도로 평온했다.

서서히 강해지는 빛 속에서 사이베인이 말했다.

"당신이 길동무가 될 줄은 상상도 못했소."

〈불만인가?〉

"아니, 나쁘지는 않군. 덕분에 이렇게나마 부모 노릇도 할 수 있고 말이오."

〈하하하! 좋군!〉

두 남자가 서로를 보며 웃었다.

그리고 순백의 빛이 그 자리의 모든 것을 집어삼키며 뻗어 나갔다.

12

케이알리아는 문득 고개를 들며 중얼거렸다.

―아…….

"왜 그러지?"

아젤이 물었다.

주변은 전쟁터로 화해 있었다.

아젤 일행도 백염의 불사조와 울부짖는 불새로 비행을 유지하면서 사방에서 몰려드는 적들을 격퇴하고 있었다. 그런 와중에 케이알리아가 한눈을 팔고 있으니 의아해할 수밖에.

케이알리아가 서글프게 웃으며 말했다.
―레이거스 오빠가 먼저 갔어요.
"……."
―그래도 목표는 해치우고 가는 게 오빠답네요. 기둥은 파괴되었어요.

그 말대로라면 위대한 어둠은 총 열두 개의 기둥 중에 절반을 잃은 것이다. 일행이 세웠던 전략 목표가 달성되는 순간이었다.
"그 녀석……."
아젤이 복잡한 표정으로 중얼거렸다. 적이었을 때도, 아군이었을 때도 골칫거리였던 놈이지만 이 순간에는 만감이 교차한다.

케이알리아가 말했다.
―이제 얼마 안 남았군요.
"그래."

고개를 끄덕이는 아젤의 시선이 저편으로 향했다. 광활한 설원 한복판, 뒤에 웅장한 설산을 끼고 솟아 있는 거대한 성과 그 외곽을 따라서 형성된 도시의 모습을.

어둠의 설원의 중추, 용마궁이 그들의 눈앞에 있었다.

1

 용마전쟁 이후 오랜 세월 동안 어둠의 설원은 외부의 발길을 허락하지 않는 대지였다.
 용마왕 숭배자들은 이곳에 숨어서 일방적으로 세상을 공격하는 입장이었지 한 번도 외적이 흙발로 쳐들어오는 상황을 겪어보지 못했다. 키르엔이 지적했던 것처럼 그들은 수성전과는 인연이 없었던 것이다.
 공허의 길 거점을 둘러싼 공방전도 그런 문제를 해결해 주지 못했다. 그들은 여전히 어둠의 설원이, 특히 그 심장부인 용마궁이 침공당하는 사태를 상상도 할 수 없었다.
 그래서 느닷없이 적들이 나타났을 때, 그들은 혼란에 빠져버렸다.

2

"어이가 없군."

청백색 머리칼의 용마족 청년, 레슈는 용마궁 바깥의 상황을 보면서 중얼거렸다. 그는 지금 용마궁의 안쪽에서 아테인이 띄워준 마법으로 영상을 보고 있었다.

아젤 일행이 이끌고 온 결사대, 그리고 수천의 수호그림자가 용마궁을 공격하고 있었다.

드넓은 설원을 유령처럼 가로질러 온 그들의 기습에 주민들은 혼란에 빠졌다. 도시에 설치된 방어 마법들이 작동하고, 다들 허둥지둥 대응에 나섰지만 혼란이 정리되기는커녕 점점 커져만 가고 있었다.

"이런 상황을 예측하고 나를 불러들인 거였나?"

레슈가 물었다. 아젤 일행이 위대한 어둠의 기둥을 노리고 있는 상황에서 아테인은 굳이 그를 용마궁으로 불러들였다. 그 이유가 궁금했는데 이런 상황을 예측해서였다면 납득이 갔다.

아테인이 대답했다.

"만약을 대비한 것뿐이다. 확신은 없었지."

"그런 것치고는 제법 준비를 충실하게 해둔 것 같은데……."

아무리 어둠의 설원이 자신들이 침공당하는 사태를 상상하기 어려웠다고 할지라도 대비하지 않은 것은 아니다. 하지만 그들의 대비로는 백염의 불사조와 울부짖는 불새로 까마득한 고도를 날아오는 이들에게 대응할 수 없었다.

용마궁이 기습을 당하고도 치명적인 타격을 입지 않은 것은 아테인이 방어 시스템을 개선해 두었기 때문이다. 순조롭게 어둠의 설원을 가로질러 온 적들은 용마궁에서 5킬로미터 떨어진 지점에서 발각되었고, 강하를 시작한 그들을 향해 곳곳에 설치된 대공 마법이 불을 뿜었다.

그 결과가 지금의 혼란이다.

"지금의 사태는 내 예상을 초월했다. 소수정예로 나를 암살하러 들어오는 경우는 예상했지만 설마 이런 식으로 대병력을 이끌고 올 줄은……."

아테인이 쓴웃음을 지었다.

유렌에 의해 용마기 백염의 불사조가 아젤에게 넘어갔을 때, 아테인은 훗날을 대비하지 않을 수 없었다. 하지만 소규모의 최정예가 기습해 오는 것을 상상했지 설마 저런 식으로 100명 가까운 인원을, 거기에 수천의 수호그림자 개체까지 동반해서 쳐들어올 거라고는 상상도 못했다.

레슈가 말했다.

"어쨌든 당신이 나를 불러들인 것은 올바른 판단이었다는 결론이 나오는군. 최대한 많은 놈을 막아보지."

"잠깐."

"할 말이 남았나?"

아테인의 제지에 레슈가 고개를 갸웃했다. 아테인이 말했다.

"레슈, 그대에게는 따로 부탁할 일이 있다. 어쩌면 무의미해질 수도 있지만, 그러기를 바라지만……."

3

"온갖 최악의 상황을 상상하면서 왔는데……."

카이렌이 중얼거렸다. 차갑게 얼어붙은 도시를 달리고 있는 그에게 용마인 마법사 하나가 섬광을 난사했다.

퍼퍼퍼펑!

용혼을 전개한 카이렌은 허공을 달려서 섬광을 돌파했다. 그리고 곧바로 순동법을 전개, 둘 사이에 존재하던 50여 미터의 거리가 한순간에 사라져 버린다.

마법사는 놀라지 않았다. 기다렸다는 듯 옆에서 나타난 용마인 전사가 카이렌을 가로막았기 때문이다.

하지만 그 순간 카이렌이 차가운 미소를 지었다.

콰아앙!

폭음이 울리며 카이렌을 가로막은 용마인 전사가 박살 나버렸다.

상대측에서는 마법사를 미끼로 카이렌을 불러들여서 허를 찌를 생각이었을 것이다. 하지만 카이렌은 처음부터 이 계획을 간파하고 있었다.

일부러 순동법의 이동 지점을 마법사에게서 10미터 떨어진 지점으로 설정, 끝남과 동시에 강맹한 섬광의 칼날을 쏘아냈다. 허를 찔린 용마인 전사는 제대로 방어하지도 못하고 즉사했고 그 너머에서 용마인 마법사가 경악으로 눈을 부릅떴다.

파학!

카이렌은 그가 미처 동요를 가라앉히기 전에 목을 날려 버렸다. 그런 그에게 마법 통신이 날아들었다.

―북서쪽에서 다섯 명이 수호그림자들을 뚫고 고속으로 접근 중. 주의하세요.

케이알리아였다.

그녀가 상공을 날면서 전황을 파악하고 있었다. 아군에게 실시간으로 정보를 알려주면서 적절한 순간에 마법으로 개입한다.

"알겠다."

카이렌은 다섯 명과 혼자 맞붙으려는 생각은 하지 않았다. 혼자만의 싸움이라면 모를까, 이것은 목적이 명확한 전투다. 전력 손실을 최소화하면서 적에게 많은 타격을 입히는 게 중요했다.

곧바로 아젤이 있는 곳으로 돌아온 그가 말했다.

"너무 잘 풀리는군. 어안이 벙벙할 정도야."

"지금까지는 그렇군요. 하지만 결국 아테인을 잡지 못하면 아무런 의미도 없습니다."

아젤이 냉정하게 상황을 짚었다.

확실히 지금까지는 믿기 어려울 정도로 잘 풀렸다.

광활한 어둠의 설원을 가로지르는 동안 적에게 발각당해서 교전을 벌이게 될 가능성은 얼마든지 있었다. 그런데 결국 적들에게 발각당하는 일 없이 단번에 용마궁에 도달, 그들이 제대로 전투태세를 갖추기도 전에 기습하는 데 성공한 것이다.

용마궁의 방어 시스템 때문에 5킬로미터 떨어진 지점에서 발각되기는 했지만 상관없었다. 적들은 이런 사태를 전혀 대비하지 않았고, 그들이 우왕좌왕하는 시간은 결사대가 도시 상공에 도달해서 강하를 시작하기에 충분한 시간이었으니까.

동시에 지상에서는 8천이 넘는 수호그림자가 도시 안으로 들어갔다. 도시를 감싼 굳건한 성벽은 그들 입장에서는 아무런 장벽이 될 수 없었고, 곧 대혼란이 시작되었다.

카이렌이 말했다.

"하지만 정말이지 전투원 비중이 말도 안 되게 높은데. 기습으로 시가전을 벌이자 이 집 저 집에서 용령기 수련자에 마법사가 쏟아져 나오다니……."

용마궁을 수호하는 정규 병력은 아직 제대로 된 대응 태세에 들어가지도 못했다. 거의 형식적으로 성벽 쪽에 배치해 놓았던 경비 병력들이 전투를 벌이고 있을 뿐이다.

그런데도 도시 곳곳에서 전투가 벌어지는 것은, 주민들 중에 전투 능력을 지닌 자가 압도적으로 많아서였다.

지금만 해도 그렇다. 시가지를 질주하는 아젤 일행의 앞쪽에서 폭음이 울려 퍼졌다.

"여럿이 뭉쳐 있군."

카이렌이 중얼거렸다.

용마족과 용마인들이 수호그림자들을 상대로 전투를 벌이고 있다.

무장을 보건대 정규군은 아니다. 낡은 방어구, 혹은 아예 방어구를 걸치지도 않은 채로 검을 휘두르는 용마족과 용마인 노인들이었다.

비록 노쇠했다고는 하지만 그들의 전투 능력은 인간을 기준으로 보면 초인이었다. 막강한 힘으로 주변을 휩쓸면서 수호그림자들을 상대한다.

"흠."

그것을 본 레티시아가 나섰다. 동시에 그들을 상대하던 수호그림자 개체들의 움직임이 변한다.

"뭐지?"

용마족과 용마인들이 당혹스러워했다. 마구잡이로 공격해 오던 수호그림자 개체들이 질서 있는 움직임으로 단거리, 중거리, 장거리로 나눠서 치밀한 연계를 펼치는 게 아닌가?

그들이 당황하는 순간 하늘에서 한줄기 뇌격이 내리꽂혔다.

꽈광!

상공을 날고 있던 케이알리아가 마법으로 공격한 것이다.

"크아악!"

한데 뭉쳐서 분투하고 있던 그들이 비명을 질렀다. 그리고 그들 사이로 레티시아가 뛰어들면서 창을 찔렀다.

콰학!

냉기를 휘감은 십자창이 노전사의 심장을 꿰뚫는다. 그리고 적들이 정신을 차리기도 전에 그 육체를 중심으로 한기가 폭발했다.

콰하아아앗!

새하얀 파동이 퍼져 나가고 나자 그 자리에는 얼음기둥들만이 남았다. 하지만 그 너머에서 용마인 노전사 하나가 반쯤 얼어붙은 몸으로 뛰어들었다.

"이놈!"

케이알리아의 마법으로 인한 타격이 비교적 적었던 인물이었다. 방어 능력이 뛰어난지 레티시아의 급습도 최소한의 피해로 버텨내면서 결사의 공격을 가해온다.
 팍!
 하지만 레티시아는 눈도 깜짝하지 않고 그의 목에 창을 찔러 넣었다. 그리고 곧바로 일행에게로 돌아오며 중얼거렸다.
 "퇴역한 것 같은 자들인데도 상당한 실력이군. 인간의 도시에 이런 공격을 가했으면 순식간에 제압했을 텐데……."
 지금까지 얻은 정보에 의하면 어둠의 설원의 거주 지역은 용마궁과 각지에 흩어져 있는 5개의 소도시로 이루어져 있다.
 어둠의 설원의 특성상 용마족, 용마인 주민들 중에서는 전투원의 비중이 높다. 하지만 그렇다고 전원이 전투원인 것도 아니다. 나이나 부상 등을 이유로 현역에서 은퇴한 자도 많았다.
 그리고 그들을 위해 노동력을 제공하는 하층민인 인간들의 경우는 전투원 비중이 낮았다. 확실하게 무장한 자가 아니라면 비전투원이라고 봐도 무방했다.
 카이렌이 말했다.
 "그래도 우리 의도는 확실히 먹혀든 것 같다. 안 그랬으면 지금보다 훨씬 저항이 격렬했겠지."
 어둠의 설원은 아테인이 부활한 시점부터 공허의 길 거점의 방어를 포기했다. 완전히 손을 놓은 것은 아니지만 어둠의 설원의 정예 병력을 희생시키지 않고 외부 인력으로만 방어했던 것이다.
 하지만 위대한 어둠의 기둥만은 그럴 수 없었다. 일행이 언제 어디의 기둥을 노릴지 모르기에 기둥마다 다수의 정예 병력을 배치해야 했다.

그 결과 용마궁의 병력에도 상당한 결원이 발생했다.

"성문은 어떻게 할까요?"

아리에타가 물었다.

도시 곳곳에서 벌어지고 있는 싸움은 8천의 수호그림자 개체에 의한 것이다.

87명의 결사대는 두 팀으로 나뉘어서 용마궁으로 진격했다. 그리고 아젤 일행이 주축이 된 1팀이 좀 더 빠르게 용마궁의 성문 앞까지 도달했다.

높이만도 10미터에 달하는 웅장한 철문은 굳게 닫혀 있었다. 아무리 거대해도 단순히 철문이라면 지금의 일행에게는 큰 문제가 되지 않겠지만 문제는 거기에 강력한 수호의 마법이 걸려 있다는 점이다.

카이렌이 말했다.

"일단 이곳을 점거하고 대기한다. 얼마 안 걸릴 테니까."

하지만 그런 그의 판단을 수정해야 하는 상황이 벌어졌다. 용마궁 상층부의 창문이 열리면서 그곳에서 적들이 쏟아져 나오는 게 아닌가?

"드디어 정규군의 등장이신가?"

그새 용마궁 안의 병력을 한데 모은 모양이다. 그들은 용마궁의 벽을 평지처럼 밟고 내려오면서 원거리 공격을 가해왔다.

콰콰쾅! 콰앙!

일행은 그것을 막아내면서 후퇴했다. 그러자 마치 기다렸다는 듯이 성문이 좌우로 열리기 시작했다.

기기기기긱……!

그 웅장함을 생각하면 열리는 속도가 상당히 빨랐다. 그 광경을 보던 카이렌은 의아함을 느꼈다.

'뭐지? 아무도 없잖아?'

열리고 있는 성문 너머에는 아무도 없었기 때문이다. 이 타이밍에 열리는 것으로 보아 당연히 병력이 대기하고 있을 줄 알았는데?

하지만 그것은 착각이었다.

"당했다!"

성문이 어느 정도 열린 시점에서 거짓말처럼 수백 명의 적이 모습을 드러내었다. 일행을 속이기 위해 환영을 펼쳐두었던 것이다.

그리고 문 저편에 대기하고 있던 적의 전열은 마법과 용령기로 집중포화를 가할 만반의 준비를 갖추고 있었다.

파파파파파파!

섬광과 뇌격, 화염이 소나기처럼 날아들었다. 다들 급하게 대응했지만 도저히 다 막아낼 수 없다고 생각한 순간, 눈앞에서 빛의 파문이 퍼져 나갔다.

—용마기 초래! 불굴의 성채!

수면 위에 다수의 물방울이 떨어지는 것처럼, 시간 차로 발생한 빛의 파문들이 겹쳐지면서 전방에서 쏟아진 공격들을 막아냈다.

콰아아아앙!

적들이 기습적으로 쏘아낸 공격의 대부분이 아젤이 초래한 불굴의 성채에 막혀 버렸다.

비록 급하게 넓은 면적으로 펼쳐내느라 전부를 막아내진 못했지만 상관없었다. 이 자리에 있는 이들은 나머지는 충분히 피해 없이 막아낼 수 있는 자들이었다.

"좌우로 갈라져서 친다!"

카이렌이 외쳤다.

결사대는 다들 각자의 지역에서 싸워온 자들이다. 즉 단체로 손발을 맞춰본 일이 없었다.

그런데도 카이렌의 지시가 떨어지자 신속하게 좌우로 갈라지는 것은 물론, 각자 자잘한 원거리 공격을 적들에게 날려서 견제하면서 접근해 간다.

"어리석은 것들! 아무리 개개인이 뛰어나다고 해도 고작 그 숫자로 용마궁을 넘볼 수 있을 것 같으냐?"

용마궁 수비군을 지휘하는 용마족 남자가 이를 갈았다. 용마궁의 방어를 책임지는 입장에서 지금 상황은 어둠의 설원 역사상 최초로 맞이하는 굴욕이었다.

'어차피 수호그림자 앞에서 성문은 의미가 없다. 나가서 섬멸하는 게 현명하다.'

성문을 열어버린 파격적인 결단을 내린 것은 수호그림자의 특성 때문이었다. 수호그림자는 건물의 벽이나 바닥을 허깨비처럼 통과할 수 있으니 틀어박혀서 싸우는 쪽이 더 불리하다고 판단한 것이다.

'이대로 적들을 밀어버리고 나가서 곳곳에서 분투 중인 주민들을 병력에 통합한다! 얼마 안 있어서 레슈 장군과 각 가문의 병력들도 나와 줄 터!'

나쁘지 않은 판단이었다.

병력에 결원이 많이 생겼다고 해도 용마궁의 저력은 막강하다. 아테인 부활 이전까지 실세로 불렸던 세력들이 키운 병력도, 그리고 용마전쟁에 참가했던 불사체들도 있다.

눈앞의 적들을 밀어붙이면서 그들의 참전을 기다린다. 그러면 충분히 이겨낼 수 있었다.

문제는 그의 눈앞에 있는 적들이 그의 잣대로 판단할 수 없는 존재라는 점이었다.

─용마검 초래! 하늘을 가르는 검!

먹구름도 없는데 하늘 한구석에서 뇌전이 폭발, 섬광이 지상으로 내리꽂혔다. 그리고 산산이 흩어지는 빛 속에서 푸른 광택을 흘리는 검이 모습을 드러내었다.

"아젤 카르자크다! 쏴라!"

수비군은 아젤의 존재에 동요하면서도 반사적으로 명령에 반응했다. 1열이 좌우로 갈라진 결사대를 향해 견제 사격을 날리고, 2열과 3열이 절묘한 시간 차로 아젤을 노린다.

"판단력이 좋군!"

아젤이 적을 칭찬했다. 불굴의 성채로 공격을 받아내는 그의 심장이 크게 고동쳤다.

두근!

심장을 두른, 듀얼 밴딩된 생명의 고리들이 진동하며 막대한 용마력이 발생해서 영맥을 타고 달려 나갔다. 아젤의 몸을 중심으로 막강한 용마력 파동이 퍼져 나가면서 사방에서 빛으로 이루어진 분신들이 질주했다.

쯔릉! 쯔과과광!

분신들이 뇌격을 연거푸 쏟아내면서 수비군을 주춤하게 만들었다.

하지만 수비군의 방어는 견고하다. 처음부터 용령기 사용자도, 마법사도 서로 연계해서 수호의 힘을 두른데다가 적절하게 방어 마법을 펼치기까지 하니 아젤의 공격조차도 가로막혔다.

"간다!"

아젤은 개의치 않았다.

분신을 통한 공격은 적의 주의를 분산시키기 위함이었다. 하늘로 솟구치는 그의 머리 위쪽에서 천둥소리가 울려 퍼졌다.

쯔르릉!

시퍼런 뇌격이 아젤에게 내리꽂혔다.

케이알리아였다. 그녀가 아젤의 요구로 뇌격 마법을 쏘아준 것이다.

낙뢰에 필적하는 뇌격이 고스란히 하늘을 가르는 검 속으로 빨려 들어갔다. 그리고 눈 깜짝할 사이에 월등히 증폭된 위력으로 쏟아져 나왔다.

―천둥용의 뿔!

용마전쟁 당시 최강자 반열에 이름을 올렸던 둘이 연계한 공격이다. 그 위력은 수비군이 상정한 수준을 넘어섰다.

수비군이 펼치고 있던 방어막이 찢겨져 나가면서 뇌격이 그들을 삼켜 버렸다.

쯔쯔쯔쯔광!

뒤늦게 폭음이 울려 퍼지면서 수비군의 전열이 무너져 내렸다.

"지금이다! 울부짖는 불새여, 가라!"

아리에타가 눈을 빛냈다.

작은 모습으로 그녀의 주변을 맴돌고 있던 울부짖는 불새가 순식간에 그 덩치를 불리면서 날아올랐다. 타오르는 날개 아래쪽으로 무수한 폭염탄이 쏟아져서 융단폭격을 가했다.

"크악!"

"아아아악!"

적들의 비명이 울려 퍼졌다.

그사이 결사대의 2팀이 합류했다. 곳곳에서 혼란을 일으키던 수호그림자들도 하나둘씩 모여들었다.

카이렌은 기회를 놓치지 않았다.

"다들 화끈하게 한 방씩 갈겨! 용검이여, 사특한 어둠을 불태우라!"

카이렌이 말하지 않아도 다들 기회를 노리고 있었다. 공격이 빠른 전사들이 먼저 원거리 공격을 한 방씩 날리자 폭발이 연달아 일어나면서 10미터 높이의 강철 성문이 부서져서 흩어진다.

그 폭발이 미처 가라앉기도 전에 마법사들이 공격을 날린다. 그리고 레티시아가 수호그림자들을 조종해서 원거리 사격을 계속해서 쏘아냈다.

이렇게 되자 수비군이 다급해졌다.

"젠장! 놈들을 분산시켜!"

성문 안쪽에서 대기하고 있던 인원들은 막대한 피해를 입었다. 하지만 용마궁 위쪽에서 출격한 인원들은 공격 대상이 아니었다. 지금도 계속해서 위쪽에서 출격하면서 적들을 입체적으로 압박하고 있었다.

 그들이 난전을 의도하고 결사대에게 뛰어들 때였다. 갑자기 머릿속에서 목소리가 울려 퍼졌다.

 ―수비군은 즉시 용마궁 안으로 피신하라.

 "폐하?"

 아테인의 목소리였다.

 수비대는 의아해하면서도 그 지시에 따랐다. 그들에게 있어서 아테인의 지시는 절대적이었으니까.

 카이렌이 혀를 찼다.

 "알아차린 모양이군."

 "최대한 감췄지만 워낙 규모가 크니 어쩔 수 없었지요. 의식에 정신이 팔렸나 했더니 외부를 살필 여유는 있나 보군요."

 아젤도 투덜거렸다.

 어느새 결사대도 썰물처럼 빠져나가고 있었다. 그들의 움직임에 의구심을 품던 수비대원 중 하나가 문득 탄성을 질렀다.

 "아……!"

 "왜 그러나?"

 "하늘을 보십시오!"

 케이알리아 때문에 위쪽을 경계하고 있었기에 알아차릴 수 있었다.

 흰 구름이 떠다니는 푸른 하늘의 일부가 기괴하게 일그러져 있었다. 마치 그곳에 거대한 물방울이 떠 있기라도 한 것처럼.

 이 현상이 의미하는 바를 모르는 자는 이 자리에 없다. 수비대의 표정이 경악으로 물들었다.

'하늘의 눈물을 담는 잔!'

동료들이 지상으로 강하해서 싸우는 동안, 라우라는 백염의 불사조에 몸을 맡긴 채 케이알리아보다도 훨씬 높은 고도를 날고 있었다. 케이알리아가 아래쪽에서 마법 탐지망을 가려주는 사이 치명적인 일격을 준비하기 위해서였다.

표적을 용마궁으로 확정한 라우라가 비탄의 잔을 들어 올리며 중얼거렸다.

"개방."

하늘에서 모아들인 막대한 태양빛이 파괴의 철퇴가 되어 용마궁에 내리꽂혔다.

4

일순간 시야가 새하얗게 불타올랐다.

그리고 뒤이어 무시무시한 열파가 사방을 휩쓸었다. 눈에 보이는 모든 것이 세상에서 소멸하는 것만 같은 압도적인 파괴현상이었다.

"으윽, 볼 때마다 생각하는 거지만 정말 엄청나군……!"

카이렌이 투덜거렸다.

방금 전의 공격은 라우라가 케이알리아와 연계해서 정밀하게 위력을 계산해서 쏘아낸 것이다. 아무 생각 없이 '하늘의 눈물을 담는 잔'을 썼다가는 전장에 있는 아군까지 몰살할 수도 있었으니까.

표적은 어디까지나 용마궁만으로 한정하고, 넓은 범위를 파괴하는 대신 섬광으로 용마궁을 베어버리는 것이 목적이었다.

그런데도 이 정도의 여파가 발생했다.

용마궁 주변의 거리는 아예 흔적도 남지 않았고 수백 미터 지점까지 건물이 붕괴하고 화재가 일어났다. 그리고 그 여파로 인간을 장난감처럼 날려 버릴 수 있는 광풍이 휘몰아치고 있었다.

레티시아가 투덜거렸다.

"맙소사. 그걸 맞고도 저 정도밖에 안 망가졌다고?"

주변은 완전히 박살이 난데 비해 용마궁은 형체를 보존하고 있었다.

물론 멀쩡한 것은 아니다. 공격이 직격한 부위에 커다란 구멍이 뚫려서 주변부가 붕괴하고 있었다. 하지만 피해가 그 정도로 그쳤다는 점이 믿기지 않을 정도였다.

카이렌이 아젤에게 물었다.

"피해가 저 정도라면 의식 장소는 멀쩡하겠지?"

"그렇겠지요. 최우선적으로 지켜야 하는 곳일 테니."

"역시 편한 일이 없군. 그럼 적들이 정신 차리기 전에 돌입한다!"

아무리 아테인의 방어 마법이 피해를 최소화했다고 해도 적들이 받은 충격은 적지 않을 것이다. 그들이 혼란을 수습하기 전에 돌파해야 했다.

결사대는 곧바로 성문으로 돌입했다. 입구에는 적들의 시체가 널려 있었고 안쪽에도 정신을 못 차리는 자들이 있었다.

그들을 베어 넘기면서 나아가다가 안쪽에 있던 인원들과 충돌했다.

"물러서지 마라!"

수비군이 결사의 각오로 일행을 막아섰다. 수적으로 보면 여전히 그들이 결사대를 압도한다.

어디까지나 '살아 있는 자들'을 기준으로 보면 그랬다.

"크악!"

"이놈들이 벽을 뚫고 온다!"

"바닥에서도! 밑을 조심해!"

수비군의 비명이 울려 퍼졌다.

벽을 허깨비처럼 통과한 수호그림자들이 공격을 가해오는 게 아닌가? 정면에서는 결사대가 좌우, 심지어 바닥에서조차 수호그림자들이 모습을 드러내면서 그들의 전열이 붕괴했다.

"라우라."

그 광경을 보면서 아젤이 말했다. 그사이 합류한 라우라가 고개를 끄덕였다.

"응."

비탄의 잔이 공간왜곡장을 일으켰다. 그들이 밟고 선 바닥이 일그러지면서 아래층으로 향하는 길이 뚫린다.

최우선으로 달성해야 하는 목적은 아테인이 치르고 있는 의식을 멈추는 것.

그리고 의식의 방이 어디인지는 케이알리아가 파악했다. 용마궁 지하 7층이었다.

아젤 일행을 필두로 결사대 인원의 절반이 그 자리를 벗어났다. 이곳의 싸움은 전열에서 적들과 격돌한 인원들과 수호그림자의 몫이다.

눈물의 길을 따라서 지하 7층에 도착한 아젤이 주변을 살피며 물었다.

"얼마나 남았지?"

―직선거리로는 5킬로미터 정도예요.

"쓸데없이 넓군."

그저 한 층이라고 하기에는 너무나도 넓은 공간이었다. 바닥에서 천장까지의 높이만 해도 30미터를 넘는다.

케이알리아가 말했다.

―아테인은 무저갱 위에 있는 의식의 방에 있어요. 그곳이야말로 그의 모든 역량을 집중할 수 있는 장소니까요.

"무저갱이라……."

거창한 명칭이다. 하지만 위대한 어둠의 중추라면 그 정도 거창한 이름은 붙을 만했다.

곧 일행은 인원을 점검하고는 빠르게 이동하기 시작했다. 라우라와 케이알리아라는 길잡이가 있기에 길을 헤맬 걱정은 없었다.

〈더 이상은 갈 수 없다.〉

그들의 앞을 가로막은 것은 화려한 복장의 불사체 마법사였다. 그의 주변에 몇몇 불사체와 수십의 용마족, 용마인 병력들이 모여 있었다.

라우라가 그들을 알아보았다.

"디고와 보르튼의 전사들."

어둠의 설원의 실세들이 거느렸던 병력이었다. 용마전쟁에 참전했던 불사체가 수비군에 속하지 않는 그들을 이끌고 대기하고 있었던 것이다.

"예상대로군. 호락호락 보내줄 거라고는 기대하지도 않았지. 카르자크 공, 여기서 힘을 낭비하지 말고 가시오."

그렇게 말하며 나선 것은 리로스 왕국에서 백검백작이라는 별명으로 불리는 용마족 전사, 보카드 라카디였다. 그가 나서자 형제자매들이 뒤를 따랐다.

아젤이 고개를 끄덕였다.

"무운을 빕니다."

"고맙소. 이 전투가 끝나면 내 영지로 초대할 테니 와주지 않겠소? 선대부터 보관해 온 귀한 술을 따고 싶군."

"기꺼이 응하지요."

라카디 4남매를 포함, 열 명의 결사대 인원과 수호그림자 50여 개체가 그 자리에 남았다.

나머지 인원들은 뒤쪽에서 울려 퍼지는 격전의 소리를 뒤로 하고 계속 나아갔다.

하지만 적들은 그들이 끝이 아니었다. 요소요소에 그들과 비슷한 수준의 병력이 배치되어 있었다.

그때마다 결사대는 병력을 나눠가면서 앞으로 나아갔다.

그리고 의식의 방까지 400미터를 앞둔 상황이 되자 결사대 중에 아젤 일행만이 남았다.

문득 카이렌이 중얼거렸다.

"괜찮을까?"

"뭐가 말입니까?"

아젤의 되물음에 카이렌이 어두운 표정으로 대답했다.

"정말 이게 옳은 길이었는지 모르겠다. 시간이 걸리더라도 모두 함께 오는 편이 낫지 않았을까? 그랬으면 좀 더 수월하게 아테인을 상대할 수 있었을지도 모르는데……."

카이렌은 결사대의 힘을 합쳐서 돌파하는 것보다 전력을 분산하더라도 최대한 빨리 의식의 방에 도달하는 길을 선택했다. 하지만 정작 목적지를 눈앞에 두자 회의감이 밀려오고 있었다.

아젤이 쓴웃음을 지었다.

"전에 자기 입으로 말씀하시지 않았습니까? 지휘관은 이런 때 흔들림을 보여서는 안 됩니다."

"…그렇군."

카이렌이 헛기침을 했다. 자기가 한심한 모습을 보였다는 사실이 부끄러웠다.

하지만 누구도 그를 비난하지 않았다. 아무리 숱한 전투를 겪어왔다 한들 세계의 운명을 결정하는 싸움 앞에서 어찌 부담감을 느끼지 않겠는가?

아젤이 말했다.

"우리 모두 공작님을 신뢰하고 있습니다. 이미 계획대로 저지른 후니까, 끝까지 당당하게 밀고 가시지요."

"알겠다. 자네에게 부담을 많이 지우겠지만……."

"처음부터 각오한 일입니다. 어차피 저만 목숨 거는 것도 아니고."

아젤이 씩 웃었다.

그렇게 거침없이 나아가던 일행은 문득 발걸음을 멈췄다. 지나온 곳에서 울려 퍼지는 소음이 끊이지 않는 가운데, 의식의 방으로 통하는 복도 저편에서 발소리가 울려 퍼지고 있었다.
저벅, 저벅…….
레티시아가 안색을 굳혔다.
"레슈."
부스스한 청백색 머리칼을 지닌 용마족 청년, 레슈가 모습을 드러냈다. 50미터 정도 거리를 두고 멈춰 선 그가 말했다.
"결국 왔구나."
"역시 이곳에 있었군."
아젤도 표정을 굳혔다.
예상한 바였다. 레이거스가 쳐들어간 안식의 신의 봉인 지점에 그의 모습이 없었으니까.
하지만 용마궁을 급습한 후에도 모습을 드러내지 않아서 혹시나 하는 기대를 품었는데 역시 현실은 호락호락하지 않았다.
레슈가 말했다.
"멋진 기습이었어. 설마 이렇게 엉망으로 당할 줄은 몰랐는 걸. 아테인이 나를 불러들이지 않았다면 상황이 꽤나 나빴겠지."
"레슈, 진심으로 아테인을 위해 우리들과 싸울 생각이냐?"
"새삼스럽게 확인해야 할 사실이었나?"
레슈가 쓴웃음을 지었다.
아젤과 레티시아와 목숨을 걸고 싸우는 것은 일찌감치 각오하고 있었다. 하지만 실제로 맞닥뜨리고 보니 입맛이 쓰다.
'마음가짐이 물러 터졌다고 욕을 들어도 할 말이 없는 사실이지만… 솔직히 말해서 아테인의 부탁이 고맙군.'

레슈는 이곳으로 나오기 전, 아테인이 부탁한 사실을 떠올리며 작게 한숨을 쉬었다. 아젤 일행이 여기까지 온 후에야 수문장 역할로 나온 것도 그 부탁 때문이다.

"아젤, 너는 가라."

"뭐?"

"어차피 우리 쪽이 가로막을 때마다 인원을 나누면서 오지 않았어? 나, 혹은 다른 누군가가 여기에서 너희를 막는 것도 상정했겠지. 너희에게 시간이 얼마 안 남았다는 것을 알고 있을 테니까."

"으음……!"

카이렌이 신음했다.

레슈의 지적은 정확했다. 일행이 굳이 전력을 분산하면서까지 발길을 서두른 것은 그만큼 상황이 급박하기 때문이었다.

용마궁에 들어서는 순간, 케이알리아는 절망적인 정보를 포착했다.

레이거스 일행이 안식의 신을 없애는 과정에서 대량의 전사자가 발생, 그 여파로 위대한 어둠이 더없이 강성해졌다. 그리고 아테인은 그 점을 이용해서 의식의 진행 속도를 한층 가속시켰다.

이제 얼마 안 있어서 아테인의 의식은 3단계로 넘어간다. 그 다음 단계는 바로 의식의 완성이다.

레슈가 말했다.

"아테인이 너를 보고 싶어 하더군. 이렇게 된 이상 너하고만은 결판을 내고 싶은 모양이야."

"내가 그 말을 따를 이유가 어디 있지?"

"그럼 이 자리에 있는 모두가 힘을 합쳐서 나를 상대해 보겠어? 그게 최악의 선택이라는 것을 증명해 줄 수는 있을 것 같은데?"

레슈가 자신만만하게 미소 지으며 물었다. 그 말에 아젤이 그를 노려보았다.

아젤, 라우라, 케이알리아, 카이렌, 레티시아, 아리에타 여섯 명이 모이고 거기에 수호그림자까지 50여 개체나 남아 있다. 이 정도면 아테인을 상대로도 승산을 장담할 수 있으리라.

문제는 이 자리의 그 누구도 레슈의 전력을 모른다는 것이다.

그는 카이렌과 레티시아에게 용혼을 전수하는 동안에도 한 번도 제 실력을 보이지 않았다. 레이거스와 맞붙었을 때의 정보는 알고 있지만 그것이 전력이라는 보장도 없다.

'우리 쪽의 부담이 더 커.'

게다가 이대로 레슈와 맞붙을 경우, 일행은 최대한 빨리 그를 쓰러뜨리고 아테인에게 가야 한다.

그에 비해 레슈는 시간을 끌기만 해도 된다. 그가 방어에 전념하면서 시간을 끈다면 과연 단기전으로 승부를 낼 수 있을까?

고민하는 아젤의 어깨를 툭 치는 사람이 있었다. 카이렌이었다.

"아젤."

"공작님?"

"가라."

"……"

"적의 오만은 사양 않고 이용해 줘야지. 레슈는 우리에게 맡겨라."

그리고 그는 위스퍼링으로 덧붙였다.

―계획대로인데 망설일 게 뭐 있나? 여기서 맞닥뜨리는 상대가 레슈라고 해서 달라지는 것은 없다.

"…알겠습니다."

고개를 끄덕인 아젤이 일행의 얼굴을 눈에 새겨두려는 듯 한 사람 한 사람을 바라보았다. 마지막으로 라우라와 눈이 마주치는 순간, 그녀가 소리 없이 입술을 달싹거렸다.

'맡겨줘.'

아젤은 그녀의 입술 모양을 읽고 자기도 모르게 웃었다. 그것을 끝으로 아젤이 벽을 따라서 달려 나갔다.

레슈는 자신을 지나쳐 가는 그를 돌아보지 않았다.

"자, 그럼……."

우우우웅!

그러나 그가 말을 하기도 전에 라우라가 비탄의 잔으로 공간 왜곡장을 전개했다. 레슈는 눈살을 찌푸리며 방어를 준비했지만 곧 라우라가 자신을 공격할 의도가 아님을 깨달았다.

바닥에 눈물의 길이 열리고, 라우라와 아리에타 두 사람이 모습을 감추었다.

"…어?"

어안이 벙벙해진 레슈가 눈을 크게 떴다.

만약 자신을 돌파해서 아젤을 쫓아가려고 했다면 얼마든지 막을 자신이 있었다. 그런데 이런 식으로 빠져나갈 줄이야?

개전(開戰) 167

"이런. 아테인이 화낼지도 모르겠는데?"
"그건 네가 고민할 문제가 아니야."
레티시아가 한 발 앞으로 나섰다. 그녀가 날카로운 살의를 뿜어내며 말했다.
"지난번에 한 말을 지키도록 하지."
아발탄 숲에서 헤어질 때 레티시아는 레슈에게 선언했다. 적으로 만나서 싸우게 된다면, 그의 목숨은 자신이 거두겠다고.
그녀는 그 말을 지키기 위해 움직였다.

5

레슈를 지나친 아젤은 거침없이 의식의 방으로 향했다. 뒤쪽에서는 여전히 전투의 소음이 울려 퍼지고 있었지만 아젤을 가로막는 자는 아무도 없었다.
기분 나쁠 정도였다. 필시 또 다른 병력이 앞을 가로막거나, 함정을 준비해 뒀을 거라고 생각했는데 정말 아무런 방해도 없이 의식의 방에 도착했다.
기이이잉……!
심지어 의식의 방의 입구는 아젤이 다가가자 기다렸다는 듯 열리는 게 아닌가?
그 안쪽에 아테인이 기다리고 있었다.
얼마 전 만났던 분신과 다르지 않은 모습이었다. 긴 검은 머리칼도, 굴강한 두 개의 검은 뿔도, 먼 곳을 보는 듯한 공허한 푸른 눈동자도…….

하지만 그 너머에서 파도처럼 일렁거리는 어둠만은 달랐다. 아젤은 그것을 보는 순간 소름이 돋았다.

'엄청난 마력이다.'

바닥에 그려진 거대한 마법진 위로 빛 대신 어둠이 넘실거리고 있었다. 분명 위대한 어둠의 일부일 것이다.

문제는 거기에 집결된 마력이었다. 지금까지 아젤이 한 번도 경험해 본 적이 없는 막대한 마력이 그곳에 모여 있었다.

'이것이 세계를 할퀴어서 흉터자국을 남길 수 있는 마법인가.'

단순히 파괴력이 강한 마법과는 차원이 다르다. 아테인이 행한 의식은 정말로 세상의 섭리마저 바꿀 가능성을 품고 있었다.

아테인이 말했다.

"조금 늦었군. 이미 의식은 최종 단계를 앞두고 있다. 내가 이 자리에 없더라도 오늘 황혼이 찾아오기 전에 완성될 것이다."

"굳이 알려주지 않아도 알 것 같군. 하지만 아직 완성된 것은 아니지."

"맞는 말이다. 하지만 의외로구나, 아젤 카르자크여."

"무슨 소리지?"

"아무리 상황이 급하다고 해도 혼자서 올 줄은 몰랐다. 최소한 케이알리아나 아운소르의 후예를 대동하리라 생각했거늘……."

아테인은 이해할 수 없다는 듯 고개를 갸웃했다.

분명 아젤은 강하다. 아무리 아테인이라고 해도 아젤과의 싸움은 승산을 장담할 수 없는 일이다.

그 점은 인정한다. 하지만 그럼에도 아젤이 혼자서 온 것은 무모하기 짝이 없는 선택이었다.

"다름 아닌 이 용마궁에서 나와 싸우면서 혼자서 충분하리라 자신하는가? 그대가 그 정도로 우둔하다고 생각하지는 않았는데······."

고위 마법사의 전투력은 준비된 자원이 얼마나 많으냐에 따라서 크게 달라진다. 자신의 특기 마법이 얼마나 효과를 발휘하는 환경인가, 마법을 보조하기 위한 준비를 얼마나 많이 해왔는가에 따라서 몇 배나 강해질 수도 있는 것이다.

그리고 이 용마궁은 아테인의 앞마당이다. 위대한 어둠의 중추라고 할 수 있는 무저갱까지 위치해 있는 이곳이야말로 아테인의 능력이 극대화되는 장소다.

아젤이 실소했다.

"자기 목숨을 노리는 적을 걱정해 주다니, 그 오만한 배려에 눈물이 날 것 같군."

용마전쟁 때, 아젤이 아테인을 쓰러뜨렸던 것은 용뿔의 성채라 불리는 성이었다. 용마왕군의 잔존 병력이 집결했던 그곳은 견고한 요새이기는 했지만 이곳처럼 아테인의 능력이 극대화되는 장소는 아니었다.

"함정이고 뭐고 없이 곱게 여기까지 오게 한 것도 그렇고."

용마궁에는 침입자를 저지하기 위한 시설이 다수 준비되어 있었다. 아테인이 마음먹었다면 거기에 약간의 마법을 더해주는 것만으로도 아젤의 발목을 잡을 수 있었으리라.

하지만 아테인은 그렇게 하지 않았다. 레슈를 보내서 일행을 가로막은 것을 제외하면 놀랍도록 순순히 아젤을 자신의 앞까지 오게 했다.

"그것은 내 고집이었다. 다시는 돌이킬 수 없는 선택을 앞둔 지금, 감상에 빠지는 것은 어쩔 수 없더구나."

아테인이 쓸쓸하게 웃었다.

아운소르, 발타자크, 알마릭, 그리고 레이거스까지… 이제 그와 시간을 공유할 수 있는 이들이 모두 죽었다. 언젠가 또 다른 누군가가 나타나기 전까지, 그는 끊임없는 시간의 흐름 속에서 홀로 고독하리라.

"하지만 나를 감상에 빠지게 할 만한 인물은 손에 꼽을 정도밖에 남지 않았지. 아젤 카르자크여, 이 시대에 그대와 재회했을 때 나는 깨달았다."

"뭘 말이지?"

"그대하고만은 반드시 결착을 지어야 한다는 것을. 그대는 나를 붙잡아놓고 있는 미련의 상징이다."

아테인이 아젤을 바라보았다. 그 눈빛은 평소와는 전혀 달리 눈앞의 아젤이라는 존재를 똑바로 향하고 있었다.

"세계가 선택한 내 운명의 대적자여, 그대를 쓰러뜨림으로써 나는 인류가 지닌 가능성의 확인을 끝낼 것이다.

"예나 지금이나 말하는 것마다 거창하군. 뭐 좋아."

아젤이 천천히 걷기 시작했다. 그의 모습이 여럿으로 겹쳐 보이는가 싶더니 분신이 하나둘씩 나타났다.

"그때 끝내지 못한 싸움의 계속이다. 이번에야말로 결판을 내자, 아테인."
 다음 순간, 아젤과 아테인이 거의 동시에 움직였다.
 아젤의 분신이 좌우로 흩어져서 질주하는 가운데 아젤이 검을 휘두른다. 하늘을 가르는 검이 섬광으로 화해 아테인을 후려쳤다.
 아테인도 지지 않고 받아쳤다. 아젤이 오기 전부터 초래해 두고 있던 어둠을 새기는 검이 토해낸 흑색의 궤적이 섬광의 궤적과 교차하며 폭발했다.
 콰아아아!
 의식의 방이 뒤흔들린다.
 마침내 세계의 운명을 건 일전이 시작되었다.

최종장
한 사람

1

 용마궁은 그 어느 때보다도 시끄러웠다.
 아무도 없는 공간에 있어도 알 수 있다. 곳곳에서 전투가 벌어지고 있다는 것을. 폭음이 끊이지 않고 그로 인한 진동이 계속된다.
 쿠구구구궁……!
 강맹한 힘이 서로 격돌, 바닥이 뒤집어지고 벽에 커다란 구멍이 뚫렸다. 피어오르는 흙먼지 속에서 검은 머리칼의 용마족 청년, 카이렌이 신음했다.
 "으윽……!"
 쌍검을 쥔 그의 몸을 감싸고 있는 녹색 용혼이 꿈틀거린다. 실내에 광풍이 휘몰아치면서 흙먼지를 몰아내고 그 너머에서 한 사람의 모습이 드러났다.

부스스한 청백색 머리칼을 지닌 용마족 청년, 레슈였다. 붉은 용혼을 휘감은 그에게 카이렌이 이를 악물고 돌진해서 쌍검을 휘둘렀다.

쉬쉬쉬쉭!

레슈가 뒤로 물러나서 질풍 같은 검격을 피한다.

그 뒤쪽에서 수호그림자들이 달려들었다. 검과 창을 든 근접전 능력의 개체들이 몸을 던진다.

화아아아악!

레슈의 전신에서 화염이 폭발해서 그들을 쓸어버렸다. 동시에 그가 땅을 박차고 가속하려고 했지만……

쉬익!

절묘한 순간에 레티시아가 옆에서 십자창을 찌르고 들어온다. 레슈는 앞으로 튀어나가려던 몸을 억지로 멈추면서 대응할 수밖에 없었다.

그랬어야 했다.

투아앙!

붉은 궤적이 공간을 가르며 달려 나갔다. 레티시아가 경악했다.

'빠져나갔어?'

완벽한 타이밍이었다.

레슈가 그대로 돌진했으면 창에 찔렸을 것이다. 그리고 몸에 부담을 줘가면서 멈췄다면 균형을 바로잡은 카이렌이 강공을 취할 수 있었다.

그런데 레슈가 찌르든 말든 상관없다는 듯 땅을 박차며 달려

나갔다. 그리고 그 속도는 레티시아가 상정한 것보다 몇 배는 더 빨랐다.

콰콰콰콰콰!

레티시아가 미처 냉기를 쏘아낼 새도 없이 충격파가 터졌다. 그리고 그녀를 믿고 공격을 준비하던 카이렌이 눈을 크게 떴다.

몸이 부서질 듯한 충격이 덮쳐왔다.

"커억!"

카이렌이 비명을 지르며 날아갔다. 몇 번이나 바닥을 튕기며 날아간 그가 벽을 뚫고 처박혔다.

레티시아도 사정이 다르지 않았다. 뒤늦게 레슈의 배후를 노리며 달려들었지만 시야의 사각에서 솟구치는 뒤차기로 움직임이 멈추고, 곧바로 옆에서 맹습해 온 용혼에 맞고 날아가 버렸다.

─세상에…….

케이알리아가 아연해했다.

그사이 카이렌과 레티시아가 비틀거리며 걸어 나왔다. 케이알리아는 레슈가 그들을 추격할 경우를 대비하여 마법을 준비했지만 레슈는 격돌했던 자리에서 움직일 기색이 없었다.

카이렌이 이를 악물었다.

'제기랄. 빠르군. 어이없을 정도로…….'

레슈는 본신의 용마력이 변신한 레이거스를 능가하고, 속도는 카이렌이나 레티시아의 눈으로도 따라가기 어려울 정도다.

스피릿 오더나 용령기를 수련한 자들은 한 동작을 극단적으로 가속시키는 필살기를 터득한 경우가 많다. 카이렌이나 레티시아도 작정하면 한 동작만큼은 소리보다 빠르게 가속할 수 있었다.

그러나 그것은 어디까진 돌출된 빠름이다. 그 한 동작을 행하고 나면 잠시나마 움직임이 멎어버리는 부담을 질 수밖에 없다.

'구간 순동법을 맨몸으로 구사하면 이런 터무니없는 속도가 나오는 거군. 역시 용혼에 비밀이 있겠지?'

레슈는 구간 순동법을 육체로 체현하고 있다. 그래서 원하는 순간에 신체 각 부위를 마음껏 가속시킴으로써 상식을 초월한 속도를 발휘한다.

케이알리아를 통해서 레슈가 레이거스와 싸웠을 때의 정보를 어느 정도는 얻었다. 당연히 그의 속도를 주의하고 있었다.

그런데 직접 맞닥뜨려 보니 머릿속으로 상상한 것을 압도한다. 단발로 날아들어도 대응하기 힘든 속도가 연거푸 이어지기까지 하니 어찌 막을 수 있겠는가?

레슈가 말했다.

"역시. 너희들 나보다 더 빠른 누군가를 상대해 본 적이 있나 보군? 레이거스도 그렇더니만……."

그의 입장에서는 허를 찌른 공격이었다. 그의 속도는 카이렌과 레티시아 입장에서는 한 번도 경험해 보지 못할 수준일 것이고 그러면 도저히 감각이 따라가지 못한다.

그랬어야 정상이다. 그런데 둘은 몸은 제대로 따라가지 못했을지언정 분명히 머리로는 움직임을 인식하고 대응했다. 그랬기에 둘 다 경미한 부상으로 끝난 것이다.

카이렌은 대답하지 않고 자세를 가다듬었다. 식은땀이 흐른다.

'아젤이 아니었다면 시작하자마자 끝났겠군.'

레슈가 추측한 대로다. 두 사람은 아젤을 통해서 레슈보다 더 무서운 속도를 경험해 본 적이 있었다.

그것은 레슈의 그것과는 개념이 다른 빠름이다. 분신술사인 아젤은 한순간에 여러 곳에 동시에 존재하면서 여러 가지 일을 행할 수 있었으며, 그의 분신은 실체와 에너지체 사이를 자유자재로 오갈 수 있었다.

원하는 순간 원하는 곳에 나타나며, 공격을 결정하는 순간과 공격이 명중하는 순간의 시간 차가 존재하지 않는다. 그것은 전투에 있어서 궁극의 빠름이라고 할 수 있었다.

그런 아젤을 상대해 본 경험 덕분에 두 사람은 레슈의 속도에 어설프게나마 대응할 수 있었다.

문득 레슈가 말했다.

"시작한 모양이군."

"무슨 말이지?"

"아젤과 아테인."

"음……."

카이렌과 레티시아가 안색을 굳혔다.

레슈가 뿜어내는 위압감 때문에 알아차리지 못했다. 확실히 저편에서 무시무시한 힘의 격돌이 느껴졌다.

레티시아가 그를 노려보았다.

"여유가 넘치는군. 우리 따위는 언제든지 죽일 수 있다는 자신감인가? 아무리 강해져도 결코 생사를 앞에 두고 거만해지지 마라, 나한테는 그렇게 가르친 주제에."

"별로 여유가 넘치는 건 아니야. 너희도 만만치 않고, 비범한 마법사까지 붙어 있으니까."

레슈는 케이알리아에게서 눈을 떼지 않았다.

그녀는 죽어서 육신도 잃었고, 용마기도 없다. 게다가 위대한 어둠의 권한도 제약당했으니 더 이상 생전만큼의 힘을 발휘하지는 못한다. 하지만 그래도 용마전쟁 당시에 최강의 마법사 중 하나로 손꼽혔던 이를 경시할 수는 없었다.

'그래도 이상할 정도로 미적지근하긴 하군. 뭔가 노리는 바가 있겠지?'

저들의 구성을 생각하면 케이알리아가 레슈를 직접 공격하기보다는 레티시아와 카이렌을 지원하는 데 더 힘을 쏟는 것이 당연하기는 하다. 하지만 그걸 감안해도 뭔가 납득이 안 간다.

분명 그녀는 뛰어난 마법사다. 적재적소에 마법을 사용함으로써 레티시아와 카이렌이 레슈에게 한순간에 패퇴하는 것을 막아주는 한편, 레슈의 행동을 까다롭게 방해하고 있다.

하지만 케이알리아가 과거에 떨쳤던 명성을 생각하면 고작 이 정도인가? 하는 꺼림칙함을 지울 수 없었다.

레티시아가 비아냥거렸다.

"그럼 이게 신중한 탐색의 결과라고 말할 참인가?"

"솔직하게 말하자면 그건 아니야. 레티시아, 하나 묻자. 너는 왜 아테인에게 반발하지?"

"뭐?"

"카이렌이 반발하는 것은 이해하겠어. 카이렌은 인간 사회의 일원이고, 그 안에서 영주라는 입장이니까. 하지만 너는 왜 그쪽 편에 서지? 용마왕 숭배자들에 대한 증오 때문에?"

"어이가 없군."

레티시아가 헛웃음을 흘렸다. 그리고 물었다.

"그러는 레슈 너는 왜 아테인을 지지하지? 그의 미치광이 계획이 정말로 모두가 행복한 낙원을 만들어줄 거라고 믿나?"

"그건 예방책이 필요하다고 생각하기 때문이야. 만약 신들이 세상을 만든 것이 사실이라면, 그들은 중요한 것을 빼먹었어."

레슈는 지난 220여 년 동안 세상을 떠돌며 수많은 일을 겪었다.

많은 사람을 만나고, 아이들이 어른이 되고 늙어가는 과정을 지켜보고, 누군가에게 애정을 쏟았다. 레티시아 역시 그가 애정을 쏟았던 대상이었다.

그리고 그런 애정의 대상을 잃는 아픔도 지긋지긋하도록 겪어보았다.

레슈가 주먹을 들어 보이며 말했다.

"내가 아무리 강해져도 세상 모두를 지킬 수는 없어. 심지어 한 사람조차 지킬 수 없지."

아무리 누군가를 소중히 보살핀다고 해도 사람은 각자의 삶을 살아야 한다. 하루 내내, 일 년 내내 한 사람의 옆에서 마치 그 사람의 그림자처럼 살아갈 수는 없다.

안전망이 필요하다.

누구나 그 사실을 안다. 그래서 인간은 사회를 이루어 집단의 안전을 확보하는 한편 법과 제도를 통해서 사회 구성원 개개인의 안전을 확보하고자 노력해 왔다.

"하지만 부족해."

인간이 기나긴 역사를 통해 만들어낸 안전망은 턱없이 부족했다.

법을 어기면 처벌을 받는다.

그 단순한 명제조차 지켜지지 않는 경우가 허다했다.

"그 결과 상처받을 이유가 없는 선량한 자들이 상처받는다. 앞날이 창창하고 모두에게 사랑받는 누군가가 죽는다."

레슈는 그것을 견딜 수 없었다. 그래서 아테인에게 동참했다.

어떤 자는 타인의 눈길을 피해서, 어떤 자는 법망의 허점을 이용해서, 어떤 자는 처벌조차 두려워하지 않고 악행을 저지른다.

하지만 아테인이 이루고자 하는 세상에서는 그런 일이 벌어지지 않을 것이다. 인간의 노력으로는 도달할 수 없었던 절대적인 감시와 제재가 모든 인류에게서 악을 행할 자유를 박탈할 테니까.

"하아."

레슈의 뜻을 들은 레티시아가 한숨을 쉬었다. 어이없다는 표정으로 고개를 절레절레 젓는 그녀에게 레슈가 눈살을 찌푸렸다.

"하고 싶은 말이 있으면 해봐."

"…레슈, 너는 분명히 나보다 오래 살았어."

레티시아가 입을 열었다.

"나보다 오래 살았고 많은 사람을 봤고 많은 일을 겪었겠지. 난 여전히 평범한 인간의 삶을 몰라. 너와 함께 그들 사이에서 살고 교류해 보기도 했지만, 그들이 살아가는 모습은 늘 벽에 걸린 그림 속의 풍경이나 마찬가지였어."

레티시아는 인생 대부분을 어둠의 설원에서 보냈다. 알마릭의 후계자 후보로 '생산된' 그녀는 생존을 걸고 경쟁해야 했고, 탈락자로 낙인찍힌 후에는 지옥에 내던져졌다.

오로지 레슈와 함께 지낸 시간만이 유일하게 평온한 기억으로 남아 있었다.

그의 제자가 되어 지내는 동안, 레티시아는 평범한 사람들 속에 있었다. 그들의 이름을 알고, 이야기를 나누고, 서로를 위해 무언가를 해주기도 했다.

돌이켜 보면 정말 눈부신 추억이다. 그대로 그들 속에서 살아가는 선택지도 있었으리라.

하지만 레티시아의 가슴속에는 꺼지지 않는 증오의 불길이 타오르고 있었다. 레슈는 그것을 알아보고 그녀를 떠나 보내주었다.

그 사실에 감사한다. 레슈가 먼저 끝맺음을 해주지 않았다면 스스로가 방황하다가 망가져 버렸을 것임을 알기에.

레티시아가 말을 이었다.

"예전에는 네가 뭐든지 할 수 있다고 생각했던 적이 있었지. 그래, 마치 인간 아이가 어른을 보며 품는 감정처럼, 너는 모르는 것도 없고 할 수 없는 일도 없다고… 그렇게 생각했어."

인간들 사이에서 지셀이라는 가면을 쓰고 살아가던 레슈는 능숙한 사람이었다. 쉽사리 사람들 사이에 섞여 들어갔고, 조금만 시간이 지나면 모두가 그를 좋아하고 의지하게 되었다.

한 사람 183

그래서 지금 이 순간까지도 모르고 있었다. 아이가 어른의 고뇌를 모르듯, 레티시아도 그가 마음속에 품고 있는 진심을 알지 못했다.

"하지만 레슈, 이제는 알 것 같군. 너도 초인은 아니라는 것을. 적어도 내가 너보다 잘 아는 게 있지."

"그게 뭐지?"

"네가 말하는 것은 세상을 거대한 온실로 만들고 모든 인간이 그 안의 화초가 되어야 한다는 소리야. 너는 그게 어떤 삶인지 상상할 수 없겠지. 하지만 나는 아니야. 나는 그런 온실에서 살아봤으니까. 그리고 그 온실은 지옥이었고."

"뭐?"

레슈는 이해할 수 없다는 표정으로 레티시아를 바라보았다. 그녀가 무슨 말을 하는 것인지 이해할 수 없었다.

레티시아는 씁쓸한 웃음을 지은 채 말을 이었다.

"감시받고, 통제받고, 누군가 '악'이라고 규정지어 놓은 행동은 절대로 할 수 없는 상황. 그게 바로 네가 바라는 세상이지. 하지만 그 통제자의 뜻이 모두에게 있어 선이라고 어떻게 확신하지?"

레티시아가 탈출하기 전까지, 그녀를 실험체로 삼았던 연구 시설은 절대자들이 통치하는 지옥이었다. 그곳은 닫힌 세계였고 그 안의 선악을 결정하는 것은 실험체들의 영혼을 유린하는 통제자들이었다.

"바깥세상에 나온 후에야 알았지. 선악이라는 것은 처음부터 정해져 있는 게 아니라는 것을. 그저 세상을 살아가는 자들의 합의라는 것을."

 레티시아가 그곳에서 탈출한 것은 고통으로부터 해방되길 바랐기 때문이다. 그들에게 유린당하지 않고 살고 싶었기 때문이다.

 그들이 악이라서, 그들의 행동이 악행이라고 생각해서 저항한 것이 아니다.

 "잡아먹는 육식동물과 잡아먹히는 초식동물 사이에 선악은 없지. 선과 악은 인간의 발명품이야. 그리고 내가 태어난 곳의 선악은 바깥세상의 선악과는 너무나도 달랐지. 그걸 내게 가르쳐 준 것은 너야, 레슈."

 레티시아는 바깥세상에 나와서 새로운 기준을 만났다. 레슈를 통해서 배운 바깥세상의 상식은 그녀의 세계관을 산산조각 내는 충격이었다.

 "내가 태어나고 자라난 곳, 지금 네가 서 있는 이 땅은 이 세상의 보편적인 인식에 따르면 악의 온상이지. 하지만 내가 지금 싸우는 것은 그들이 악이라서가 아니야."

 "그럼 어째서지?"

 "가장 근본적인 이유는 그놈들이 잘되는 꼴을 절대로 두고 볼 수 없어서지."

 "……."

 "저런. 뭔가 그럴싸한 대의를 기대했어?"

 레슈가 멍청한 표정을 짓자 레티시아가 키득거리며 웃었다. 그리고 말을 이었다.

 "그리고 그놈들이 떠받드는 아테인이 내 삶을 채웠던 고통의 원흉이기 때문이지. 그런 놈이 절대자를 자처하며 먹고 떨어지라고 던져주는 낙원을 고마워하기에는 내 인생이 너무 험악했거든."

"역시 결국은 아테인에 대한 신뢰 문제로 귀결되는 건가?"

2

레슈는 탄식했다.

이미 알고 있던 사실이었다. 어떤 선의를 내세워도 그것을 실행하는 주체가 아테인인 이상 적들은 반발할 수밖에 없다.

레티시아가 말했다.

"신뢰라는 것은 쉽게 쌓이는 것이 아니야. 잘 생각해 보시지? 아테인이 깨어나자마자 대뜸 이런 짓을 벌이는 게 아니라 다른 사람인 척 정체를 감추고 긴 세월 동안, 그래, 무한에 가까운 수명을 이용해서 수백 년 동안 성자 노릇이라도 했다면 어땠을까?"

"……."

"내 동료가 그러더군. 아테인은 자신이 저지른 잘못을 사과하고 보상할 생각부터 해야 하는 것 아니냐고. 그 말에 전적으로 동감이야."

하지만 레티시아는 아테인이 그렇게 행동하지 않은 이유도 알고 있었다.

아테인에게는 지금 이 시대를 살아가고 있는 인류와의 관계 설정이 그렇게까지 중요한 문제가 아닌 것이다.

사람이 타인과의 관계에 무게감을 느끼는 것은 서로 같은 시간을 살아가기 때문이다.

남자라서 혹은 여자라서 혹은 특정한 풍습이 있는 어딘가에 살고 있기 때문에 겪게 되는 보편적인 사건이 있다. 혹은 철저하게 개인적인 사건도 있다. 그런 기억을 공유하고 시간의 흐름 속에서 똑같이 나이 들어가기 때문에 그 관계를 중요시할 수밖에 없다.

하지만 아테인은 그런 상식에서 벗어난 존재였다.

그가 인간을 보며 느끼는 시간 감각의 격차는 인간이 기르는 동물을 보며 느끼는 것보다도 훨씬 아득할 것이다. 그러니까 그가 스스로의 과오로 상처받은 개개인에게 사과하고 보상할 필요를 느끼지 못하는 것은 당연한 일이다.

그가 하는 행동은 '인류'를 위한 일이며, 따라서 '인류'에게 저지른 과오에 대한 보상이 될 테니까.

아테인의 관점에서 대등한 존재는 '인류'이지 인류를 구성하는 개개인이 아닌 것이다. 따라서 그들을 위해 자신의 인생을 희생하거나, 자신이 중요하다고 여기는 것들을 미뤄야 한다고 생각하지 않는다.

"난 그런 원칙으로 움직이는 자가 신으로 군림하는 세상을 용납할 수 없어."

"레티시아······."

레슈가 한숨을 쉬는 순간이었다.

레티시아가 그를 향해 뛰어들었다. 호흡이 바뀌는 찰나를 놓치지 않고 기습을 가한다.

다른 이였다면 허를 찔렸으리라. 하지만 레슈는 한 박자 늦게 그 공격을 인식했으면서도 당황하지 않고 구간 순동법으로 대응한다. 분명 행동을 시작한 타이밍이 훨씬 늦었는데도 여유롭게 레티시아의 창격을 받아 넘기고는 반격했다.

투학!

레티시아의 용혼이 뒤흔들렸다. 튕겨나가지 않고 버텨낸 그녀의 양옆에서 수호그림자들이 질주하면서 사격을 가했다.

"통하지 않아."

레슈는 차분하기 그지없었다. 양손을 질풍처럼 놀려서 날아드는 공격을 모조리 쳐내고는 발로 땅을 가볍게 찍는다. 그러자 땅울림을 따라서 화염의 파도가 일어나서 전방을 덮쳤다.

후우우우우!

버티고 서 있던 레티시아가 일으킨 한기 파동이 화염의 파도와 부딪치면서 광풍이 휘몰아쳤다.

레티시아는 이를 악물고 한기를 증폭시켰다.

단순히 용혼의 권능만을 겨룬다면 그녀는 절대로 레슈를 이길 수 없다. 하지만 그녀는 혼자가 아니었다.

"함성을 외쳐라! 풍신(風神)의 병사들!"

카이렌이 언령의 외침을 내지르며 쌍검을 휘둘렀다. 그러자 그의 용혼이 울부짖으며 기류의 흐름이 레슈 쪽으로 쏠리기 시작했다.

"호오!"

레슈의 눈이 이채를 띠었다. 바람을 다루는 힘과 한기를 다루는 힘이 합쳐지면서 상승효과를 일으켰다. 휘몰아치는 설풍(雪

風)이 닿는 곳이 급격하게 얼어붙고 허공의 수분들이 얼음조각이 되어 날아들었다.

무시할 수 없는 위력이다. 복도라서 피할 곳조차 없는 이 공격을 레슈는 피하지 않았다. 포효하는 붉은 용혼을 휘감은 주먹이 설풍의 한 지점을 강타했다.

콰아아아아!

주먹이 작렬하는 순간 폭염이 쏟아져 나왔다.

세상 모든 것을 얼려 버릴 것 같았던 설풍이 거짓말처럼 폭염의 먹잇감이 되었다. 폭염이 뻗어 나가는 기세가 지나쳐서 벽이 부서지면서 녹아내리고 천장이 터져 나갔다.

레슈는 용혼을 휘감은 채 그 반동을 버텨냈다. 그리고 폭발의 열기가 미처 가시기도 전에 아래쪽에서 수호그림자들이 불쑥 솟구치면서 날붙이를 찔러왔다. 스스로가 소멸할 것을 기꺼이 감수하는 공격이었다.

"이런!"

아무리 레슈라도 간담이 서늘해지는 기습이었다. 아슬아슬하게 땅을 박차고 뛰어오르는 레슈에게 좌우의 벽을 뚫고 나타난 원거리 공격형 수호그림자들이 일제사격을 퍼부었다.

퍼퍼퍼퍼펑!

레슈가 허공에서 어지럽게 튀어 다니며 그 공세를 받아내었다. 그런 그의 위쪽, 천장의 뚫린 부분에서 한줄기 뇌격이 내리꽂혔다.

꽈광!

낙뢰에 필적하는 위력을 자랑하는 뇌격이었다. 레슈는 용혼으로 뇌격을 비껴냈지만 잠시 허공에서 경직되는 것만은 어쩔 수 없었다.

'케이알리아인가!'

이를 악무는 레슈의 앞으로 레티시아가 홀연히 나타났다.

'분신?'

깜짝 놀란 레슈가 아슬아슬하게 머리를 틀어서 창격을 피해냈다. 십자창의 옆날이 스치면서 얼굴에서 피가 튀었다.

곧바로 내지른 발차기가 레티시아를 분쇄한다. 하지만 마치 허공을 찬 듯한 느낌이 전해져 왔다.

'인카네이션은 아닌데?'

실체 있는 분신을 친 것이라면 어느 정도 반발력이 느껴져야 한다. 그런데 아무런 반발력도 느껴지지 않았다.

'수호그림자랑 똑같잖아?'

찌이이잉!

잠시 당혹감을 느낀 순간 뭔가가 감각을 찌르고 들어왔다. 정신파 공격이었다.

레슈는 정신방어를 강화해서 그것을 뿌리치고는 허공을 박찼다. 벽에 발을 댔다가 다시 땅으로 내려갈 속셈이었다.

그런데 그 앞에 또다시 레티시아가 나타난다.

"무슨 장난이지?"

레슈가 전광석화 같은 일권으로 레티시아의 모습을 한 수호그림자를 격파했다. 하지만 그 순간 사방에서 무수한 레티시아의 모습이 떠올라서 한기를 휘감은 창을 찔러오는 게 아닌가?

"큭……!"

레슈에게는 자유자재로 비행하는 능력은 없다. 발 딛을 곳 없는 허공에서 끝없이 연속 공격을 받자 조금씩 공격의 위력이 떨어지기 시작했다.

그런 그의 눈에 곳곳에서 섬광이 타오르는 것이 보였다. 강력한 마법이 구현되고 있는 것이다.

'제법이군!'

레슈는 망설임 없이 결단을 내렸다. 붉은 용혼이 포효하며 화염이 폭발해서 사방을 휩쓸었다.

화아아아악!

레티시아의 모습을 한 수호그림자들, 그리고 케이알리아가 준비하던 마법까지 일거에 쓸려나갔다.

그 반동으로 날아오른 레슈가 벽에 달라붙었다. 마침내 발 딛을 곳을 찾은 것이다.

「아아아아아……!」

그런 그의 주변에서 수호그림자들이 나타나서 공격을 퍼부었다.

레슈는 그들에게 일일이 대응하지 않았다. 대신 용혼에 불어넣는 힘을 강화, 불꽃을 피워 올려서 모든 공격을 받아내 버렸다.

콰아아아앙!

그런 그에게 레티시아가 쏘아낸 새하얀 한기 파동이 날아들었다. 그것을 받아치는 순간, 어느새 천장까지 솟구쳤던 카이렌이 먹이를 노리는 독수리처럼 급강하했다.

"진군하라! 폭풍용의 군단!"

언령의 외침과 함께 무수한 바람의 탄환이 레슈를 노렸다. 레슈가 구간 순동법으로 가속한 권격을 연타로 퍼부어서 그것을 격파하는 순간, 카이렌이 혼신의 일격을 날렸다.

"소용없어!"

하지만 레슈는 조금도 흔들림이 없었다. 막 구간 순동법을 사용해서 연타를 퍼부은 직후인데도 전혀 허점을 보이지 않고 반격했다.

완벽한 타이밍이었다. 카이렌의 쌍검이 미처 가속하기도 전에 레슈의 주먹이 그의 가슴팍을 강타할 것이다.

'어?'

그런데 주먹이 목표점에 도달하는 순간, 이해할 수 없는 일이 벌어졌다.

레슈가 눈을 크게 떴다. 조금 전까지만 해도 카이렌이 눈앞에 있었다. 그런데 어째서 벽이 보인단 말인가?

쾅!

카이렌을 때렸어야 할 레슈의 주먹이 벽을 강타했다. 부서져 나가는 벽을 보면서 레슈는 무슨 일이 벌어졌는지 깨달았다.

'공간왜곡장!'

카이렌을 때리는 그 순간, 공간왜곡장이 발동하는 마법 함정이 기다리고 있었던 것이다.

비탄의 잔을 지닌 라우라가 없어서 방심하고 있었다. 케이알리아가 이토록 정밀하게 공간왜곡장을 발생시킬 수 있을 줄이야!

레슈는 더 생각할 것도 없이 앞으로 몸을 날렸다.

콰하하핫!

아슬아슬하게 그가 있던 지점을 레티시아의 십자창이 가르고 지나갔다. 창을 휘감고 폭발한 한기가 레슈의 배후를 덮쳤다.

"으윽!"

창에 관통당하는 것을 피한 것만으로도 기적이었다. 등이 얼어붙은 레슈가 구간 순동법으로 가속, 전광석화처럼 몸을 돌리면서 손을 뻗었다.

콱!

재차 찔러오던 레티시아의 창대가 그의 손에 붙잡혔다. 레슈의 몸이 뒤로 주르륵 밀려나면서 흙먼지가 일었다.

"꽤나 섬뜩한 공격이었……."

간담이 서늘한 공격이었다. 레슈가 레티시아가 창에 불어넣은 힘을 봉하면서 입을 열 때였다.

뒤쪽에서 또 다른 레티시아가 나타났다.

'또 분신? 몇 번이나 같은 수작을 부리는 거지?'

레슈는 짜증을 냈다. 그 감정에 호응한 용혼이 튀어나가서 분신을 맹습했다.

그러나 그 순간, 또다시 레슈의 예측을 벗어나는 일이 벌어졌다.

파악!

레슈가 눈을 크게 떴다.

레티시아의 분신이 그의 등에 창을 찔러 넣었다.

지금까지 경험한 '레티시아의 모습을 한 수호그림자'라면 간단히 격퇴되었을 것이다. 그러나 이번 분신은 용혼의 맹습을 절묘한 몸놀림으로 비껴내면서 창격을 찔러왔던 것이다. 거기에 실린 힘도 용혼의 방어를 뚫고 레슈의 몸을 찌를 정도로 강했다.

"…인카네이션?"

레슈가 믿을 수 없다는 표정으로 레티시아의 본체를 바라보았다.

레티시아는 대답하지 않았다. 레슈가 흔들리는 그 순간 창을 통해서 한기 파동을 발했다.

파아아앙!

순백의 충격이 폭발한다. 몸이 반쯤 얼어붙은 레슈가 주춤거리며 물러나는 가운데, 레티시아가 서슬 퍼런 기세로 달려들면서 연속 공격을 가했다.

콰앙!

레티시아와 레슈가 서로 반대편으로 튕겨나갔다.

그 상황에서도 레슈가 레티시아를 쳐서 날려 버린 것이다. 하지만 그가 상대하는 적은 그녀만이 아니었다.

'젠장! 아젤, 정말 잘 가르쳤군!'

레슈는 연거푸 날아드는 케이알리아의 마법을 막아내고, 그 직후 뛰어든 카이렌의 쌍검을 가까스로 방어하면서 감탄했다.

레티시아가 아젤에게 전수받은 비장의 패는 인카네이션이었던 것이다. 아무리 그녀에게 분신술사의 적성이 있다고 하더라도 이 짧은 기간 만에 인카네이션을 가르치다니!

핏!

어깨에서 피가 튀었다.

파앗!

미처 피하지 못한 칼날이 가슴팍을 얕게 가르고 지나갔다.

"하아!"

카이렌이 날린 발차기가 레슈의 방어를 강타했다. 용혼의 힘으로 압축했던 기류가 타격과 동시에 폭발, 무시무시한 힘으로 레슈를 벽에 처박았다.

콰아아앙!

레슈가 벽을 뚫고 건너편 방에 처박혔다. 아슬아슬하게 바닥을 차면서 충격을 죽이기는 했지만 부상이 적지 않았다.

그가 일어나는 순간 앞에서 섬광과 뇌격의 마법이 날아들었다.

콰콰쾅! 콰아아아앙!

케이알리아가 날린 마법에 이어서 카이렌이 원거리에서 공격을 날리려는 순간이었다.

레슈가 폭발을 뚫고 돌진해 왔다.

'아니?!'

카이렌이 경악했다. 그만한 타격을 입고, 자세를 바로잡지도 못한 상태에서 마법의 폭격을 뚫고 나오다니!

완전히 허를 찔렸다. 레슈가 마법을 돌파하느라 주춤하지 않았다면 대응하지 못했을 것이다.

콰창!

카이렌이 아슬아슬하게 공격을 받아내면서 뒤로 빠져나갔다. 곧바로 추격하려던 레슈가 비틀거리며 멈춰 선다.

"훌륭하다!"

한 사람 195

중상을 입었으면서도 레슈는 화를 내는 대신 웃음을 터뜨렸다.

"이렇게 시원하게 맞아본 것은 200년 만에 처음이야."

"엄청난 기록이군그래."

레티시아가 긴장한 표정으로 그를 노려보았다.

분명히 큰 타격을 입었다. 그런데도 그에게서 뿜어져 나오는 용마력 파동은 약해지기는커녕 더더욱 강해지고 있었다.

'비장의 패는 이미 다 써버렸는데……'

공간왜곡장을 이용한 함정도, 아젤이 구사하는 것에 비하면 턱없이 완성도가 떨어져서 허를 찌르는 용도로밖에 쓸 수 없는 인카네이션도 썼다. 이제부터는 어떻게 상대해야 할까?

레슈가 숨을 고르며 말했다.

"후우. 사과하지. 내가 너희를 너무 얕보고 있었던 모양이야."

"설마 이제부터 진짜 실력을 발휘하겠다, 뭐 그런 진부한 소리를 지껄이려는 건 아니겠지?"

"그런 건 아니고, 그냥 각오를 다지겠다는 것뿐이야."

레슈에게서 풍기는 숨 막힐 듯한 압박감을 마주하면서 레티시아는 의아함을 느꼈다.

'이 상황까지 와서도 살기를 보이지 않는다니, 무슨 생각이지?'

분명히 각오를 다진 모습이다. 레슈의 눈빛에서는 더 이상 느슨한 구석을 찾아볼 수 없었다.

그런데도 살기는 느껴지지 않는다. 그 사실이 너무나도 이상했다.
 '무슨 속셈이지, 레슈?'
 그때였다.
 쿠르르릉……!
 용마궁 전체가 무너질 것처럼 뒤흔들렸다.

3

 아젤과 아테인의 전투는 지상 최고의 속도전이었다.
 알마릭이 죽은 지금, 둘이야말로 서로 말고는 비교 대상을 찾을 수 없는 분신술사다. 원하는 순간 원하는 곳에 동시다발적으로 나타나고 사라질 수 있는 두 사람의 전투는 일반적인 시공간의 개념을 초월한다.
 의식의 어둠을 둘러싸고 두 사람의 검이 격돌한다.
 쾅!
 폭음이 울리며 둘이 한 걸음씩 뒤로 물러났다.
 그러나 그것으로 끝이 아니다. 주변에서 환영처럼 나타났다 사라졌다를 반복하는 분신들이 격돌하면서 충격파와 불꽃이 터졌다.
 그리고 그 주변 공간을 섬광의 궤적과 어둠의 궤적이 교차하면서 난도질한다. 둘 다 너무나도 빨라서 허공에 무수한 선이 그어지고 그 교차점에서 불꽃이 터지는 것으로만 보였다.
 아젤이 속으로 혀를 찼다.
 '큭! 어둠을 새기는 검의 위력이 강해졌어.'

어둠을 새기는 검은 하늘을 가르는 검의 반대쪽 극점이라고 할 수 있는 용마기였다. 정확히는 아테인이 레이거스에게 자인했듯이 하늘을 가르는 검의 기능을 모방해서 구현하면서부터 그렇게 되었다.

하지만 용마전쟁 때는 결코 하늘을 가르는 검에 미치지 못했다. 지금만 해도 차이는 역력하다.

아젤의 손에 들린 것은 용마기 달의 검이다. 하늘을 가르는 검은 완전히 광화해서 공간을 누비고 있다.

그에 비해 어둠을 새기는 검은 여전히 아테인의 손에 들려 있었다. 그저 사방으로 어둠의 궤적을 뿌려내어 하늘을 가르는 검에 맞설 뿐.

그런데도 빛과 어둠의 싸움은 팽팽했다. 아테인의 기량이 향상되었기 때문일까, 아니면 이곳이 그의 힘이 극대화되는 용마궁이기 때문일까?

콰앙!

둘의 싸움을 감당하기에는 능히 수백 명을 수용할 수 있는 의식의 방도 너무 좁았다. 벽이 사방팔방 부서지다가 결국 천장이 뚫렸고 둘은 기다렸다는 듯 위로 비상하면서 격돌을 계속했다.

'어차피 격돌의 여파로는 의식을 파괴할 수 없다.'

아젤이 그렇게 판단했기 때문이었다. 도중에 몇 번 공격을 날려보기도 했는데 마법진 위의 어둠은 마치 아무 일도 없었다는 듯 그것을 삼켜 버렸다.

아테인이 의식이 3단계에 도달한 시점에서 자신만만했던 것도 다 이유가 있었다. 저것을 부수려면 혼신의 힘을 다해야 하리라.

그렇게 판단한 아젤은 전장을 의식의 방으로 한정시키고자 하는 집착을 버렸다.

"놀랍군."

문득 아테인이 중얼거렸다.

격돌할 때마다 서로 간담이 서늘해지는 순간이 계속되고 있었다.

검투는 아테인이 근소하게 밀린다.

분신전으로 보면 압도되고 있다고 해야 할 것이다. 분신의 수만 해도 그렇다. 아테인이 구현할 수 있는 실체가 있는 분신의 수는 어둠의 화신까지 합쳐도 최대 9개, 그에 비해 아젤은 최대 32개까지 구현이 가능하다.

그런데도 전세가 팽팽한 것은 아테인이 마법사이기 때문이다. 마법사의 강점은 힘을 행사하는 규모와 물량이다. 이동하는 성채처럼 동시다발적인 힘을 행사하기에 쉽게 주도권을 빼앗기지 않았다.

아테인이 중얼거렸다.

"듀얼 밴딩, 정말 놀라운 기술이구나. 지금의 나와 필적하는 마력이라니⋯⋯."

용마궁에는 아테인의 용마력을 증폭시켜 주는 장치들이 여럿 있었다. 지금의 아테인은 용마전쟁 때 아젤이 쓰러뜨렸던 것보다 월등한 용마력을 자랑한다.

그런데도 아젤은 전혀 밀리지 않는다. 듀얼 밴딩을 완성한 아젤의 용마력은 아테인 본신의 용마력을 능가하고 있었다.

"하! 기가 막히는 건 이쪽이다."

아젤이 혀를 찼다.

비록 용마궁이 아테인의 힘을 극대화시켜 주는 장소라고는 하지만, 지금까지 일행은 그의 힘을 깎아내기 위해서 부단히 노력해 왔다. 위대한 어둠의 기둥 중 여섯 개가 무너졌고 그중 하나는 바로 얼마 전에 레이거스의 희생으로 처리된 것이다.

그 싸움에서 아테인은 한번 어둠의 화신을 격파당하기까지 했다.

'어둠의 화신은 정상이 아니야.'

지금도 어둠의 화신은 초래된 상태다. 하지만 어둠의 화신은 마법을 쓰는 데만 전념할 뿐, 인카네이션을 구사하지 못했다.

하지만 그런 문제를 안고 있으면서도 아테인은 흔들림이 없다.

—용마기 초래! 백염의 불사조!

아젤이 새로운 용마기를 초래했다. 새하얀 불길로 이루어진 거대한 새가 출현, 고속으로 날면서 아테인을 공격했다.

"짓궂은 공격이로군."

아테인이 쓴웃음을 지었다.

유렌이 넘겨준 백염의 불사조에 공격을 받다니, 그에게는 질 나쁜 농담이나 마찬가지였다. 백염의 불사조가 새하얀 불길을 흩뿌리면서 내장된 마법을 쏟아내자 용마궁의 일부가 거침없이 터져 나갔다.

콰아앙!

마침내 둘이 용마궁을 부수고 지상으로 뛰쳐나왔다. 아테인의 뒤를 따라서 밖으로 나온 아젤이 흠칫했다.

"하늘이……."

"푸른 하늘을 기대했다면 미안하군."

아테인이 대꾸했다.

마치 밤이 된 것처럼 먹빛 어둠이 하늘을 뒤덮고 있었다.

그저 기상이 변화해서 먹구름이 몰려온 것과는 다르다. 뚜렷한 어둠의 장막이 하늘에 드리워져서 빛을 막고 있다. 도시는 물론이고 그 너머 수 킬로미터 권역까지도 별빛조차 없는 밤처럼 칠흑의 어둠이 지배한다.

'이런 것까지 준비해 놨을 줄이야.'

아젤이 숨을 삼켰다.

용마궁을 중심으로 한 도시 외곽, 정확히 여덟 지점에서 어둠의 기둥이 솟구치고 있었다. 그것이 하늘에 거대한 어둠의 장막을 드리워서 태양빛을 막고 있는 것이다.

하늘을 가르는 검은 주변의 빛이 강하면 강할수록 강해진다. 그에 비해 어둠을 새기는 검은 주변의 어둠이 강하면 강할수록 강해진다.

둘의 특성은 정반대였고 오늘의 기후와 전투가 벌어진 시간대는 아젤에게 유리했다. 그래서 의식의 방에서 싸우길 포기하고 밖으로 나왔는데 이런 상황이 기다리고 있을 줄이야.

―용마기 초래! 폭풍의 비명! 화염산의 거인! 질풍의 숨소리!

장대한 어둠을 배경으로 아테인이 알마릭의 용마기를 소환하여 분신의 손에다 쥐어주었다.

뒤이어 거대한 불의 거인이 나타나서 백염의 불사조에게로 돌격했다. 불로 이루어진 존재들끼리 격돌하며 어마어마한 열기가 주변을 불태우기 시작한다.

그리고 아테인의 어깨에 반투명한 푸른 망토가 나타나 펄럭이면서 주변의 기류가 급변하기 시작했다.

"흥!"

아젤도 두고 보지 않았다. 그가 초래하고 있던 폭풍용의 날개가 하얗게 불타오르면서 기류의 제어권을 두고 다투기 시작했다.

콰콰콰콰콰……!

아젤과 아테인, 서로가 떠 있는 영역을 제외한 권역이 광풍에 휩쓸렸다.

"모두 피해! 휩쓸리면 죽는다!"

용마궁 부근에 있던 이들이 비명을 지르며 대피하기 시작했다. 저 둘의 싸움이 자연재해나 다름없음을 직감적으로 깨달은 것이다.

현명한 판단이었다. 아직 둘 다 전력을 다하지도 않았건만 용마궁 주변부가 무참하게 파괴되고 있었다.

―용마기 초래!

아젤이 곧바로 새로운 용마기를 초래했다. 이런 상황은 예측 못했지만 탁 트인 전장이라는 것만으로도 그가 쓸 수 있는 패는 실내와는 비교도 안 될 정도로 많아진다.

―여명수호대! 명왕의 사수! 증오의 상자!

빛으로 이루어진 네 개의 분신이 각자 다른 모습으로 출현했다. 두 개체는 케이알리아의 실루엣을, 두 개체는 라우라의 실루엣을 갖고 있었다.

그들이 흩어지면서 마법 지원을 시작했다. 그리고 아젤도 다수의 용마기를 이용해서 맹공을 퍼부었다.

꽈광! 꽈아앙!

증오의 상자가 형성한 무수한 빛구슬이 허공을 날아다니면서 아테인의 마법과 반발, 폭발을 일으켰다. 아테인이 눈살을 찌푸렸다.

"증오의 상자. 예나 지금이나 골치 아픈 용마기로군."

용령기와 마법 양쪽을 자유자재로 구사하는 아테인이지만 그 본질은 마법사다. 그리고 증오의 상자는 마법사의 천적이라고 할 수 있는 용마기다.

특히 주인이 아젤일 때의 위력은 상상을 초월한다. 허공을 나는 빛의 상자로부터, 마치 민들레 씨앗처럼 무수한 빛구슬이 흩뿌려지며 끊임없이 마법의 폭발을 유발하고 있었다.

물론 아테인에게도 대응책이 있다.

자잘한 마법을 마구 난사함으로써 증오의 상자가 생성하는 빛구슬을 반응시켜서 없애 버린다. 그리고 아젤을 공격하기 위한 진짜 마법을 구성하는 마력의 밀도를 높이고 강건한 마법으로 포장함으로써 그 권능을 상쇄한다.

이미 용마전쟁 때 보여준 대책이다. 하지만 그런 대책을 펼친다고 해도 아테인의 마법 운용이 제약되고 마력 소모가 심해진다는 것은 변하지 않는다.

게다가 난감한 것은 증오의 상자만이 아니다.

아젤의 분신이 하늘을 날면서 용마기 명왕의 사수로 투명한 마법의 화살을 쏘아낸다. 소리보다도 몇 배나 빠르게 날아드는 이 공격은 파괴력은 크지 않지만 마법 방어에 대한 관통력과 은밀성이 비정상적으로 높았다.

"으음……!"

아테인이 신음했다.

증오의 상자로 마력 소모를 극대화하고, 명왕의 사수로 정신력을 갉아먹는 이 연계 공격은 확실히 위험하다.

'이 짧은 시간 동안 낙원의 낙인을 이 정도로 능숙하게 다루다니.'

아젤은 은닉술로 감추고 있지만, 아테인은 아젤이 일찌감치 낙원의 낙인을 초래해 두고 있음을 알아보았다.

낙원의 낙인에 잠재된 권능은 일정 영역의 시간 흐름을 조작하는 것.

용마기 중에서도 그 힘을 제어하는 난이도가 극단적으로 높은 물건이다. 하지만 아젤은 자신뿐만 아니라 순간적으로 분신의 움직임에도 적용하고 있을 정도로 능수능란한 활용을 보여 주고 있었다.

'실로 괴물 같은 자로다. 과연 내 운명의 대적자.'

아테인은 새삼 운명의 얄궂음을 느끼고 있었다.

용마전쟁의 끝에서 그는 아젤에게 패해 한 번 죽었다. 그러나 그것은 머나먼 미래, 바로 지금 이 시대에 승리를 약속하는 과정이 되었어야 할 것이다.

그러나 아젤이 그의 저주를 극복하고 이 시대에 깨어남으로써 모든 계획은 엉망이 되었다.

아젤이 저주받아서 죽었다면, 혹은 좀 더 훗날에 깨어났다면 아테인은 계획을 수행하는 데 아무런 장애를 느끼지 못했을 것이다. 어쩌면 정체를 감춘 채로 차분하게 세계를 자신이 원하는 형태로 바꿔 나갔을 수도 있다.

하지만 아젤이 하필 이 시대에 깨어났기 때문에, 그리고 칼로스가 죽음의 왕 벨런을 봉인하고 수호그림자를 만들어내면서 그에게 모든 진실을 전해주었기 때문에 아테인은 선택의 여지를 빼앗기고 궁지에 몰렸다.

"…여기서 모든 미련을 잘라내겠다."

아테인은 그렇게 중얼거리고는 새로운 용마기를 초래했다.

―용마기 초래! 안식과 분노의 달!

그러자 하늘을 뒤덮은 어둠의 장막 아래쪽에서 붉게 녹아내리는 불길한 달의 형상이 나타났다.

아젤의 표정이 굳었다.

'꿈의 사도 대신 이쪽인가?'

4

안식과 분노의 달.

아테인이 지닌 이 용마기의 약점은 명확하다. 한번 초래하면 해제하기 전까지는 위치를 옮길 수 없다는 점, 그리고 꿈의 사도와 동시에 쓸 수 없다는 점이다.

둘 다 정신과 영혼의 세계를 지배하는 힘을 가졌으며 서로에게 간섭하기 때문이다. 안식과 분노의 달이 꿈의 사도와 다른 점은…….

'온다!'

…정신을 직접 공격하는 것이 아니라, 그런 권능을 가진 정신체를 생성할 수 있다는 점에 있었다.

마치 녹아내리는 붉은 달의 형상이 까마득한 천공 저편에 있기라도 한 것처럼, 그 표면에서 작은 그림자들이 나타나나 싶더니 급속도로 확대되면서 현실세계에 나타났다.

원근감이 붕괴하는 광경 속에서 모습을 드러낸 정신체는 극단적으로 다른 모습을 지닌 두 종류였다.

아아아아아아!

아름다운 노래를 부르는 것은 인간을 닮은, 하지만 광채를 발하는 눈과 빛으로 이루어진 날개를 가진 천사들이었다.

키이이이이!

끔찍한 괴성을 지르는 것은 인간을 추하게 변형시킨 것 같은 어둠의 날개를 지닌 악마들이었다.

안식의 천사와 분노의 악마, 생명체가 지닌 정신의 양 극단성을 공격하는 존재들이다.

안식의 천사의 경우 긍정적인 정신활동을 다루니 좋아보일지도 모르겠지만 공격용으로 쓴다면 무서운 무기가 된다. 반드시 죽여야 할 적과 마주하고 있는데 살의도, 적의도 잃고 종국에는 상대와 싸우고 있는 이유조차 잊어버리게 된다면 어떻게 되겠는가?

'꿈의 사도에 비해 단일 개체에게 작용하는 힘은 강력하지만 활용도가 제한적이고 규모가 작지.'

아젤은 이미 꿈의 사도와 안식과 분노의 달, 둘의 무서움을 치가 떨리도록 잘 알고 있었다.

라아아아아……!

안식의 천사들이 넋이 나갈 정도로 아름다운 노래를 부르며 날았다.

아젤과 아테인의 전투가 계속되고 있지만 그들은 개의치 않는다. 실체가 없는 정신체인 그들은 물리적인 현상에 구애받지 않고 무시무시한 속도로 날면서 아젤에게 정신파의 격류를 쏟아내었다.

"큭……!"

아젤이 정신 방어를 강화하면서 광화한 하늘을 가르는 검을 이용, 그들을 요격했다.

마법에 의한 현상이 아니기 때문에 증오의 상자조차 무시하는 그들이지만 마력이 실린 공격, 그리고 정신파를 응용한 공격으로는 격퇴할 수 있었다. 다만 쏟아지는 정신파의 세례를 견뎌내느라 아젤에게 극심한 부하가 걸리는 것만은 어쩔 수 없었다.

'차라리 꿈의 사도 쪽이 편한데!'

꿈의 사도는 안식과 분노의 달보다 광범위하게, 그리고 사용자의 기술에 따라서 기기묘묘한 효과를 발휘할 수 있었다.

하지만 그것은 사용자가 그것을 활용하기 위해서 심력을 소모해야 한다는 의미도 된다. 그에 비해 안식과 분노의 달은 초래해 놓고 표적을 지정하기만 하면 자동적으로 유지된다는 강점이 있었다.

'빌어먹을, 몽환의 검이 있었다면……!'

아젤은 잃어버린 용마기를 아쉬워하고 말았다.

이전에 패했을 때, 아테인은 안식과 분노의 달 대신 꿈의 사도를 선택했다. 아젤에게 몽환의 검이라는 용마기가 있었기 때문이다.

이 검 역시 정신과 영혼의 세계에 영향력을 행사하는 용마기였으며, 안식과 분노의 달에는 천적이라고 할 수 있을 정도의 상성을 발휘했다. 하지만 이 용마기는 칼로스가 나딕 제국의 젊은 영웅에게 계승해 주었으나, 결국 후대로 계승되지 못하고 사라졌다.

"자, 그러면……."

아테인이 손을 들어 아젤을 가리켰다. 아젤이 의아해하는 순간이었다.

콰아아앙!

아래쪽, 도심 한복판이 폭발하면서 폭염탄 다발이 쏟아져 왔다.

마법사의 의지가 작용하지 않은, 즉 마력이 움직이는 기척 말고는 사전 조짐이 존재하지 않는 공격이었다. 아젤은 아슬아슬하게 그것을 받아내고는 하늘로 날아올랐다.

그리고 보았다.

'이런 젠장!'

도시 곳곳에서 어둠으로 그려진 마법의 원이 떠오르고 있었다.

아니, 도시만이 아니다. 어둠의 장막에 묻혀서 보이지 않지만 하늘에서도 무수한 마법이 기척을 드러내고 있었다.

'안 돼, 늦었어!'

아젤은 맹공을 퍼부어서 어둠의 원에 장전된 마법들이 발현되기 전에 분쇄했다.

하지만 수가 너무 많았다.

"이미 말했을 것이다. 다른 곳이라면 모를까, 이 용마궁에서 나와 홀로 대적할 수 있다고 생각하는 것은 오만이라고."

마력을 증폭하고 보충해 주는 장치들, 그리고 도시의 하늘을 뒤덮어버리는 어둠이 전부가 아니었다. 아테인은 용마궁을 중심으로 흐르고 있는 위대한 어둠 속에 이 결전에서 쓸 마법을 무수히 저장해 두었던 것이다.

그 마법을 발동시키기 위해 심력을 소모해 가면서 구성할 필요도, 마력을 소모할 필요도 없다. 그저 원하는 마법을 고르기만 하면 된다.

우우우우우!

아테인이 구사하는 마법이 일거에 세 배 이상으로 늘어났다.

팽팽한 균형을 유지하고 있던 아젤로서는 도저히 감당할 수 없었다. 쏟아붓고 있던 공세, 그리고 곳곳에 구현해 두고 있던 분신들까지 일거에 쓸려나가면서 아젤이 날아가 버렸다.

콰콰콰콰콰콰……!

일순간 하늘이 무수한 마법의 폭풍으로 불타올랐다.

수백 미터 상공에서 일어난 현상인데도 그 여파로 지상이 부서져 간다. 충격파가 건물을 붕괴시키고, 열파가 대지를 불태우고, 광풍이 모든 것을 휩쓸었다.

"크악……!"

아젤의 입에서 비명이 터져 나왔다.
최후의 보루인 불굴의 성채마저 무너진 아젤이 가까스로 자세를 바로잡는 순간, 머리 위쪽에 어둠의 구체가 나타났다.
'공허의 문지기! 이런!'
그리고 공간왜곡장 저편으로부터 저주의 어둠이 내리꽂혔다.
콰과과광!
어둠에 관통당한 아젤이 연기를 뿌리며 지상으로 추락해 갔다.
곧 도시 한구석에서 폭음이 울려 퍼지며 흙먼지가 피어 올랐다.
"으으윽……!"
부서진 건물 속에서 아젤이 비틀거리며 일어났다. 누워 있을 여유는 없다. 아테인이 가할 공격을 막아내지 않으면 죽는다.
"아젤."
그런 그의 앞에 아테인의 모습이 나타났다.
아젤은 곧바로 공격을 가하지 않았다. 눈앞에 나타난 것이 허상에 불과함을 파악했기 때문이다.
아테인이 말했다.
"끝을 보기 전에 한 가지 묻고 싶은 것이 있다."
"아주 다 잡은 고기 취급하는군. 한 방 먹었다는 건 인정하지만 벌써 이긴 기분을 내면 곤란한데?"
"그 정도로 그대를 얕보지는 않는다. 다만 지금이 아니면 더 이상 기회가 없다고 판단했을 뿐."
"무슨 말을 하고 싶은 거지?"
"내가 바라는 것은 하나뿐. 지난번 물음의 대답을 듣고 싶군. 대답은 준비되었나?"

"하……."

아젤이 어이없다는 듯 웃었다.

지금 아테인은 알마릭을 죽였던 그날, 다음에 만날 때까지 준비해두라고 했던 그 대답을 요구하고 있었다.

"맙소사. 진심이냐?"

"물론이다. 내가 그대를 기만하기 위해 이런 말을 하고 있다고 생각하는가?"

"…아니, 넌 그럴 놈이 아니지."

증오해 마땅한 적이기는 하지만, 아테인은 그런 치졸한 수작을 부릴 인물이 아니다. 아젤은 그 사실을 알고 있었다.

그래도 이해할 수가 없었다.

아젤에게 회복할 여유를 주는 게 얼마나 위험한 행위인지 아테인이 모를 리가 없다. 그런데 황금 같은 기회를 버려가면서까지 그 답을 들어야겠단 말인가?

아테인이 쓴웃음을 지었다.

"나 또한 이것이 어리석은 짓임을 인정한다. 지금도 내 머릿속에서는 이성의 목소리가 이런 광기의 놀음은 그만두라고 비난하는 중이다. 그러나 나는 그대를 그저 앞을 가로막는 장애물로만 보지 않노라. 그대의 진심을 들을 수 있다면 이 정도 손해는 기꺼이 감수할 수 있다."

"그 결과 네가 죽게 된다고 하더라도?"

"그저 싸움에 이겨 살아가는 것, 그것만으로 만족할 수 있었다면 나는 지금과는 전혀 다른 방식으로 살아왔을 것이다."

아젤은 잠시 말없이 아테인을 바라보았다.

아무리 생각해도 어처구니없는 일이다. 하지만 목숨을 건 싸움에서 스스로가 쥔 절대적인 이점마저 포기하면서 대답을 요구한다면, 응해줄 수밖에 없다는 생각이 들었다.

그저 합리성만을 쫓기에는 이 싸움에 부여된 의미가 너무나도 크다. 아테인에게만이 아니라 아젤에게도 마찬가지였다.

"하하하! 어이가 없네, 진짜."

결국 아젤은 치미는 감정을 이기지 못하고 웃음을 터뜨렸다.

"마치 그 대답을 준비하는 데 오랜 시간이 걸리는 게 당연하다는 투로군그래. 대답은 그때도 얼마든지 해줄 수 있었다. 네가 안 듣고 도망쳤을 뿐이지."

"그랬다면 미안하군. 지금이라도 들려줄 수 있겠나?"

"굳이 내 입장을 설명할 필요는 없겠지. 지금 이 상황 자체가 대답일 테니까."

"내가 듣고 싶은 것은 그 결정의 이유다."

"좋아."

아젤이 고개를 끄덕였다.

5

"아테인, 너는 네 입으로 말했지. 너는 신이 아니라고."

"맞다."

"그런데 내가 보기에는 네 머릿속에 든 생각은 전혀 다른 것 같다. 너는 지금은 신이 아니지만, 결국은 신이 되고자 하고 있어."

"어째서 그렇게 생각하는가?"

아테인은 재미있어하는 것 같았다. 아젤은 그를 못마땅하게 쏘아보며 말했다.

"네가 만들려는 시스템 속에 인간이 없기 때문이다."

"……."

"어떤 사람들에게는 그게 진정한 낙원으로 가는 길로 보일지도 모르지. 하지만 난 결단코 부정한다."

아테인은 인류에게 절망했다. 그래서 자신이 이루고자 하는 시스템에서 인류를 배제했다.

인류를 지키고자 만든 시스템인데, 인류가 배제되어 있는 것이다.

"생각해 보면 용마전쟁 때도 그랬지. 네가 꿈꾸는 이상국가의 시스템 속에 인간은 없었어. 오로지 네가 인간보다 좀 더 잘났다고 믿었던 용마족만 있었지."

그리고 용마전쟁 속에서 용마족에게도 절망한 아테인은 마침내 온 인류를 배제한 시스템을 목표로 하기에 이르렀다.

아젤은 고개를 저었다.

"네가 만들고자 하는 건 인류를 위한 이상향이 아니야. 너 한 사람이 정한 선악의 기준을 강요받는, 그 안에서 살아가는 자들은 아무것도 이룰 수 없는 지옥이다. 아테인, 네 이기심으로 만든 새장에 갇힌 인류를 정말 '살아 있다'고 할 수 있을 것 같나?"

아젤은 냉소를 금할 수 없었다.

"네가 용마왕 숭배자들이 부여해 준 신성을 부정한 것은 웃기지도 않는 기만이다. 너는 신이 되고 싶어서 어쩔 줄 몰라 하는 미치광이에 불과해. 인류에게 절망했다고?"

단언할 수 있다.

아테인은 인류를 자신과 함께 살아갈 존재로 보지 않는다. 그저 보살펴 줘야 할 애완동물로 여길 뿐이다.

자신이 만든 새장 속에 인류를 가둬놓고 세세토록 보살펴 주는 존재를 뭐라고 해야 할까?

"그게 신이 아니면 뭐지? 난 달리 지칭할 말을 찾을 수 없군."

"……"

"그리고 내 친구의 말을 덧붙이도록 하지. 칼로스는 네 목적에 대해서 이렇게 말했지. 어른이 아이를 지킨다. 힘있는 자가 힘없는 자를 지킨다. 그것이 인간이 선하다고 생각하는 행위다. 왜일까?"

그 행위가 고결한 이유는, 모든 인간에게 가치가 있다는 믿음이 있기 때문이다.

아이는 언젠가 자라서 어른이 된다. 그리고 힘없는 자는 힘있는 자가 할 수 없는 일을 할 것이다.

자연에 의미는 없다. 선과 악이라는 개념이 그러하듯 세상에 부여된 모든 의미는 지성과 의지를 지닌 존재들의 발명품이다.

힘이 있고 없고가 전부가 아니다. 인간은 그 존재가 시작된 이래 수많은 의미를 창조해 왔으며 그것은 지금 이 순간에도 계속되는 일이다. 그리고 그것은 인간의 자부심, 인간의 긍지가 되었다.

아테인은 인류에게서 그 모든 것을 빼앗고 가축처럼 사육하려고 한다.

"네 고독을 치유해 주는 인류란 그저 남이 던져주는 빵만 받아먹으면서 하루하루 살아가면 만족하는 존재였나?"

"…그렇군."

아젤의 말을 가만히 듣고 있던 아테인이 미소 지었다.

"나 또한 인류가 의미를 구하며 살아가는 존재임을, 거기에서 스스로의 가치를 찾아내는 존재임을 안다. 그렇기에 직접적으로 인류의 본성에 손을 대지 않으면서 그들이 이상적으로 살아갈 수 있는 세상을 만들고자 했지."

"그 전제부터가 글러먹었다고 하는 거다. 오래 살았으니까 알 텐데? 네가 살아오는 동안만 해도 선악의 기준이라는 게 수도 없이 바뀌지 않았나? 그런데 이제부터는 인간들의 뜻은 싹 배제해 놓고 너 한 사람의 뜻으로 그 기준을 좌우하겠다고? 무엇보다 인류의 신으로 군림할 네가 지금까지 존재했던 수많은 폭군과 다르다는 보장이 어디 있지? 오래 살아서? 능력이 뛰어나서?"

이 시대의 기준으로 봐도 아테인은 신처럼 유능한 존재다. 그러나 그것이 인류가 아테인을 믿을 이유가 되지는 않는다.

아테인이 헛웃음을 흘렸다.

"이미 알고 있는 이야기였지만, 그대의 입을 통해서 들으니 뼈저리구나."

"알면서도 이런 짓을 하겠다고?"

"아젤, 그대가 말한 것은 분명 진실이다. 부정하지도, 외면하지도 않겠노라."

그러나 그것은 과연 인류의 기원 이래로 끊이지 않았던 수많

한 사람 215

은 불행보다도 큰 가치인가?
 악을 행하는 수많은 자 때문에 흐른, 그리고 앞으로 흐를 피와 눈물보다 더 큰 가치인가?
 "아닐 것이다!"
 아테인이 이 싸움이 시작된 이래 처음으로 격정을 드러냈다. 용암처럼 뜨거운 눈빛으로 아젤을 노려보는 그의 뇌리에 과거에 각인된 목소리가 울리고 있었다.

 "세상을 미움으로 대하려면 세상의 미움을 받을 각오도 해야 할 거 아녜요?"

 이제는 이름조차 기억나지 않는 인간 청년, 아테인의 삶에 비추어보면 하루살이처럼 짧은 인연에 불과했던 그의 말을 잊을 수 없다. 그 말이, 청년과의 인연이 새긴 상처가 영원을 갈구하는 그의 신념이 되었다.
 "힘있는 악인들에게 짓밟혀 죽어간 억울한 자들의 영혼에게 물으라! 억울하게 죽었으면서도 세상을 원망했단 이유로 마족이 되어 고통받는 자들의 탄식을 들으라!"
 "하지만……."
 아테인의 외침에 아젤의 눈매가 매서워졌다. 얼음장처럼 싸늘한 목소리가 흘러나왔다.
 "네가 만드는 세상에서도 피와 눈물이 끊이지 않을 거다. 너를, 그리고 네가 만든 세상을 원망하는 자들이 나오지 않을 거라고 생각하나?"

"안다."

"어쩌면 그런 자들은 소수일지도 모르지. 그 세상에 만족하지 못하고 신에게 칼을 드는 자들은, 만족하는 자들에 비하면 티끌에 불과할지도 모르지. 그래도 분명히 싸우는 자들이 있을 거다. 용마전쟁 때 우리가 그랬던 것처럼, 죽고 또 죽어서 피가 강물을 이루고 시체가 산을 이루어도 끝까지 네가 만든 새장을 부수고자 할 거다."

"각오했다."

아테인은 단호했다. 그와 서로 노려보던 아젤이 표정을 바꾸었다.

"그렇다면……."

심장이 고동치며 생명의 고리들이 진동했다. 심장으로부터 시작된 진동이 전신으로 퍼져 나가면서 증폭된 힘이 막대한 기세로 쏟아져 나왔다.

"…내가 여기서 네 광기를 끊어주마."

그 말을 들은 아테인의 표정에 당혹감이 떠올랐다.

새삼스럽게 아젤의 적의에 놀란 것이 아니다. 잠시 대화를 나누는 동안 몸을 추스른 아젤이 무시무시한 용마력 파동을 쏟아냈기 때문이다.

"무엇을 한 것이냐?"

"잠재워 두고 있던 아홉 번째를 활성화했을 뿐이다. 시간을 줘서 고맙군."

쿠구구구궁……!

아젤의 몸에서 뿜어져 나오는 용마력 파동을 버티지 못한 건물이 붕괴하기 시작했다.

꽈과과광!

섬광이 무너지는 건물의 한쪽을 날려 버리면서 하늘로 뻗어 나갔다.

그리고 그 뒤를 따라서 폭풍용의 날개를 전개한 아젤이 날아올랐다. 하늘 위에서 도시를 굽어보던 아테인이 신음했다.

"아홉 번째 생명의 고리를 완성했었단 말인가?"

현재 아젤의 기량이 어느 정도인지는 알마릭과의 싸움으로 파악이 끝났다고 생각했다. 그 싸움에서 아젤은 궁지에 몰리다 못해 결국 감춰두고 있던 비장의 패, 극멸검까지 드러내고 말았다.

그 정보를 바탕으로 용마궁에서 싸운다면 필승을 자신할 수 있을 정도로 완벽하게 준비했다. 아젤뿐만 아니라 동료들까지 합세한다고 해도 물리칠 자신이 있었다.

그런데 이런 힘을 숨기고 있었을 줄이야?

우우우우우우!

용마력 파동이 해일처럼 주변을 휩쓸었다. 그저 그것만으로도 아젤의 뜻에 반하는 마법들이 구성을 유지하지 못하고 와해될 정도였다.

"음……!"

신음하는 아테인 앞에서 아젤이 재차 분신들을 만들어내기 시작했다. 아직 존재를 유지하고 있던 용마기들이 그 손에 들려지고, 해제되었던 용마기들이 연달아 초래되는 것을 보면서 아테인이 중얼거렸다.

"…그래도 달라지는 것은 없다."

아젤이 아홉 번째 생명의 고리를 완성했다는 것은 놀랍다. 만약 전장이 다른 장소였다면 아테인의 패배였으리라.

그러나 이곳은 용마궁이다.

안식과 분노의 달이 천사와 악마를 계속해서 생성하는 가운데, 무수한 어둠의 원이 떠올라 마법을 쏟아낸다. 그 물량은 압도적이다. 마치 수백 명의 마법사가 집중포화를 가하는 것과도 같아서 아젤은 반격은커녕 피하기에 급급했다.

콰쾅! 쾅! 콰아아앙!

천둥용의 날개를 전개, 고속으로 비행하는 아젤의 뒤로 마법이 소나기처럼 쏟아져 내렸다.

폭염이 작렬하고, 저주의 어둠이 퍼져 나가고, 광풍이 휘몰아친다. 광범위하게 쏟아지는 마법으로 인해서 장엄하던 도시가 순식간에 폐허로 변해가고 있었다.

"그대의 실수다, 아젤."

도심을 비행하면서 건물들을 마법을 막는 방패막이로 활용하는 아젤을 내려다보면서 아테인이 중얼거렸다.

아젤은 이 싸움이 시작되는 순간부터 아홉 번째 생명의 고리를 사용했어야 했다. 그랬다면 초기에 폭발적인 기세로 아테인을 몰아붙여서 승기를 잡을 수도 있었으리라.

이미 이 전장은 아테인의 마법이 지배하고 있다. 개인의 힘만으로는 도저히 뒤집을 수 없는 압도적인 전력 차가 완성된 것이다.

'이대로 도망칠 수는 있을지도 모르지.'

아테인은 그런 가능성도 떠올렸다.

하지만 그것도 의미 없는 일이다. 도망치는 것은 다음 기회를 노리기 위함인데, 이곳에서 아테인을 쓰러뜨리지 못하면 더 이상 다음 기회는 존재하지 않는다.

―천둥용의 뿔!

그때 도심을 누비던 아젤이 급상승하면서 청백색 뇌격을 쏘아 올렸다.

하지만 그것은 아테인에게 닿지 못했다. 사방에 깔린 마법들과 충돌하면서 소멸해 버렸다.

"큭! 역시 안 되나?"

아젤이 이를 갈았다.

아홉 번째 생명의 고리까지 일깨웠는데도 도무지 반격의 실마리가 보이지 않는다. 개인의 힘만으로 보면 아젤이 아테인을 압도하는데, 사용할 수 있는 전투 자원의 격차가 너무 컸다.

그리고 그 문제는 서서히 아젤의 심력을 갉아먹고 있었다.

경이로운 기동력으로 회피하는 것도 한계가 있었다. 아테인은 아젤이 갈 곳을 예측해서 광범위하게 마법 함정을 깔아두었고 아젤은 거기에 걸리고 말았다.

'아차.'

사방에서 폭염이 치솟았다.

피할 길이 없는 함정이지만 아젤은 그것을 가뿐하게 뿌리치고 나왔다. 그러나 끊임없이 이어지는 마법의 융단 폭격을 아슬아슬하게 피하고 있는 상황에서는 그 잠시의 틈마저도 치명적이었다.

콰콰콰콰콰!

마법의 폭풍이 거리 일대를 초토화시켰다.

퍼져 나가는 폭발을 보면서 아테인이 경악했다.

'어떻게 된 일인가?'

일순간 아젤의 모습을 놓쳐 버렸다.

아무리 폭풍용의 날개라 할지라도 한번 발목을 잡힌 상황에서 재가속하기까지는 시간이 걸릴 터, 그렇다면……

'순동법이란 말인가?'

한 박자 늦게 도시에 깔린 탐지 마법이 그에게 아젤의 위치를 포착해서 전달했다.

폭발 지점에서 1킬로미터 가까이 떨어진 지점이었다. 그곳까지 일직선 궤도에 있던 건물들이 무차별로 부서져 나가고, 피투성이가 된 아젤이 아테인을 노려보고 있었다.

직후 건물의 폐허 위로 섬광의 파문이 달려 나갔다.

쾅!

아테인의 눈에 그 광경이 스치는 것과 거의 동시에 아젤이 그를 덮쳤다.

소리가 전달되는 것보다도 몇 배는 빠른 속도다. 일반적인 순동법의 상식을 압도하는 가속으로 한순간에 200미터를 넘는 고도까지 비상한 것이다.

'이런 말도 안 되는 속도라니!'

이 속도에는 아테인도 완전히 허를 찔리고 말았다. 분신이 에너지화해서 덮치는 것에는 완벽하게 대비하고 있었다. 사전에 마력의 움직임을 읽거나, 상태를 통찰해서 자동으로 반응하는

한 사람 221

마법만 준비해도 된다.

그러나 피와 살로 이루어진 본체가 이런 속도로 뛰어 들어오는 것은 아테인조차도 상상하지 못한 일이었다.

"하아아아아!"

아젤이 노도와 같은 기세로 아테인을 몰아쳤다. 그의 주변에서 무수한 분신이 나타나면서 폭풍 같은 공세를 퍼부었다.

콰콰콰콰콰!

하늘을 가르는 검이 노도와 같은 기세로 섬광을 쏟아낸다. 눈에 보이는 모든 공간이 빛의 궤적에 난도질당하면서 폭발했다.

한번 기세를 제압당한 아테인의 몸이 허공에서 공처럼 튀어 다녔다. 아젤이 분신을 최대 숫자로 구현, 주변에서 추적해 오는 마법들을 막아내고 증오의 상자로 빛구슬들을 뿌려서 마법 반발 현상을 유도하면서 아테인을 몰아붙였다.

―용마기 초래! 지룡의 사슬!

그것으로 끝이 아니었다. 어느새 지상을 달리던 아젤의 분신 중 하나가 끝에 커다란 추가 달린 굵직한 사슬을 들고 휘두르기 시작했다.

휘휘휘휘휘!

그 속도가 일정 수준을 넘는 순간, 아테인과 검을 맞대고 있던 아젤이 균형을 무너뜨리면서 그를 걷어차서 지면에다 처박았다.

폭발이 치솟으며 아테인의 움직임이 일순간 멈췄다. 그리고 그런 그에게 지룡의 사슬이 날아들었다.

쫘아아앙!

사슬추가 작렬하자 반경 수백 미터의 대지가 폭발했다.

지룡의 사슬은 대지를 지배하는 힘을 지닌 용마기, 그것이 작렬하는 순간 막대한 충격으로 인해 주변의 지반이 붕괴하면서 암석과 토사가 아테인을 덮쳤다. 그리고 하늘에 있던 아젤이 하늘을 가르는 검을 쥐고 혼신의 일격을 날렸다.

―천둥용의 뿔!

일순간 시야가 새하얗게 물들었다.

하지만 그것은 잠시뿐이다. 곧바로 이어지는 광경을 본 아젤의 표정이 무너졌다.

'공허의 문지기! 제기랄!'

커다란 검은 구체가 뇌격을 삼켜 버렸다. 동시에 불과 수십 미터 떨어진 지점에 나타난 또 다른 검은 구체에서 뇌격이 뿜어져 나와서 지면을 할퀴며 달려 나갔다.

아테인이 공격을 받는 순간에 공허의 문지기를 초래해서 서로 떨어진 두 개의 지점을 하나로 이었다. 그리고 그것으로 천둥용의 뿔을 피해 버린 것이다.

"음……."

아테인이 무너진 건물 속에서 떠오르기 시작했다.

그도 무사하지 않았다. 치명타를 피하기는 했지만 아젤의 돌진을 받아내는 순간 왼팔이 부러져 버렸고 이어지는 공격으로 인해 전신이 피투성이가 되었다.

서로 부상의 정도만 보면 비슷한 수준이라고 할 수 있으리라. 하지만 아테인은 자신의 승리를 확신했다.

"그대가 아홉 번째 생명의 고리를 잠재워 둔 이유가 이것이었군."

아테인의 입가에 씁쓸한 웃음이 걸렸다.

"아직 그대의 그릇이 그 힘을 버텨내는 수준으로 완성되질 못했구나."

"큭……."

아젤이 낭패한 표정으로 신음했다.

그 말대로였다. 허를 찌르기 위한 기술이라면 모를까, 굳이 마력을 감췄던 것은 몸이 아직 그것을 온전히 버텨낼 수 없기 때문이다. 마력이 강하면 강할수록 그것을 담아내는 그릇 역시 강해져야 하는데 아젤은 그 균형을 맞추지 못했다.

즉 아젤은 아홉 번째 생명의 고리를 일깨운 시점에서 빠르게 결판을 내야 했다. 하지만 그것이 실패한 지금, 영맥의 상태가 불안정해지면서 신체 기능에 이상이 발생하고 있었다.

"그 놀라운 속도의 순동법… 그래, 극초고속 순동이라고 부르도록 하지. 그것 역시 아무런 대가 없이 쓸 수 있는 것은 아닌 듯하고."

아젤의 극초고속 순동에는 아홉 번째 생명의 고리를 개방함으로써 얻은 막대한 힘이 뒷받침되고 있었다. 하지만 마력이 받쳐준다고 해도 쓸 때마다 막대한 부하를 버텨내야 했다.

"그대는 역시 경이로운 존재다. 아무리 시대가 그대를 선택해 온갖 행운이 겹쳐졌다고는 하나, 채 30년도 안 되는 시간 동안 이러한 수준에 도달한 것은 기적이라고밖에 말할 수 없지."

아테인이 말하는 동안 무수한 어둠의 원이 아젤을 포위하고 있었다.

더 이상 빠져나갈 길이 없다. 아테인이 마법을 발동시키는 순간 이 싸움은 끝나리라.

"음?"

그러나 아테인은 아젤의 표정을 보며 의아함을 감추지 못했다.

아젤 입장에서 보면 절체절명의 위기 상황이다. 더 이상 내밀 수 있는 패가 남지 않은 가운데 죽음이 눈앞에 와 있었다.

그런데 아젤은 왜 씩 웃고 있는 것일까?

"겨우 시간에 맞춘 것 같군."

"무슨 뜻인가?"

"아테인, 이상하게 생각했지? 왜 내가 혼자 왔는지."

그 말대로다. 아젤 일행도 바보가 아니니 이곳 용마궁에서 아테인의 힘이 극대화되리라는 것을 알고 있었을 것이다.

그런데도 아젤 혼자서 그와 싸우라고 보내다니, 아무리 봐도 너무 무모한 도박이 아닌가?

'하지만 매복은 없었다.'

아테인은 아젤의 동료들이 매복하고 있다가 기습을 가해올 가능성을 염두에 두고 있었다. 하지만 지금 이 순간에도 그들의 기척은 느껴지지 않는다.

그렇다면 자신이 아젤과 싸우는 동안에 의식의 방을 공격했을까?

그것도 아니었다. 의식이 3단계에 들어선 이상 한두 명이 공격한다고 해서 멈춰질 것도 아니었고, 의식의 방에 설치해 둔 탐지 마법에는 아무것도 잡히지 않았다.

'그럼 대체 왜?'

아테인이 이해할 수 없다는 표정으로 아젤을 바라볼 때였다. 갑자기 아찔한 감각이 엄습해 왔다.

'뭐지?'

아테인은 이 감각의 정체를 알고 있었다. 바로 마력이 통제에서 벗어났을 때의 반동이다.

일순간 주변의 마법이 그의 통제에서 벗어났다. 당장에라도 장전된 마법을 쏟아낼 것 같았던 어둠의 원들이 와해되고, 이미 쌓아두었던 마법들마저도 흐트러지면서 신체의 마력 흐름이 뒤틀렸다.

'아!'

비틀거리던 아테인은 뒤늦게 그 이유를 깨달았다.

'무저갱의 봉인을 파괴하다니! 대체 누가?'

위대한 어둠의 중추라고 할 수 있는 무저갱, 그 아래쪽에 묻혀 있던 초월자의 봉인이 파괴되었다.

6

사아아아아……!

용마궁의 심층부, 무저갱으로 이어지는 복도에 새하얀 냉기가 휘몰아치고 있었다. 마치 둑이 터져서 물이 범람하듯, 새하얀 한기가 무시무시한 기세로 복도를 얼리면서 달려간다.

그곳에 살아 있는 자가 있었다면 단번에 휩쓸려 죽었을 것이다. 하지만 복도에 있는 것은 오로지 시체들뿐이었다.

아니, 산 자가 있기는 있었다.
"무사히 지나간 모양이군."
한차례 복도를 휩쓸고 지나간 한기가 잦아들고 나자 아무것도 없던 공간에서 불쑥 한 사람이 나타났다. 긴 백발을 늘어뜨린 용마족 여성, 아리에타였다.

안색이 초췌한 아리에타가 비틀거렸다. 그러자 허공에서 불쑥 튀어나온 손이 그녀를 붙잡았다.

"괜찮아?"

그렇게 물으며 모습을 드러낸 것은 라우라였다. 두 사람은 공간왜곡장을 써서 한기의 범람으로부터 몸을 피했던 것이다.

그녀의 손에 몸을 의지한 채로 아리에타가 대답했다.

"괜찮다고 하고 싶지만… 유감스럽게도 허세 부릴 상황이 못 되는구나, 으윽."

아리에타가 신음하며 주저앉았다.

그녀의 전신에 살얼음이 꼈고 한쪽 팔은 완전히 얼음덩어리가 되어버렸다. 조금 전까지 치른 격렬한 전투의 대가였다.

라우라 역시 무사하지는 못했다. 하지만 아리에타보다는 훨씬 나은 상태라서 그녀에게 온기를 불어넣는 마법을 써주었다.

아리에타가 한결 나아진 기색으로 말했다.

"동토의 여왕, 마지막 발악도 지독한 여자였다."

무저갱이라 불리는 공동 아래쪽에도 위대한 어둠의 기둥이 있었다.

동토의 여왕.

온 세상을 얼어붙은 설원으로 만들고자 했던 미치광이 초월자.

레슈의 앞에서 빠져나온 라우라와 아리에타는 무저갱에 침입하여 그녀의 봉인을 풀어버렸다. 그리고 짧지만 격렬한 전투 끝에 그녀를 제압하고, 극멸을 써서 소멸시킨 것이다.

아리에타가 말했다.

"라우라, 난 이제 괜찮으니 먼저 가다오."

"하지만……."

"도움이 되지는 못할지언정 짐이 되고 싶지는 않구나. 우리가 봉인을 풀고 나서 동토의 여왕을 해치우기까지는 어느 정도 시간이 걸렸으니 그동안 결판이 났을 수도 있지만… 아직 싸움이 계속되고 있다면 그대의 도움이 필요할 것이다."

"정말로 괜찮겠어? 당신에게는 이제 용마기도……."

"…후후. 어차피 아젤로부터 받았던 것이다. 그리고 이 싸움은 그를 위한 것만도 아니지."

아리에타가 힘없는 목소리로 대답했다.

극멸을 일으키기 위해 희생된 용마기는 울부짖는 불새였다.

비탄의 잔 대신 그쪽을 희생시킨 것에는 두 가지 이유가 있었다. 첫 번째는 추후에 비탄의 잔이 필요하다고 판단해서고, 두 번째는 보다 적에게 극멸을 명중시키기 용이했기 때문이다.

그 판단은 옳았다. 만약 비탄의 잔을 희생시켰다면 둘은 동토의 여왕이 마지막 발악으로 폭발시킨 한기의 폭풍에 휘말려서 죽었을 테니까.

"……."

두 사람은 잠시 말없이 서로를 바라보았다.

곧 라우라가 살짝 고개를 끄덕이고는 공간왜곡장을 통해서 지상으로 향했다.

7

사태를 파악한 아테인은 경악했다.

"내 눈을 피해 무저갱에 들어갔단 말인가?"

무저갱은 아테인에게도 중요한 장소다. 그렇기에 그곳을 감시하는 것을 게을리하지 않았다.

하지만 그의 탐지에는 아무것도 걸려들지 않았다. 라우라와 아리에타가 경비 병력을 몰살시키면서 무저갱으로 침입, 동토의 여왕의 봉인을 풀어버리기 전까지 그 사실을 몰랐던 것이다.

당황하던 아테인은 곧 이유를 깨달았다.

"케이알리아로군!"

"그래."

아젤이 대답과 동시에 공격해 왔다.

투학!

마법이 와해된 아테인이 어둠을 새기는 검으로 막으면서 뒤로 물러났다.

곧바로 쫓아 들어가려던 아젤이 비틀거린다. 방금 전에 무리하게 공세를 퍼부었던 탓에 몸이 제대로 말을 듣지 않았다.

"젠장!"

"아직도 이 정도 능력이 있었다니… 완전히 당했군."

아테인이 빠르게 방어 마법들을 복구하면서 중얼거렸다.

케이알리아의 정보 열람권을 제약해 두었기에 안심하고 있었다. 그러나 그녀는 아테인의 예측을 뛰어넘는 존재였다.

정보 열람이 제약되었을지언정 아테인이 정보를 얻는 것을 방해하는 것은 가능했던 것이다. 그녀는 지금까지 철저하게 능력을 감추고 있다가 가장 중요한 순간에 아테인의 뒤통수를 쳤다.

'그렇군. 정보전달 과정의 시간 차를 이용한 것인가?'

아테인은 곧 자신이 어떻게 당했는지 알아냈다.

그는 위대한 어둠의 정보를 마음껏 열람할 수 있다. 하지만 아인세라처럼 자아가 훼손되는 것을 우려하여 제약을 설정했다.

자신이 반드시 알아야 한다고 조건을 설정해 둔 정보만을 실시간으로 전달받는다. 이것은 위대한 어둠이 정보를 입수한 뒤 아테인에게 전달하기 전 한차례 거르는 과정을 거친다는 의미였다.

케이알리아는 바로 이 점을 이용했다.

그녀와 아테인은 서로의 정보를 들여다보는 것을 차단했다. 하지만 상대에게 자신의 정보를 보내주는 데는 아무런 문제가 없었다.

케이알리아는 모순되고 거짓된 정보를 잔뜩 생성해서 위대한 어둠이 정보를 거르는 과정에 혼란을 일으켰다. 그리고 그 혼란을 틈타 아테인에게 자신이 선택한 거짓 정보가 전달되도록 만들었다.

레슈가 케이알리아가 명성에 비해 별 볼 일 없다고 느낀 것도 이런 이유였다. 그녀는 레티시아와 카이렌을 지원하는 한편, 라우라와 아리에타가 그 자리를 떠나서 무저갱을 공격하기까지의 과정을 아테인이 알지 못하도록 감춰두고 있었던 것이다.

아테인이 물었다.

"전력을 다해서 내 주의를 붙잡아두는 것 또한 그대의 역할이었나?"

"별로 시간을 끌 생각은 없었다. 할 수 있으면 벌써 결판을 냈겠지. 결과적으로 이렇게 되었을 뿐이야."

"그렇군. 그랬어……."

아젤의 대답에 아테인이 허탈하게 웃었다.

만약 아테인이 전달되어 오는 정보의 진위 여부를 확인할 정도로 여유가 있었다면 통하지 않았을 수다. 아테인은 분신술사이기에 한 가지 일을 행하면서 다른 곳에 주의를 돌리는 것도 능숙했으니까.

하지만 아젤과의 싸움은 아테인에게도 혼신의 힘을 다해야 하는 일이었다. 도저히 다른 곳에 주의를 기울일 수가 없었다.

"기가 막히는군. 앞서 말한 것을 정정하지. 그대는 오만하지 않았다."

"알아주니 고마워서 눈물이 날 것 같군."

아젤이 공세를 펼쳤다.

동토의 여왕의 봉인이 풀림으로써, 위대한 어둠의 기둥은 다섯 개만 남았다. 게다가 그 봉인은 위대한 어둠의 중추라고 할 수 있는 무저갱을 유지하는 역할까지 하고 있었다.

아무리 죽은 용마왕 숭배자들로 인해서 위대한 어둠의 힘이 강성해졌다고 한들 이쯤 되면 기능에 장애가 생길 수밖에 없었다.
 지금 아테인의 상태가 그 증거였다. 그가 자유자재로 끌어다 쓰던, 위대한 어둠에 저장해 두었던 마법들이 제대로 기능하지 않고 있었다.
 파파파파파!
 검과 검이 맞부딪치는데 공기가 울부짖으며 광풍이 휘몰아친다. 빛과 어둠의 궤적이 교차하는 가운데 아테인과 아젤이 무시무시한 속도로 검투를 벌였다.
 "하아!"
 어느 순간 아젤이 뒤로 물러났다. 곧바로 아테인이 구현해 두었던 마법을 날리려는 순간, 물러나던 것이 거짓말이었던 것처럼 균형이 앞으로 되돌아온다.
 '낙원의 낙인!'
 비정상적인 움직임의 바탕에는 시간의 흐름을 조작하는 힘이 자리하고 있었다. 스스로의 시간을 가속해서 타이밍을 어긋나게 한 아젤이 곧바로 순동법으로 뛰어 들어왔다.
 콰콰콰콰쾅!
 한 박자 늦게 그 뒤쪽에 작렬한 마법들이 폭발한다. 표적 확인을 끝내고 발사되는 그 순간에 타이밍을 비틀어버려서 아테인도 어쩔 수 없었다.
 쾅!
 폭음이 울리며 아테인이 날아가 버렸다 건물을 몇 개나 부수면서 하늘로 치솟는 그의 앞에 아젤의 분신 여섯이 나타나서 뇌격의 검을 휘둘렀다.

―천둥용의 뿔!

청백색 뇌격이 아테인을 관통했다.

아테인도 분신을 발동, 여섯 중 넷을 격파했지만 나머지 둘이 천둥용의 뿔을 발하는 것을 막을 수 없었다. 피투성이가 된 그가 이를 악물었다.

"하아앗!"

고통을 떨치기 위해 기합을 외친 아테인은 순간적으로 아득한 기분에 사로잡혔다.

마지막으로 격정을 드러내본 것이 언제였던가? 신체를 지배하는 고통을 이겨내고자 기합을 내질러본 것은 얼마만의 일이던가?

그 앞으로 아젤이 뛰어 들어왔다. 극초고속 순동이다. 미처 반응할 새조차 안 주는 공격이었지만…….

―무한의 광야!

아젤이 검을 찌르는 그 순간 눈앞의 공간이 까마득하게 확장되었다.

'당했다!'

아젤의 얼굴이 창백해졌다. 설마 이 순간에 공간왜곡장을 마법 함정으로 깔아두었을 줄이야!

그리고 까마득한 공간 저편으로부터 어둠의 궤적이 질주했다. 아젤이 그것을 막아내기 위해 공격을 뻗어내는 순간이었다.

파아아아!

공간왜곡장이 종잇장처럼 찢어지면서 해제되는 것이 아닌가?

"이런……!"

아젤은 자신이 치밀하게 구성된 이중 함정에 빠졌음을 깨달았다.

공간왜곡장으로 돌격을 막아서 한차례 타이밍을 빼앗는다. 함정에 빠진 아젤 입장에서는 그 직후에 이어지는 공격을 허둥지둥 막아낼 수밖에 없다.

하지만 그것은 의도된 속임수였다. 아젤이 방어를 위해 힘을 발하는 그 순간, 완벽한 타이밍으로 공간왜곡장을 거두면서 헛손질을 하게 만들었다.

진짜 노림수는 그 너머에서 기다리고 있었다. 아젤이 통상공간으로 돌아왔을 때, 이미 어둠의 구체 네 개가 사방을 포위하고 있었다.

―공허의 문지기!

용마기 공허의 문지기로부터 비롯된, 특정 지점들을 잇는 공간왜곡장이었다. 그곳으로부터 저주의 어둠과 한기 파동, 진공파가 쏟아져 나왔다.

콰콰콰콰콰!

아젤은 비명조차 지르지 못하고 날아가 버렸다.

아슬아슬하게 불굴의 성채를 둘러치기는 했지만, 제대로 된 방어막이 형성될 틈이 없었다. 아주 잠깐 공격을 막아줬을 뿐 곧바로 와장창 깨져 나가면서 아젤이 지상에 추락했다.

"으윽……!"

그러나 회심의 공격을 가한 아테인 역시 신음하며 떨어져 내리고 있었다. 반쯤 무너진 건물에 충돌하기 직전, 겨우 자세를 바로잡은 그가 어이없어하며 웃었다.
 "그 상태에서 받아치다니, 여전히 터무니없는 자로군······."
 아젤을 붙잡은 이중 함정은 그도 혼신의 힘을 쥐어짜낸 공격이었다. 순간적인 공격을 위해서 이제까지 꺼내지 않았던 용마기 빙설의 숲까지 초래했거늘, 그것을 막아내는 동시에 시야 사각에 구현해 둔 분신으로 저격을 가해올 줄이야.
 명왕의 사수로 이루어진 공격은 방어 마법에 대한 치명적인 관통력을 자랑했다. 아테인도 복부와 왼쪽 어깨가 관통되는 중상을 입었다.
 "아테인!"
 저편에서 분노에 찬 아젤의 외침이 울려 퍼졌다.
 해일 같은 용마력 파동이 퍼져 나가면서 그를 관측하고, 원거리에서 치기 위해 구현한 마법이 일거에 쓸려나간다. 그리고 섬광이 하늘로 뻗어 나가기 시작했다.
 ―용마기 초래! 격랑의 주인!
 하늘을 가르는 검을 광화한 아젤이 새로운 용마기를 초래한다. 물리적 압력과 영적 압력을 모두 갖춘 격랑이 공간을 진동시키면서 주변 건물들, 그리고 그 주변에 구현해 두었던 아테인의 마법까지도 무참하게 분쇄해 버렸다.
 "입장이 바뀌었다, 그리 말하는 것인가?"
 아테인은 아젤이 함정을 준비하고 자신을 유혹하고 있음을 깨달았다.

저 하늘까지 솟구친 빛기둥, 그것은 하늘을 가르는 검이다. 그리고 그것이 상공에서 마치 빛으로 이루어진 나무처럼 변화하고 있었다.

노골적으로 광검해를 구현하고 있는 것이다.

육신의 부상이 크다고는 하나 아젤에게는 여전히 듀얼 밴딩된 아홉 개의 생명의 고리로부터 비롯되는 어마어마한 용마력과 자유롭게 행동할 수 있는 분신이 있다.

광검해를 전개하면서 불굴의 성채로 주변을 막는다. 격랑의 주인으로 일으킨 파동이 일정 권역의 간섭을 차단한다. 거기에 증오의 상자로 발생시킨 무수한 빛구슬이 보다 먼 영역까지 마법을 막아낸다.

이것만으로도 마치 도시 한복판에 거대한 성채가 생겨난 것과도 같은데, 심지어 그것으로 끝이 아니다.

새하얀 불길을 흩뿌리는 백염의 불사조, 그리고 여명수호대로 구현된 케이알리아와 라우라의 분신들이 하늘을 날며 지상을 굽어본다. 제공권까지 완벽하게 장악하고 있는 것이다.

아무리 아테인이라고 해도 저 영역 안쪽으로는 마법으로 간섭할 수 없다. 마법이든 분신술이든 저 영역 바깥쪽에서 구현한 뒤 파고들어야 한다.

'최후의 승부를 강요할 셈인가, 아젤?'

아무리 아젤의 용마력이 막대하다고 해도 이런 상태를 오래 지속할 수는 없다. 영맥에 걸리는 부하도 부하지만 중상을 입은 상태가 아닌가?

'피할 수 없는 유혹이군.'

아테인은 자기도 모르게 웃음을 터뜨렸다.

함정이라는 것을 뻔히 알면서도 걸려들 수밖에 없다. 가만히 놔뒀다가는 파멸의 한 수가 완성될 테니까.

그리고 위대한 어둠에 저장해 두었던 마법들이 와해된 지금, 저것을 막기 위해서는 아테인이 직접 움직일 수밖에 없었다.

물론 아젤은 그러도록 놔두지 않을 것이다.

뇌격을 휘감은 아젤의 분신이 나타나서 공격을 퍼부었다. 아테인은 분신으로 대응하는 대신 어둠을 새기는 검으로 반격했다.

파핫!

일검으로 분신을 격퇴한 아테인이 땅을 박차고 순동법으로 가속했다. 아슬아슬한 타이밍으로 그 자리를 명왕의 사수로 쏘아낸 마법의 화살이 관통한다.

"후후! 기다리는 적에게 뛰어들어보는 것도 얼마만인지 모르겠구나!"

아테인은 전신에서 밀려오는 고통을 무시하며 웃었다.

차갑게 식어버린 줄 알았던 가슴이 뛰고 있다. 언제나 눈앞의 일들을 금세 스러질 불빛처럼 여겼던 그가 자신이 마주한 현재에 사로잡혀 희열을 느끼고 있었다.

파칫!

불꽃을 휘감은 아젤의 분신이 단번에 격파되었다. 절묘한 타이밍으로 뒤쪽에서 또 다른 분신이 달려들었지만 아테인은 뒤를 돌아보지도 않는다. 그대로 몸을 눕히면서 팔꿈치로 분신을 강타, 곡예처럼 뒤로 공중제비를 넘으면서 머리통을 갈라

버렸다.

'낙원의 낙인의 효과를 최대치로 가정하고 계산해도, 광검해 완성까지는 앞으로 17초는 걸린다.'

아테인의 사고가 섬전처럼 주변의 정보들을 수집해서 원하는 답을 얻는다.

아무리 낙원의 낙인이 아젤의 시간을 가속한다고 하더라도, 지리적인 이점은 아테인에게 있다. 하늘에 드리운 어둠의 장막은 광검해의 완성 난이도를 대낮과는 비교도 할 수 없을 정도로 높여 놓았다.

'14초.'

질주하는 아테인의 곁에 분신들이 하나둘씩 나타나기 시작한다. 아젤의 분신들이 맹공을 가해오지만 아테인의 분신들은 마법의 힘으로 버티면서 본신이 진격할 길을 열어주었다.

"오라! 어둠이여!"

아테인이 외쳤다.

그러자 사방에서 어둠이 모여들었다. 용마기의 힘을 극대화하여 도달하는 비기는 하늘을 가르는 검에만 있는 것이 아니다. 그 대극이라고 할 수 있는 어둠을 새기는 검에도 비슷한 용법이 존재하고 있었다.

그리고 지금 이 전장은 어둠을 새기는 검의 힘이 최고조에 이르는 장소다.

'10초.'

도시 외곽에서 하늘로 솟구치는 어둠의 기둥들, 그 일부가 어둠을 새기는 검에게로 모여들었다. 어둠의 장막을 이루는 어둠

역시 비가 내리듯이 쏟아져서 어둠을 새기는 검으로 빨려 들어간다.
 분명 일반인은 앞을 구분할 수도 없을 정도로 어두운 상황이었다. 그런데 그 속에서 집결한 어둠이 뚜렷한 윤곽을 드러내며 꿈틀거린다.
 —용마기 초래! 꿈의 사도!
 아테인이 안식과 분노의 달 대신 꿈의 사도를 초래했다. 그러자 아젤의 분신들에게 장애가 발생했다.
 조금 전까지는 최대한, 불과 몇 미터 안쪽에서 출현하고 있었다. 그러나 이제는 그렇게 구현하려던 것들이 불안정하게 흔들리다 사라져 버리고 멀찍이 떨어진 곳에서만 구현된다.
 아무리 분신술의 달인이라고 해도 분신을 구현할 때는 마력만이 아니라 정신파도 한곳에 집중시켜야 한다. 아테인은 꿈의 사도로 자신의 주변 공간에 정신파로 관여하는 것을 막아버린 것이다.
 '7초.'
 더 이상 아테인을 가로막는 자는 없어졌다. 아테인은 강대한 어둠이 집결한 검을 든 채로 외쳤다.
 "내 승리다, 아젤!"
 불과 5초 차이였다. 아젤이 광검해를 완성하는 것보다 5초 빨리 아테인의 비기가 완성되었다.
 —암천(暗天)의 각인(刻印)!

8

아테인이 혼신의 일격을 발했다. 하늘에 닿을 정도로 거대한 어둠의 검이 아젤이 구축한 영역을 무참하게 깨부수면서 내려쳐졌다.

콰아아아아아!

백염의 불사조가 단번에 두 동강 나고, 흩뿌려진 증오의 상자의 빛구슬이 연속적으로 폭발하며 흩어지고, 격랑의 주인이 구축한 격랑의 권역마저도 종잇장처럼 갈라진다. 마침내 불굴의 성채마저 잘려 나간 곳에 남은 것은 오로지 거대한 빛기둥뿐.

그리고 그것마저도 어둠의 검에 두 동강 나고 말았다.

일순간 정적이 그 자리를 지배했다.

그야말로 찰나였다. 마치 시간이 정지한 것 같은, 영원처럼 각인된 한순간이 지나가고 나자 베어진 빛기둥을 이루고 있던 마력의 빛이 무너져 내리면서 해일처럼 주변을 강타했다.

쿠콰아아아아……!

그것은 정말로 해일이 도시를 덮치는 광경 같았다.

주변의 모든 것, 붕괴된 건물들의 잔해는 물론이고 형체를 유지하고 있던 용마궁마저도 빛에 휩쓸려 무너져 간다. 그저 한 사람의 최후라고 보기에는 너무나도 장엄한, 재해와도 같은 광경이었다.

홀린 듯이 그 광경을 바라보고 있던 아테인은 문득 섬뜩한 감각을 느꼈다.

'보고 있다?'

누군가의 시선이 느껴졌다.

재해에 휘말린 주민들의 시선이 아니다. 명백한 적의를 담은 시선이었다.

쿠과앙……!

먼 곳에서 폭음이 울려 퍼졌다.

아테인의 시선이 향한 곳에서, 어둠의 장막을 이루던 기둥 중 하나가 무너지는 것이 보였다. 누군가 그곳에서 어둠을 쏘아내던 시설을 파괴한 것이다.

콰앙, 콰아아앙……!

그것으로 끝이 아니다. 아테인이 미처 상황을 인지하기도 전에 두 번째, 세 번째, 네 번째까지 연달아 파괴되면서 어둠의 장막이 붕괴하기 시작했다.

'한 명이다.'

아테인은 그것이 한 명의 소행임을 확신했다. 아테인이 아젤과의 싸움에 정신이 팔린 사이 어둠의 기둥을 유지하는 시설에 폭발용 마법을 장치한 다음 한꺼번에 터뜨린 것이다.

그 결과 어둠의 장막이 옅어지면서, 그 너머의 빛이 쏟아져 들어오기 시작했다.

"음……!"

갑작스러운 햇빛에 아테인이 눈살을 찌푸리는 순간이었다.

눈앞에서 불쑥 빛의 칼날이 날아들었다.

파지직!

깜짝 놀라서 공격을 받아낸 아테인이 뒤로 튕겨나갔다.

당혹감에 사로잡힌 그는 곧바로 그것이 공간왜곡장으로 서로 떨어진 두 지점을 하나로 이은 결과임을 깨달았다.

'아운소르의 후예?'

아테인이 공간왜곡장의 저편을 포착했다. 도시 외곽에서 라우라가 자신을 노려보고 있었다.

그러나 진짜 문제는 그녀가 아니었다.

'어째서?'

아테인이 눈을 부릅떴다.

그 옆에 피투성이가 된 아젤이 몸을 숙이고 서 있었다. 그 손에 들린 푸른 용마검이 순백의 빛으로 타오르기 시작했다.

그리고 지면을 따라서 섬광의 파문이 퍼져 나가면서, 아젤이 극초고속 순동으로 공간왜곡장을 지나 그를 덮쳤다.

쾅!

폭음이 울리며 아테인이 지상에 추락했다. 가까스로 땅을 박차고, 몇 번이나 도약을 거듭하면서 충격을 죽인 아테인이 울컥 피를 토했다.

"이제……."

그 저편에서 아젤이 검을 휘둘렀다.

―천둥용의 뿔!

칼날처럼 날카로운 뇌격이 아테인에게 작렬했다. 가까스로 그것을 막아낸 아테인에게 아젤이 뛰어들었다.

"크아!"

이번에는 아테인도 호락호락 당하지 않았다. 전력으로 뒤로 도약하면서 방어, 공격의 충격을 흘려보냈다.

서로 순백과 칠흑의 칼날을 맞닥뜨린 채, 아젤이 외쳤다.

"…끝내자, 너와 세계의 악연을!"

뒤얽힌 채 고속으로 날고 있던 상황에서 아젤이 빙글 몸을 돌리며 발차기를 날렸다. 거기에 맞은 아테인이 하늘로 치솟고, 반대로 땅에 내려선 아젤이 재차 극초고속 순동으로 아테인을 추적한다.

"악연인가! 하하하! 나의 삶을, 나와 세계의 관계를 악연이라 말하는가?"

아테인이 처절하게 웃었다.

뛰어드는 아젤을 아테인의 분신이 가로막는다. 아젤이 그것을 격파하면서 솟구치자 그 짧은 순간에 수십의 어둠의 원이 떠오르는 것이 보였다.

거기에 장전된 마법들이 일제히 격발, 눈이 멀어버릴 듯한 빛과 충격파가 하늘을 뒤흔들었다.

"아테인!"

아젤이 폭발을 뚫고 아테인에게 뛰어들었다. 순백의 빛으로 타오르는 칼날이 아테인을 내려친다. 아테인이 어둠을 새기는 검으로 그것을 받아냈다.

쩌엉!

맑은 소리가 울려 퍼졌다.

검과 검이 맞부딪쳤을 때 당연히 울려 퍼지는 소리였다. 하지만 이 싸움이 시작된 이래로 순수하게 칼날끼리 부딪치는 소리가 울린 것은 처음이었다.

"애석하구나."

아테인이 웃었다.

아젤이 내려친 혼신의 일격은 가벼웠다.

마법을 돌파한 시점에서 아젤의 힘이 바닥난 것이다. 아젤의 움직임을 막은 아테인이 말했다.

"이제 끝이다, 내 운명의 대적자여."

"…그래."

그 말에 아테인은 의아함을 느꼈다.

아젤의 목소리에는 절망의 기색이 조금도 없었다.

'이 상황에서 또 무엇을…….'

아테인이 마법을 격발시켜 결판을 내려는 그 순간이었다. 어둠을 새기는 검에 막혀 있던 아젤의 검, 그 모습이 달라졌다.

칼날이 빛에 휘감겨 있기 때문에 알아볼 수 있는 변화는 칼자루 부분뿐이다. 하지만 아테인은 그 미묘한 변화를 알아보고 경악했다.

'달의 검?'

분명 하늘을 가르는 검이라고 생각했다. 하지만 그저 칼날이 순백의 빛으로 타오를 뿐, 푸른 광택을 흘리지 않는 그 검은 아젤이 스승으로부터 물려받은 달의 검이었다.

그리고 미처 그 사실에 대한 의문을 떠올리기도 전에, 그 검이 거짓말처럼 공간을 갈랐다.

'아……'

아테인이 믿을 수 없다는 표정으로 눈을 부릅떴다.

어둠을 새기는 검이 깨끗하게 두 동강 났다. 그리고 그의 몸까지도 깊숙이 갈라져서 붉은 피를 허공에 흩뿌렸다.

'그렇군.'

경악에 사로잡혔던 아테인은 땅에 추락하기 직전에 답을 얻었다.

'극멸이었는가.'

아젤이 알마릭과의 결전에서 선보였던 극멸의 세 번째 형태, 그것이 달의 검으로 구현된 것이다.

문득 아테인은 자신의 몸 위로 드리워진 그림자를 보았다. 아젤이 태양을 등진 채로 그를 내려다보고 있었다.

"또 한 번……."

입을 열던 그가 울컥 피를 토했다.

처음 겪는 일은 아니다. 용마전쟁의 끝에서 한차례 경험했던 감각, 죽음의 발소리가 가까워지고 있었다.

"…그대와 칼로스, 두 사람에게 당했구나."

입가가 피투성이가 된 채로 아테인이 미소 지었다. 아젤이 고개를 끄덕였다.

"그래, 그 녀석이 아니었다면 나의 패배였을 거다."

노골적으로 광검해를 구현하면서 아테인을 유인한 것은 그다음을 위한 포석이었다. 아젤은 분신으로 함정을 유지하면서, 모습을 감추고 때를 기다렸다.

거기서 끝났다면 최선이었을 것이다. 하지만 아테인은 아젤의 함정을 돌파하고, 하늘을 가르는 검까지 파괴해 버렸다.

즉 아젤도 곧바로 하늘을 가르는 검을 초래할 수는 없었다. 그런 상황에서도 뻔뻔스럽게 달의 검의 외견을 하늘을 가르는 검처럼 위장한 채로 최후의 공격에 들어갔던 것이다.

그것은 지금까지 아테인에게 각인시켜 둔 선입견을 이용하기 위해서였다.

아젤이 극멸을 일으키기 위해서는 반드시 하늘을 가르는 검으로 광검해를 구현해야 한다.

칼로스가 남긴 극멸의 비술은 마법사가 용마기를 희생시켜야 한다는 조건이 필요하다.

이 정보들은 모두 이 한순간을 위해 치밀하게 꾸며낸 거짓이었다.

"마법으로만 가능한 일이… 아니었을 줄은……."

아테인이 허탈하게 웃었다.

칼로스가 남긴 극멸의 비술은 마법사만의 전유물이 아니었다. 스피릿 오더 수련자 역시 용마기를 희생시켜서 극멸을 일으킬 수 있었던 것이다.

아리에타가 울부짖는 불새를 희생시켜 극멸을 일으킨 것처럼.

"스승님도 자신의 용마기가 네 숨통을 끊기 위해 희생되었다는 것을 아신다면 만족하실 거다."

세 번째 스승 리글렌이 남겨준 용마기 달의 검은 소멸했다. 스승과의 소중한 인연의 증표였지만, 아젤은 그것이 최고의 형태로 가치를 다했음을 자랑스러워했다.

아테인이 중얼거렸다.

"결국 나는… 세상의 미움을 극복하지 못하는가……."

"세상을 미움으로 대하는 자는 세상의 미움을 받을 각오를 해야 한다……."

아젤이 자기도 모르게 중얼거렸다. 아테인이 흐릿한 눈으로 아젤을 보며 말했다.

"오래전에, 인간이 내게 가르쳐 준 말이었다."
"······."
"슬프구나. 결국 나는 아무것도 바꿀 수 없었다······."
아테인은 진심으로 슬퍼했다.
자신의 죽음은 슬프지 않았다. 오히려 기나긴 시간 동안 그를 괴롭혔던, 자신만이 다른 시간 속을 살아가는 고독이 끝난다는 사실이 묘한 안도감을 주었다.
하지만 그가 사라진다고 해서 인류가 맞이할 운명이 달라지는 것은 아니다.
"아젤이여, 인류가 맞이할 숙명은 변하지 않을 것이다."
"안다. 네가 세계의 진실을 파헤친 현자이며, 언젠가 반드시 네가 예측한 재난이 우리를 덮쳐올 것임을."
"헤아릴 수 없을 정도로 많은 피가 흐르고, 미움이 해일처럼 세상을 뒤덮을 것이다."
"그렇다고 하더라도······."
아젤은 한숨 섞인 목소리로 말했다.
"···그 모든 일은 네가 혼자 감당해야 할 것이 아니다. 애당초 그래야 할 일이 아니었어, 아테인."
"······."
"우리 모두가, 그리고 우리의 후손들이 이겨내야 하는 일이다. 모든 것을 포기한 채 너라는 신에 매달리는 것이 아니라······."
누구도 타인의 삶을 대신 살아줄 수 없다. 설령 신이 실재하여 사람의 운명을 정한다고 할지라도, 결국 삶을 살아가는 것은 자신이다.

"그러니까 이제 그만 잠들어라, 아테인. 너는 네 몫을 다했으니까."

아테인이 파헤친 지식은 인류에게 이어질 것이다. 그로써 인류는 자신들을 덮칠 미래의 재난과 싸워 나가기 위해 준비하리라.

"…그런가."

아테인은 희미하게 미소 지었다. 왠지 만족스러워 보이는 미소였다.

"그만하면… 내 삶도 헛된 것은 아니었군."

영원한 삶에 따라오는 고독을 두려워하며 세상을 바꾸려고 했던 남자는, 자신이 굽어보았던 세상 속의 한 사람이라는 것을 인정하며 눈을 감았다.

9

아인세라는 용마궁의 심처에서 싸움의 끝을 기다리고 있었다.

아테인의 곁에 있을 때는 그 옛날, 자아를 잃기 전처럼 연모의 감정을 보였지만 지금 의자에 앉은 그녀는 마치 인형처럼 멍한 표정으로 허공을 응시할 뿐이다. 어쩌면 아테인이 패해서 죽을지도 모른다는 불안감조차 보이지 않고, 정말로 모든 것이 텅 비어버린 사람처럼.

그 앞에 어둠이 쏟아져 내리기 시작했다.

"왕……"

그것을 보는 아인세라의 얼굴이 조금 전까지의 모습이 거짓말이었던 것처럼 생생한 감정으로 물들기 시작한다. 그녀는 당장에라도 눈물을 쏟을 것 같은 표정으로 어둠으로 달려갔다.

그 속에서 한 남자가 나타나 그녀를 끌어안았다. 긴 검은 머리카락과 굴강한 검은 뿔을 지닌 용마족 청년, 아테인이었다.

"미안하오."

아테인이 그녀의 귓가에 속삭였다. 그것으로 충분했다. 더 이상 어떠한 설명도 필요 없이, 아인세라는 모든 것을 이해했다.

아인세라는 그에게 안긴 채 고개를 저었다.

"아니에요, 나의 왕."

"긴 세월 동안 기다림만 주고 아무것도 해주지 못했는데, 내가 원망스럽지 않소?"

"그런 마음은 당신을 처음 가졌을 때부터 버렸답니다. 전 그저 당신 곁에 있을 수만 있으면 돼요. 그것이 당신에게 찰나에 불과할지라도, 그 시간 동안만이라도 저를 바라봐 주신다면……."

그 말에 아테인이 한 방 얻어맞은 표정으로 그녀를 바라보았다. 아인세라는 미소 지으며 그를 올려다보다가 이윽고 입을 열었다.

"이제 혼자 남는 건 싫어요. 저도 함께 가요."

"그럴 필요 없소. 이제 나는 더 이상 없지만, 그대에게는 아직……."

아인세라는 조용히 손을 들어 아테인의 입을 막았다. 그리고 그의 눈을 똑바로 바라보며 말했다.

"어차피 당신이 없는 세상에서 저는 텅 빈 인형에 불과하답니다."
"……."
"그러니까 당신이 사라지면 저도 살아갈 이유가 없어요."
"…미안하오."
"제가 듣고 싶은 말은 그게 아니에요."
아인세라는 고개를 젓고는 아테인의 눈을 빤히 바라보았다.
곧 아테인은 겸연쩍은 웃음을 지으며 고개를 끄덕였다.
"고맙소."
아테인이 살며시 그녀를 끌어안았다.
그리고 거센 어둠이 두 사람의 모습을 집어삼켜 버렸다.
영원히.

10

레슈는 씁쓸하게 웃으며 중얼거렸다.
"결국 이렇게 되었나."
위대한 어둠을 통해서 아테인의 메시지가 전달되었다.

―레슈, 뒷일을 부탁한다. 그대에게 고행을 강요하게 되어 미안하다. 부디 그대가 새로운 세상을 만들 수 있기를 기원한다.

아테인은 자신이 패할 가능성을 염두에 두고 있었다. 그래서 용마전쟁 때 패잔병들의 생존을 위해 어둠의 설원에 용마궁이라는 터전을 준비했듯이, 자신을 따랐던 자들을 위한 계획을 준비해 두었다.

마지막으로 레슈에게 부탁한 것은 그 계획의 책임자가 되어 달라는 것이었다. 이미 물러날 곳이 없는 선택을 했던 레슈는 그것을 받아들였다.

"레슈!"

무너지는 복도 저편에서 레티시아의 절규가 울려 퍼졌다.

레슈가 시야를 반쯤 가로막은 잔해 너머로 그녀와 시선을 마주했다.

"도망치게 놔둘 것 같아?"

잡아먹을 듯 으르렁거리는 목소리를 내고 있었지만, 그녀는 힘이 다 빠져서 비틀거리고 있었다. 카이렌도 거의 기력이 바닥나서 멀쩡한 것은 실체가 없는 케이알리아뿐이었다.

'널 죽이지 않게 되어서 다행이다.'

레슈는 진심으로 그렇게 생각했다.

아테인의 부탁이 있었기에 레슈는 그들에게 살기를 품지 않았다. 어디까지나 아젤과 아테인이 결판을 낼 때까지 그들을 이 자리에 붙잡아두는 것이 목적이었다.

만약 아테인이 승리했다면 레티시아와 카이렌을 자신의 손으로 죽여야만 했으리라. 아테인의 패배는 씁쓸했지만, 두 사람을 죽이지 않아도 된다는 사실이 위안을 주었다.

"살아 있는 동안 다시 볼 일은 없겠지만……."

레슈가 작별의 말을 건넸다.

"부디 행복하게 살아라, 레티시아. 너는 그럴 자격이 있어."

"레슈!"

쿠르르릉!

레슈가 돌아서는 것과 동시에 천장이 완전히 주저앉아서 그들 사이를 가로막았다. 허탈한 표정으로 그것을 바라보던 레티시아는 곧 다리가 풀려서 그 자리에 주저앉았다.

"젠장! 물러 터진 자식!"

분통을 터뜨리는 그녀의 뒤에서 카이렌이 한숨을 쉬었다.

"완전히 농락당했군."

패배감이 가슴을 가득 채웠다. 레슈가 처음부터 두 사람을 죽일 생각으로 싸웠다면 승부는 오래 끌지도 않았을 것이다. 그 점을 뼈저리게 느낄 수 있었다.

그런 한편 안도감도 들었다.

목숨을 구했다는 사실 때문이 아니다. 카이렌은 주저앉아 있는 레티시아의 뒤통수를 보며 머리를 긁적였다.

'열 받기는 하지만, 이 녀석이 자기 부모와도 같은 사람을 자기 손으로 죽이는 것보다는 이쪽이 나을지도 모르지.'

여기서 레슈를 죽이는 데 성공했다면, 그건 승리했어도 비극이었을 것이다. 카이렌은 레슈가 사라진 곳을 보며 생각했다.

'이렇게 된 이상 진짜 어딘가 먼 곳으로 영영 사라져서 나타나지 마라. 그게 서로를 위해 나을 테니까.'

그런 그의 뒤에서 케이알리아가 아연한 표정으로 중얼거렸다.

—개척자 계획……?

아젤과 라우라는 폐허가 된 도시의 상공을 날고 있었다. 라우라가 아연해하며 중얼거렸다.

"아무리 봐도……."

오랫동안 그녀의 고향이었던 도시였다. 눈을 감으면 지금도 도시 곳곳의 풍경을 생생하게 기억해 낼 수 있었다.

"…믿을 수가 없어."

하지만 눈에 들어오는 것은 철저하게 파괴된 폐허뿐이었다. 불과 몇 시간 전까지의 웅장한 모습이 거짓말이었던 것만 같다.

그 광경을 보고 있노라니 복잡한 감상이 일었다. 좋든 싫든 이곳은 그녀의 고향이었다. 자신의 과거를 이루고 있던 장소를, 두 번 다시 추억 속의 그 모습으로 볼 수 없다는 사실에 서글픔이 밀려온다.

동시에 마침내 자신을 내리누르던 숙명이 사라졌다는 해방감도 들었다. 하지만 기쁨보다는 막막한 기분이 앞서는 것은 왜일까?

문득 그녀의 옆을 날고 있던 아젤이 말했다.

"아마 다시는 이렇게 싸울 일이 없겠지."

"정말?"

"…그러길 바라고 있어."

한숨을 쉬는 아젤을 가만히 바라보던 라우라가 보일 듯 말 듯 웃었다.

'괜찮아.'

앞으로 어떻게 살아갈지, 두렵기도 하고 막막하기도 하지만 괜찮을 것이다. 지금까지 그랬듯이 자신에게 갈 길을 제시해 주는 사람이 옆에 있으니까.

그녀가 비탄의 잔을 든 채로 하늘을 올려다보았다.

"그랬으면 좋겠네."

마치 거대한 물방울이 떠 있기라도 한 것처럼, 눈에 보이는 하늘의 일부가 기괴하게 일그러져 있었다.

하늘의 눈물을 담는 잔이다. 아젤이 당장 하늘을 가르는 검을 초래할 수 없는 지금, 아테인의 의식을 파괴하기 위해서 최강의 파괴력을 지닌 공격수단을 준비한 것이다.

이미 용마궁에 있던 동료들은 모두 공간왜곡장을 통해서 지상으로 탈출한 후다. 라우라는 아젤이 지정하는 지점을 향해 일직선으로 통하는 눈물의 길을 열었다. 그리고······.

"개방."

라우라는 작게 중얼거리며 하늘에서 모아들인 막대한 태양빛을 해방시켰다. 거대한 빛기둥이 눈물의 길을 따라서 용마궁 지하에 명중, 대폭발이 일어나면서 지상으로 섬광이 솟구쳤다.

쿠구구구구······!

충격을 버티지 못한 용마궁과 그 일대가 붕괴해서 땅속으로 끌려들어갔다. 흙먼지가 장대하게 일어 오르는 가운데, 아젤과 라우라는 지하에 도사리고 있던 무시무시한 마법의 힘이 소멸했음을 감지했다.

그 광경을 끝까지 지켜본 아젤이 긴장이 탁 풀린 얼굴로 중얼거렸다.

"끝났군."

짧은 말 속에 정말 많은 감정이 담겨 있었다.

밀려오는 안도감 속에서 아젤은 많은 사람의 얼굴을 떠올렸다. 이제는 옛 시대의 사람들이 되어버린 동료들, 그리고 이 시대에 와서 만난 많은 사람의 얼굴을…….

이제야 그들에게 가슴을 펴고 말할 수 있다.

마침내 기나긴 싸움이 끝났노라고.

우리들은 이겼노라고.

"정말로 끝났어."

아젤은 그 사실을 실감하며 환하게 미소 지었다.

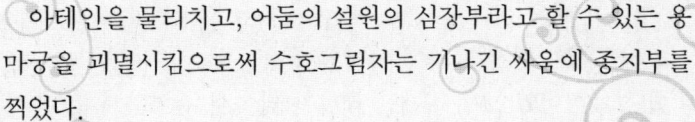

1

 아테인을 물리치고, 어둠의 설원의 심장부라고 할 수 있는 용마궁을 괴멸시킴으로써 수호그림자는 기나긴 싸움에 종지부를 찍었다.
 하지만 그것이 그들의 일이 끝났음을 의미하는 것은 아니었다.
 아직도 세상에는 위대한 어둠이 남아 있었다. 다섯 개의 기둥을 파괴하여 위대한 어둠의 존재를 완전히 소멸시켜야 했다.
 그리고 당장 해결해야 할 문제도 있었다.
 바로 용마왕 숭배자의 잔당이었다. 어둠의 설원에는 다섯 개나 되는 소도시가 있었으며, 외부에 배치된 자의 수도 엄청났다.
 분명 그들이 몰려올 것이다. 지치고 부상 입은 몸으로, 예비

장비나 치료용 물약 등의 물자도 거의 없는 상태에서 적들을 돌파해서 탈출하는 것이 결사대의 눈앞에 닥쳐온 문제였다.

그러나 사투를 각오하고 있던 결사대는 곧 당혹스러운 소식을 알 수 있었다.

어둠의 설원에 있는 다섯 개의 소도시가 텅텅 비어버렸다는 것을 알게 된 것이다. 용마궁이 붕괴하는 동안 그곳에 살던 모든 주민이 어디론가 사라져서 유령도시가 되어버렸다.

위대한 어둠의 기둥들과 공허의 길 거점을 지키던 병력도 마찬가지였다. 그들도 홀연히 사라져 버렸다는 사실에 수호그림자는 당혹해할 수밖에 없었다.

그 이유를 알게 된 것은 케이알리아가 위대한 어둠의 정보 열람권을 다시 획득한 후였다.

'개척자 계획.'

그것은 용마전쟁 말기에 아테인이 용마궁 건설과 동시에 준비했던 계획이었으며, 이제는 레슈가 맡아서 진행하게 된 용마왕 숭배자들의 새로운 미래였다.

2

쏴아아아…….

파도 소리가 들린다.

바다 위로 거대한 배가 나아가고 있었다. 지금까지 인류가 만들었던 그 어떤 배보다도 커다란, 작은 섬이라고 해도 믿을 것 같은 크기의 배였다. 선체가 새카맣게 도색된 그 배는 커다란 돛들과 마법의 힘으로 파도를 가르며 나아갔다.

그런 배가 한 척도 아니고 33척이나 무리 지어서 항해하고 있었다.

긴 흑발에 차가운 푸른 눈동자를 지닌 용마인 여성, 레지나는 갑판에 나와서 수평선을 바라보고 있었다.

그녀는 그동안 니베리스의 측근으로 일하고 있었다. 그러다가 니베리스의 배신과 함께 용마궁에서 쫓겨나서 어둠의 설원의 소도시에서 머물게 되었다.

최후의 전투가 벌어진 날, 레지나는 머릿속에서 울려 퍼지는 아테인의 목소리를 들었다.

―나의 계획에 동참해 준 동지들이여. 우리는 운명의 갈림길 앞에 섰다.

아테인은 모든 것이 파탄 날 위기가 닥쳤음을 알렸다. 그가 승리한다면 좋겠지만 만약 패배한다면 그때는 다른 미래를 모색해야 하리라.

아테인은 이미 전투에 휘말린 용마궁의 주민들을 제외한 모든 용마왕 숭배자에게 한 곳으로 이동해서 결말을 기다릴 것을 지시했다.

대륙의 동쪽 끝, 아티산 산맥 때문에 인간의 발길이 닿지 않은 곳이었다. 지금까지 극소수에게만 알려져 있던 그 장소에는 아테인이 옛날 용마궁 건설과 함께 진행했던 또 다른 계획이 잠들어 있었다.

아테인의 죽음이 알려졌을 때, 슬퍼하고 두려워하는 그들에게 그 계획의 정체가 드러났다.

개척자 계획.

그것은 아테인이 위대한 마법의 힘으로 찾아낸 신대륙을 목표로 하는 이민 선단이었다.

"바다 건너의 새로운 땅이라……."

레지나는 멍하니 중얼거렸다.

3

아테인은 깨어난 직후부터 일부 인원을 선별하여 개척자 계획을 준비시켰다. 용마전쟁 때 용마궁을 건설한 것처럼 자신이 패배할 경우를 염두에 두었던 것이다.

개척자 계획은 용마전쟁이 일어나기 전, 그 밑 준비를 할 때부터 수십 년에 걸쳐 준비된 계획이었다.

아테인은 짧게는 수십 년, 길게는 수백 년에 걸친 계획을 다수 진행해 두고 있었다. 그러나 그중 용마전쟁이 끝날 때까지 완성된 것은 두 가지, 공허의 길과 용마궁 정도였고 나머지는 미완성인 채로 남았다.

그 미완성인 것 중에 거의 완성 단계였던 것이 개척자 계획이었다. 마무리만 남은 단계였는데, 용마전쟁 막바지에는 그 마무리를 할 인력과 물자조차 없어서 정지해 두고 있다가 패배하고 말았던 것이다.

부활한 아테인은 인원을 선별하여 220여 년 전에 정지되어 있던 개척자 계획을 마무리했다.

　인류의 문명이 발달하는 과정에서 자연스럽게 항해 기술도 발달했다. 그들의 인식도 이 대륙에만 갇혀 있지는 않았다. 대륙 서쪽 바다에는 아이우르 군도(群島)가 있었고, 남쪽 바다 저편에는 브리크라 대륙도 있었다.

　하지만 북쪽과 동쪽 바다는 인류에게 아직까지 미지의 영역으로 남아 있었다.

　북쪽으로는 어둠의 설원이, 그리고 동쪽으로는 아티산 산맥과 아발탄 숲이 인류의 진출을 막는 장벽이 되었기 때문이다. 바다를 통해서 이를 우회하려는 시도가 있기는 했지만 바다신의 안개, 대소용돌이 등으로 명명된 현상들이 그들을 가로막았다.

　아테인은 오래전 바다의 신이라 불리는 초월자를 쓰러뜨리는 과정에서 이 난관들을 돌파할 방법들을 알아냈다.

　또한 위대한 어둠의 힘으로 동쪽 바다 저편의 신대륙을 관측하는 데 성공했다. 인간도, 용도, 심지어 그 어떤 지성체도 존재하지 않는 미지의 대륙을.

　만약 아테인이 이겨서 살아남았다면 개척자 계획은 인류의 영역을 확장하여 새로운 가능성을 찾아보는 계획이었으리라.

　그러나 그가 패배하여 죽었기 때문에 그것은 남겨진 자들에게 새로운 미래를 제시하는 계획이 되었다.

4

레슈는 이민 선단을 이끄는 기함(旗艦)의 함장실에 앉은 채 보고된 정보들을 읽고 있었다.

33척으로 이루어진 선단은 위대한 어둠을 본떠 만들어진 통합 정보 시스템으로 관리되고 있었다. 굳이 종이를 낭비해 가면서 서류를 작성할 필요 없이 정보를 주고받는 것이 가능했다.

"식량이 제일 걱정이군."

레슈가 중얼거렸다.

이민 선단이 출항한 지 열흘이 지났다. 주거 공간은 충분했다. 마법의 힘으로 바닷물을 식수로 바꿀 수 있어서 물 문제도 걱정 없었다.

하지만 식량은 부족했다. 최후의 전투가 벌어지기 전까지 충분한 식량을 확보하지 못했던 것이다.

"지금부터라도 어획(漁獲)을 시도해 봐야 할 것 같습니다."

의견을 낸 것은 레슈의 옆자리에 앉아 있던 용마족 청년, 제퍼스 알마릭이었다.

그는 최후의 싸움 때 위대한 어둠의 기둥 중 하나를 지키기 위해 외부에 배치되어 있었다. 그래서 최후의 싸움에 참전하지 않고 개척자 계획에 참가하게 되었다.

알마릭의 후예라는 상징성 덕분에 그는 사람들에게 인정받는 인물이었다. 레슈는 자신이 두 번이나 목숨을 구해주었던 그를 부관으로 삼았고, 업무를 처리하는 데 많은 도움을 받고 있었다.

레슈가 말했다.

"어획이라. 역시 그 방법밖에 없겠지. 해본 인원은 있나?"

"…없습니다."

"하긴 바다를 터전으로 삼은 적이 없으니 당연하군. 이 부분은 마법사들을 주축으로 삼을 수밖에 없겠군. 가는 동안 섬이라도 발견하면 좋겠는데……."

"그랬으면 좋겠군요."

제퍼스가 한숨 섞인 목소리로 대답했다.

아테인이 준비한 항해도에는 신대륙까지 가는 길이 있을 뿐, 그 외의 구체적인 정보가 부족했다. 아테인도 위대한 어둠의 권능으로 신대륙을 관측해서 몇몇 필수적인 정보를 얻었을 뿐, 직접 답사해 볼 여유는 없었던 것이다.

문득 제퍼스가 말했다.

"우리가 잘할 수 있을까요?"

"잘해야지. 자신 없나?"

"솔직히 그렇습니다. 이런 일은 처음이니까요."

"나도 처음이야."

"……."

제퍼스의 표정이 구겨지는 것을 본 레슈가 쿡쿡 웃었다.

"불안한 건 이해한다. 나도 불안한걸."

"별로 그렇게 안 보입니다만."

"그래야만 하는 입장이니까. 너도 누군가를 이끌거나 지휘하는 입장이 되어봤으니까 알잖아? 원래 우두머리는 계란으로 바위를 치면서도 자신만만해야 하는 법이야."

"으음……."

제퍼스가 신음했다.

그는 막막한 심정이었다. 태어나서 지금까지 누군가가 정해

준 길을 걷기만 했다. 아테인이 부활하기 전에도, 부활한 후에도 마찬가지였다. 언제나 윗사람들이 제시해 준 길이 옳다고 믿었기에 불안해하지 않을 수 있었다.

어떤 면에서는 지금도 마찬가지다. 신이나 다름없던 아테인의 뜻을 이어가는 일이고, 레슈라는 책임자도 있다.

하지만 그럼에도 미래는 아테인조차 확신하지 못한 공백이었다. 과연 자신이 이 일을 잘해낼 수 있을까?

문득 레슈가 말했다.

"내가 처음 이 세상에 레슈라는 이름만을 가진 채로 내던져졌을 때도, 그리고 인간을 알기 위해서 아발탄 숲을 나왔을 때도 불안하고 두려웠지. 미지의 영역에 도전한다는 것은 그런 거야. 그런다고 해서 도전하기를 포기한다면 영영 아무것도 바꿀 수 없는 거고."

"아무리 두려워도 피할 수 없는 싸움이라면 뒷일 따위 생각하지 말고 부딪쳐 봐라, 그런 거군요."

"그거지. 아마 네가 어둠의 설원에서 배웠던 것과는 뉘앙스가 좀 다르긴 하겠지만……"

"숭고한 사명을 위해서라면 기꺼이 죽으라는 의미로 말씀하신 게 아니라는 건 알겠습니다."

제퍼스가 한숨을 쉬었다.

문득 레슈가 말했다.

"항해를 시작하고 나서 정신없이 지내다 보니까… 왠지 아테인이 왜 나한테 이 일을 맡겼는지 알 것 같아. 혹시 넌 짐작이 가나?"

"그분께서 레슈 님을 용마장군으로 임명하셨고, 개척자 계획을 수행할 책임도 맡기셨으니 명분이 충분하고… 그리고 모두를 통제할 만한 힘을 가지셨기 때문 아니겠습니까?"

제퍼스의 대답은 모두가 레슈를 우두머리로 인정하는 이유이기도 했다.

이민 선단은 많은 문제를 안고 있었다.

어둠의 설원에서 살아가던 자들은 오랜 기간 동안 광기의 원칙에 사육되어 온 자들이다. 그들은 용마족을 가장 높이 두고 용마인을 그 아래에, 그리고 맨 밑바닥에 인간을 두는 계급체계를 당연하게 여기는 사회구조 속에서 살아왔다.

아테인이 부활하면서 그들은 그동안 믿어왔던 가치관이 산산조각 나는 충격을 겪었다. 그러나 그렇다고 해서 그들이 이전과는 다른 인격체로 거듭난 것은 아니다. 그들이 태어나면서부터 당연시한 광기의 원칙들이 여전히 그들을 지배하고 있었다.

그저 신처럼 받드는 아테인의 말이 다른 모든 것보다 중요했을 뿐이다.

하지만 이제 아테인은 죽었다. 그런 상황에서 긴 시간 동안 불안에 떨며 항해하다 보면 언제 문제가 터질지 모른다.

명분과 힘, 양쪽을 가진 레슈를 우두머리에 앉혀둔 것은 당연한 판단이었다.

레슈가 말했다.

"현실적으로 생각해 보면 그렇지. 네 말이 맞아. 어둠의 설원의 원로들은 이제 없지만 그놈들이 만든 문제가 사라진 것은 아니니까, 유사시에 이 집단을 힘으로 눌러서라도 통제할 수 있는 인물이어야 했지."

용마전쟁의 생존자들, 어둠의 설원의 원로들은 아테인의 명령에 따라서 용마궁에 모여 있었다. 그리고 최후의 전투에서 전멸했기에 개척자 계획에는 참가하지 않았다.

  아테인이 이런 상황을 의도한 것인지, 아니면 단순히 우연인지는 알 수 없었다. 하지만 개척자 계획을 이끌어가야 하는 레슈 입장에서는 행운이었다.

  "하지만 그것만은 아니야. 알마릭이 죽지 않았더라도, 아운소르나 발타자크가 부활해서 끝까지 살아남았더라도 아테인은 나를 골랐을 것 같아."

  "어째서입니까?"

  "나는 처음이니까."

  "네?"

  제퍼스가 이해할 수 없다는 표정을 지었다. 레슈가 말했다.

  "나는 한 번도 왕이 되어본 적이 없거든."

  레이거스도, 알마릭도, 아운소르도, 발타자크도 긴 시간을 살아오면서 왕으로 군림해 보았던 자들이다. 그들은 이상향을 갈구하며 현실에 싸우다 지쳐서 결국 아테인에게 꿈을 맡겼다.

  하지만 레슈는 아직 스스로의 힘으로 이상향을 일구는 데 도전해 본 적이 없다.

  "나는 언제나 누군가 만든 세상 속에서만 살았지."

  아발탄 숲에서도, 인간 세상을 돌아다닐 때도, 그리고 아테인과 손잡은 후에도.

  아테인이 보기에 그것은 미래를 맡길 만한 장점이었다.

  레슈는 세상의 다양한 모습을 안다. 또한 용마기가 탄생한 이후 수천 년 만에 용혼이라는 새로운 가능성을 개척해 낸 존재이기도 했다.

"그래서일 거야. 자기가 모르는 가능성에 미래를 걸어보고 싶었던 게 아니었을까."

아테인은 레슈에게 속내를 다 털어놓지는 않았다. 그저 개척자 계획에 대해서 이야기하면서 자신이 죽을 경우에는 미래를 맡긴다고, 레슈의 뜻대로 좋은 세상을 만들어보라고만 했다.

"아테인이 내게 무거운 짐을 맡겼으니 그에게도 책임을 지게 해야지. 앞으로는 아테인이라는 신의 이름을 빌어서, 신의 말씀을 수행하는 사도 노릇을 할 생각이야."

"신의 사도라고요?"

"내 입장이 그렇잖아?"

레슈가 어깨를 으쓱했다.

앞으로 레슈가 해야 할 일은, 개척자들이 숨 쉬는 것처럼 당연시하던 삶의 방식을 바꾸는 것이다. 그리고 그들은 태어나는 순간부터 일그러진 광신의 노예로 살아온 집단이었다.

레슈는 그들을 바꾸는 방식으로 '신의 말씀'을 이용하는 것이 가장 낫다고 판단했다.

그들의 삶도, 그리고 220년 동안 뿌리박았던 터전을 떠나서 이 개척자 계획에 참가하는 것을 반발 없이 이룰 수 있었던 것도 아테인의 존재 덕분이다. 이제 와서 아테인의 존재를 배제하고 일을 진행시켜 봐야 혼란과 반발을 부를 뿐이다.

"언젠가 그럴 필요가 없어질 때까지……."

용마족도, 용마인도, 인간도 모두 아테인의 말에 따라서 세대교체의 혼란을 극복할 것이다.

그리고 먼 훗날, 고향 땅의 인류가 아테인과 용마왕 숭배자들이 아로새긴 증오를 잊었을 때…….

"그때가 되면 우리와 고향의 인류도 예전과는 다른 관계로 재회할 수 있겠지. 가능하다면 살아서 그 순간을 보고 싶군."

"엄청나게 오래 사셔야겠군요."

"그렇지? 뭐, 어디까지나 희망사항이야."

레슈의 수명이 언제까지일지, 과연 앞으로 수명 한계를 뛰어넘을 수 있을지는 모른다. 어쨌거나 그는 긴 시간 동안 개척자들과 함께하면서 새로운 세상의 기틀을 잡을 수 있을 것이다.

문득 레슈가 벽에 걸린 항해지도를 보며 말했다.

"그러고 보니 신대륙에는 아직 이름이 없군."

"선주민도 없다고 하니 그렇겠죠."

"하긴 이미 이름은 정해져 있는 셈이지만."

"레슈 대륙입니까?"

"혹시 그거 농담이라고 한 거냐?"

레슈는 혀를 끌끌 차고는 펜을 들어서 항해지도의 신대륙 부분에 슥슥 글자를 썼다.

'아테인.'

5

바람 부는 산봉우리 위에서 긴 검은 머리칼이 휘날린다.

머리칼의 주인은 젊고 아름다운 용마족 여성, 니베리스였다. 한참 동안 지평선을 바라보고 있던 그녀에게 한 사람이 다가왔다.

화사한 금발의 용마족 청년, 키르엔이었다.

"니베리스."

사이베인과 레이거스가 위대한 어둠의 기둥을 파괴하고 장렬히 산화한 그날 이후, 두 사람은 아발탄 숲으로 몸을 피했다. 그리고 바로 그날 아테인이 아젤의 손에 쓰러졌다는 사실을 알게 되었다.

두 사람은 그 후 한 달 동안 아발탄 숲의 손님으로 머물렀다.

키르엔이 말했다.

"아발탄 님께서 부르셔."

그러자 니베리스가 그를 돌아보았다. 그리고 부드럽게 미소 지으며 말했다.

"내 멋대로 해서 미안하다, 키르엔. 너는 이곳이 마음에 들었을 텐데……."

"아니, 뭐……."

키르엔이 슬쩍 시선을 피하면서 볼을 긁적였다. 자신을 향해 미소 짓는 그녀의 얼굴이 깜짝 놀랄 정도로 아름다워 보였기 때문이었다. 과거에는 상상도 할 수 없었던 표정이었다.

키르엔이 용기를 내어 말했다.

"네가 가는 곳이라면 어디든지 좋아."

"고맙다. 하지만 아버님의 말씀 때문에 부담을 느껴서 그러는 거라면……."

"니베리스."

키르엔이 눈살을 찌푸리며 그녀를 불렀다. 그리고 그녀의 눈을 똑바로 바라보며 말했다.

"그런 게 아니라는 걸 알잖아."

"그럼 어떤 것인가?"

"어……."

"확실하게 말해다오."

"어, 음. 그러니까……."

키르엔은 얼굴이 새빨개져서 허둥거렸다. 그런 그를 가만히 바라보던 니베리스는 작게 한숨을 쉬고는 걷기 시작했다.

"가지. 아발탄 님을 계속 기다리게 할 수는 없으니."

두 사람은 굳이 산을 내려가는 수고를 거치진 않았다. 마법으로 하늘을 날아서 곧장 아발탄의 거처로 향했다.

지혜를 획득한 용, 아발탄은 턱을 괸 채로 두 사람을 기다리고 있었다. 앞으로 다가온 니베리스가 우아하게 예를 표하자 그가 말했다.

"오늘 떠난다고 들었다."

"그렇습니다. 마지막 인사를 드리고자 왔습니다."

"이 숲의 주민이 될 생각은 없느냐?"

"배려에 감사드립니다. 하지만 거절하겠습니다."

사이베인은 아발탄에게 극멸의 비술을 대가로 지불하고 자신의 자유를 돌려받았다. 그리고 동시에 싸움이 끝난 후, 니베리스와 키르엔이 찾아온다면 숲의 주민으로 받아들여 달라고 부탁했다.

아발탄은 기꺼이 그렇게 할 생각이었다. 하지만 니베리스는 바깥세상으로 떠나겠노라는 뜻을 밝혔다.

아발탄이 물었다.

"어째서냐? 너희는 인간 사회에 속한 자들이 아니다. 그리고 이제 어둠의 설원에는 아무도 남지 않았다."

아발탄은 최후의 전투의 결과, 그리고 그 이후에 벌어진 일들에 대해서 알고 있었다. 그 정보는 니베리스에게도 전달되었다.

이제 그녀에게는 돌아갈 곳이 없다.

"돌아갈 곳은 예전부터 없었습니다."

아테인이 부활했을 때, 그녀는 충동적으로 어둠의 설원을 등졌다. 그러나 그 이후에는 명백히 자신의 의지로 반역의 길을 선택했다.

만약 개척자 계획으로 어둠의 설원의 주민들이 대륙을 떠나지 않았다고 하더라도, 그녀가 그곳에 돌아갈 수는 없었으리라.

"그리고 제게는 이곳 역시 마찬가지였습니다. 이제는 더 이상 아버님이 계시지 않으니까요."

니베리스는 서글픈 웃음을 지었다.

어쩌면 이곳에 머무르는 동안은 그녀의 일생에서 가장 평온하고 행복한 시간이었는지도 모른다. 처음 왔을 때는 그토록 보고 싶었던 부친과 재회할 수 있었고, 다시 왔을 때는 그가 이곳에서 사는 동안 남긴 흔적을 더듬으며 슬픔을 달랠 수 있었다.

하지만 그것으로 족하다. 더 이상 이곳에 있어봤자 부친을 향한 그리움과 슬픔으로 괴로워하게 될 것만 같았다.

"아버님은 제게 너무나도 많은 것을 주셨습니다."

그날, 니베리스가 의식을 잃기 전 사이베인이 한 마지막 말은 폭음에 묻혀 들리지 않았다. 하지만 그가 무슨 말을 하고자 했는지 알 것 같았다.

"그러니까 누군가 마련해 준 안식처에 머무르는 것이 아니라, 제 발로 세상을 걸으면서 답을 찾아보려고 합니다. 그러다 보면 가야 할 길도 보이겠지요."

"사이베인의 딸아, 네 의지를 존중하마. 하지만 네가 원한다면 언제든지 우리의 일원이 될 수 있음을 기억해 두거라. 네 아비는 그만한 것을 주었단다."

"알겠습니다. 지혜로운 용이여, 다시 뵙는 날까지 평안하시기를."

니베리스가 고개를 끄덕이고는 몸을 돌려 그 자리를 떠나갔다. 키르엔이 그 뒤를 따르며 물었다.

"어디로 갈 생각이야?"

"글쎄……."

니베리스는 아발탄 숲을 떠나겠다고만 했지 구체적인 목적지에 대해서는 전혀 이야기하지 않았다. 잠시 생각하던 그녀가 북쪽을 바라보며 말했다.

"키르엔, 너는 어디로 가고 싶은가?"

"어, 나 말야?"

"내가 가는 곳이라면 어디든지, 같은 대답은 사양한다. 이번에는 내가 그 대답을 돌려주지. 네가 가는 곳이라면 어디든지 따라가겠다."

"니, 니베리스?"

당황하던 키르엔은 곧 니베리스의 얼굴에 평소에는 볼 수 없는 변화가 드러났음을 깨달았다.

그녀는 부끄러워하면서 얼굴을 붉히고 있었다. 그러면서도 키르엔을 똑바로 바라보면서 대답을 기다린다.

키르엔은 정신이 번쩍 들었다. 그녀가 이렇게나 용기를 내가면서 기회를 주고 있는데 어영부영 대답을 회피한다면 얼마나 한심한 노릇인가?

"생뚱맞게 들릴지도 모르겠는데… 아까 들었던 질문부터 대답해도 될까?"

"무슨 질문 말인가?"

"음. 그러니까… 그럼 어떤 거냐고 물었던 것에 대한."

"좋다."

그 말에 키르엔은 심호흡을 한 번 했다. 그리고 용기를 내어 말했다.

"널 좋아하기 때문이야."

"……"

"사이베인 님의 당부가 없었더라도 똑같이 했을 거야. 난 너를 좋아하니까. 널 위해서라면 뭐든지 할 수 있어."

솔직한 고백에 니베리스의 표정이 잠시 얼어붙었다.

잠시 키르엔을 바라보던 그녀의 얼굴이 뜨겁게 달아올랐다.

"아, 알았다."

"뭘?"

"키르엔 네 말을… 알아들었다는 뜻이다."

이번에는 니베리스가 심호흡을 할 차례였다. 그녀는 부끄러운 나머지 얼굴이 새빨개졌으면서도 결코 키르엔의 시선을 외면하지 않았다.

'와, 정말 니베리스답다.'

정말로 그녀다우면서도, 한 번도 본 적 없는 모습이 미치도록 사랑스러웠다. 키르엔은 당장 달려들어서 그녀를 끌어안고 싶은 충동을 눌러 참아야 했다.

니베리스가 말했다.

"나도 네가 좋다, 키르엔."

"어, 어······."

"설마 여기서 정말이냐고 묻지는 않으리라 믿겠다."

그 말에 키르엔은 반사적으로 튀어나오려던 말을 꿀꺽 삼켰다. 간발의 차이였다.

니베리스가 재차 심호흡을 한 다음 손을 내밀었다. 키르엔은 잠시 후에야 그것이 손을 잡아달라는 의미임을 알고 허겁지겁 손을 잡았다. 니베리스가 앞장서서 그를 끌고 가면서 말했다.

"우리는 운명 공동체다. 그러니까 갈 곳은 내가 정하도록 하지."

"뭐? 잠깐. 나보고 정하라다니?"

"어차피 내가 정해도 반대할 생각은 없지 않은가?"

"아마 그럴 것 같기는 한데······."

"내 계획은 아주 단순하다. 가까운 곳부터 가도록 하자."

아발탄 숲에서 가장 가까운 바깥세상은 이에로스 왕국이었다. 아티산 산맥을 넘어서 어둠의 설원으로 갈게 아니라면 어차피 거칠 수밖에 없는 나라다.

니베리스가 말했다.

"거기서부터 시작해서 대륙을 한 바퀴 다 돌아보는 거다. 그런 다음에 정착할 곳을 정하는 거지. 어떤가?"

"그야……."

키르엔이 곧바로 대답을 하지 않고 망설이자 니베리스가 고개를 홱 돌려서 그를 쏘아보았다. 그러자 키르엔은 기다렸다는 듯 미소 지으며 말했다.

"최고의 계획이야."

태어나면서부터 자신들을 속박해 왔던 광기로부터 벗어난 두 사람은 새로운 삶을 찾는 긴 여정을 시작했다.

6

"청춘이라는 거군. 역시 젊은이들은 재미있어."

먼 곳에서 두 사람의 대화를 다 들은 아발탄이 중얼거렸다. 그러자 곧바로 대꾸가 들려왔다.

"연인의 대화를 엿듣다니 본인들이 알게 되면 욕할 거예요, 아발탄 님."

그렇게 말한 것은 긴 금발을 늘어뜨린 젊은 용마족 여성이었다. 예전에 아젤 일행이 아발탄 숲에 왔을 때 그들을 맞이했던 미르넬이었다.

아발탄이 웃었다.

"나는 청춘이었던 시절의 기억이 없다 보니 저런 모습이 참

보기 좋더구나. 마치 멋진 이야기를 듣는 것처럼 대리만족을 할 수 있어서."

"매력적인 용 여성이라도 찾아서 구애해 보시는 게 어떨까요?"

"나도 그런 여성이 나타났으면 좋겠구나. 리벤탄 녀석이 여성이었다면 좋았을 것을."

역사상 두 번째로 지혜를 획득한 용, 리벤탄은 남성이었다.

미르넬이 고개를 절레절레 젓고는 말했다.

"아젤 카르자크 측에서 소식을 전해왔습니다."

"뭐라고 하더냐?"

"이제 남은 기둥은 두 개라는군요."

아테인을 쓰러뜨린 시점에서, 위대한 어둠의 기둥은 다섯 개가 남아 있었다.

아젤 일행과 수호그림자 결사대는 한차례 전력을 재정비, 어둠의 설원에 있는 봉인되어 있는 또 다른 초월자, 질병의 신 리마스를 소멸시켰다. 그리고 그 시점에서 결사대는 해산하여 자신들의 집으로 돌아갔다.

살아남은 용마왕 숭배자들이 이 땅을 떠나간 이상, 수호그림자의 역할은 끝난 것이나 다름없었다. 이제는 돌아가서 각국의 혼란을 정리해야 할 때다. 그것 또한 길고 힘든 싸움이 될 터였다.

아젤 일행도 그들의 뜻을 이해했다. 향후에 위대한 어둠의 기둥이 있는 지역에 사는 자들에게 협력을 받기로 하고 각자의 길을 갔다.

그리고 한 달이 지나는 동안 두 개의 기둥을 추가로 파괴했다.

아발탄이 말했다.

"마법의 역사상 가장 위대한 유산이 이렇게 사라지는군. 이전에도, 앞으로도 없을 기적의 산물이거늘… 애석한 일이야."

"우리가 그것을 계승하니 완전히 소멸하는 것은 아니지요."

"아니, 이 숲에서 완성될 시스템은 도저히 위대한 어둠에 미치지 못한다. 그것은 아테인이라는 마법의 역사가 쌓아올린 경이의 탑이었으니."

아발탄은 칼로스와의 거래를 통해서 위대한 어둠을 모방할 수 있게 되었다. 지난 수십 년간 차근차근 기틀을 만들어왔고 이제는 어느 정도 가시적인 성과가 보이고 있었다.

하지만 한 명의 마법사로서 겸허하게 인정해야만 했다. 열두 명의 초월자를 봉인하여 만들어낸 위대한 어둠은 두 번 다시 재현할 수 없는 기적이라는 것을.

문득 미르넬이 말했다.

"요즘 일어난 일들을 되새겨보고 있자니 왠지 불안한 생각이 들어요."

"어떤 생각이더냐?"

"어쩌면 우리도 언젠가 그들처럼 이 땅을 떠나야 하지 않을까요?"

아테인과 그를 따르는 자들은 인류와 양립할 수 없는 세상의 이물질이었다. 인류의 운명을 지배하려던 아테인의 시도는 실패로 끝나고, 대륙 어디에도 발붙일 곳이 없어진 그의 추종자들은 인류의 발길이 닿지 않은 미지의 땅으로 떠날 수밖에 없었다.

그 과정을 보고 있노라면, 아발탄 숲 역시 인류에게 있어서는 이물질임을 상기하게 된다.

아테인과 그 추종자들처럼 대놓고 인류와 충돌한 적이 없을 뿐, 인류와 아발탄 숲은 서로에게 호의적이지 않았다. 지금은 인류가 손쓸 수 없는 마경으로 남아 있지만 과연 앞으로도 그럴까?

아발탄이 말했다.

"그럴지도 모르지."

"……."

"언젠가 인류의 힘이 우리가 막을 수 없을 정도로 강성해지고, 그들의 정신이 힘을 따라갈 정도로 성숙하지 못해서 자신들 외의 모든 것을 배제하려고 든다면… 그때는 우리도 이 땅에서 쫓겨나게 될지도 모른다."

아발탄은 지금까지 그런 미래를 막기 위해 최선을 다해왔다. 하지만 언제까지고 이 땅을 지켜낼 수 있다고는 누구도 보장해 줄 수 없었다.

암울해하는 미르넬에게 아발탄이 부드럽게 웃어 보였다.

"하지만 걱정하지 말거라. 적어도 그것은 네가 살아 있는 동안에는 일어나지 않을 일이니."

"아발탄 님……."

"그리고 네 아들이 살아 있는 동안에도 마찬가지일 것이다. 인간들에게는 우리 말고도 싸워야 할 적이 너무 많기 때문이다."

곧 미르넬이 떠나고 나자 아발탄은 하늘을 올려다보며 중얼거렸다.

"내 동족들이 모두 사라지는 것이 빠를지, 아니면 인류가 아테인이 예견한 재난을 맞이하는 게 더 빠를지 모르겠군."

미르넬에게는 자신이 죽고, 자신의 아들이 죽고 나서도 먼 훗날에나 벌어질 현실성 없는 이야기다.

그러나 아발탄에게는 언젠가 살아서 맞이하게 될 현실이었다.

"나는 아직 그대에 비하면 새파랗게 어린 몸이지만, 왠지 그대의 기분을 알 것도 같구나. 아테인이여."

아발탄은 씁쓸하게 웃으며 중얼거렸다.

7

리로스 왕국에서 백검백작이라 불리는 용마족 영주, 보카드 라카디 백작은 오랜만에 자신의 성으로 돌아와 있었다.

그가 결사대에 참가해서 최후의 전투를 치른 지도 어언 두 달이 흘렀다.

그동안 보카드는 휴식과는 거리가 먼 시간을 보내야 했다. 그의 조국은 어둠의 설원의 농간으로 인해서 루레인 왕국과 전쟁을 벌이고 있었고, 리로스 왕실에서는 그에게도 병력을 이끌고 참전하라는 명령을 내렸기 때문이다.

다행스럽게도 두 국가는 전쟁이 돌이킬 수 없을 정도로 격화되기 전에 종전협정을 맺었다. 두 나라의 수호그림자들이 사태를 수습하기 위해 애쓴 덕분이었다.

보카드도 그중 하나였다. 종전협정이 이뤄지자 보카드는 오랜만에 자신의 성으로 돌아와 뒤뜰로 향했다.

그곳에는 무덤이 있었다. 용마왕 숭배자들에게 죽은 부친과, 그리고 비교적 최근에 그 옆에 생긴 또 다른 무덤이.

"이제 곧 우리의 숙원이 이뤄질 것이다. 지켜봐 주렴, 에일렌."

술병을 따서 무덤 위에 술을 붓는 보카드는 왼쪽 눈에 검은 안대를 씌우고 있었다. 용마궁에서 치른 격전에서 한쪽 눈을 잃었던 것이다.

하지만 그는 자신이 잃은 것을 안타까워할 처지가 아님을 잘 알고 있었다. 그의 사랑스러운 여동생 에일렌 라카디는 그 전투에서 목숨을 잃었으니까.

그가 붓고 있는 술은 생전에 에일렌이 좋아했던 술이었다.

"오빠, 돌아왔구나."

에일렌과의 추억을 떠올리는 그의 뒤쪽에서 살아남은 동생들, 세라와 기렌스가 그가 들고 있는 것과 같은 술병들을 다가왔다. 보카드가 그들을 돌아보았다.

"그래, 종전 소식은 들었지?"

"수고했어."

"너희야말로. 카르자크 후작은 어땠지?"

"여전히 터무니없는 사람이었지."

세라가 실소했다.

보카드가 종전협정을 위한 사절단으로 나가 있는 동안, 세라와 기렌스는 아젤 일행과 함께 싸웠다.

적은 위대한 어둠의 기둥 역할을 하는 초월자 중 한 명, 공허의 왕이었다. 만반의 준비를 갖춘 일행은 짧지만 격렬한 싸움 끝에 공허의 왕을 소멸시켰다.

그 싸움의 과정을 들은 보카드가 말했다.

"그랬군. 나도 참가하고 싶었거늘. 하지만 너희가 우리들의 숙원을 이루는 데 한몫했으니 에일렌도 기뻐하겠지."

"오빠……."

세라의 눈동자도 슬픔에 차 있었다.

최후의 전투에서 결사대 인원의 절반가량이 전사했다. 모두가 죽음을 각오했고, 뜻을 이루었으니 그 죽음은 헛되지 않았다.

그래도 혈육의 죽음이 슬픈 것은 당연한 이치였다. 라카디 남매들은 모두 자신의 영혼 일부가 떨어져 나간 것 같은 슬픔에 사로잡혀 있었다.

보카드는 동생들과 서로 가만히 바라보다가 화제를 돌렸다.

"혹시 카르자크 후작이 남긴 말은 없었나?"

"있었어."

"뭐라고 했지?"

"마지막 기둥을 파괴하고 나면 비제스 왕국으로 가서 카르자크 후작령을 재건하는 일에 착수할 거래. 그 일이 성공하고 나면 한번 들러달라고 했어."

"그리고?"

"마족 문제에 대한 아테인의 연구 자료를 공유해 주겠다고 했어. 앞으로도 소속을 초월해서 함께 이 문제를 해결할 방법을 모색하길 바란다고 해."

그것은 아테인이 인류에게 남긴 과제였다. 살아남은 수호그림자들은 이제 용마왕 숭배자 대신 미래에 찾아올 재난을 막기 위해 싸워나가야 할 것이다.

보카드가 말했다.

"그런 일도 남아 있었군. 물론 나는 기꺼이 협력할 생각이지만, 나보다는 너희의 의향이 중요하겠지."

"물론 우리도 오빠와 같은 생각이야."

그녀가 들고 온 술병을 따서 건네주며 말했다.

"에일렌도 그걸 바랄 거야."

"그래, 분명……."

세 사람은 잃어버린 혈육을 애도하며 술병을 기울였다.

8

달빛이 환한 밤이었다.

푸른 달을 중심으로 무수한 별이 흩뿌려져 있는 밤하늘 아래, 어둠이 간헐천처럼 하늘로 치솟고 있었다.

콰콰콰콰콰……!

위로는 하늘을 꿰뚫을 듯 어둠이 솟구치고, 아래로는 산불이 번져가듯이 어둠이 사방으로 퍼져 나가다가 스러진다.

그것은 전 대륙을 아우르는 거대한 마법의 정수, 위대한 어둠이 최후를 맞이하는 과정이었다.

―이제야…….

그 광경을 올려다보고 있던 케이알리아가 입을 열었다.

―제 일이 끝났네요.

달빛을 등지고 있는 그녀는 마치 숲을 부유하는 요정 같았다. 그녀는 환하게 미소 지으며 일행들을 바라보았다.

마지막 기둥을 파괴하는 전투는 아젤 일행과 수호그림자 개체들만으로 치렀다. 지금 케이알리아의 앞에는 아젤, 라우라, 카이렌, 레티시아, 아리에타 다섯 명이 서 있었다.

"케이알리아……."

그녀의 이름을 부르는 아젤은 목이 매어오는 것을 느꼈다.

이 일로 인해서 그녀가 맞이할 운명을 알고 있었다. 알면서도 했다.

자신을 바라보며 입술을 달싹이는 아젤을 보던 케이알리아가 물고기가 헤엄치듯 허공을 유영하여 다가왔다. 그리고 반투명한 손으로 아젤의 볼을 쓰다듬었다.

물론 시늉뿐이었다. 허상에 불과한 그녀는 결코 아젤을 만질 수 없으니까.

―고마워요.

"……."

―아젤 오빠가 나를 받아들여준 덕분에, 후회 없이 끝낼 수 있었어요.

아테인에 의해 이런 상태로 부활한 이래로, 케이알리아는 늘 실감하고 있었다. 자신이 더 이상 살아 있지 않으며, 이 세상에 속한 존재도 아니라는 것을.

그녀에게 의미 있는 것은 오로지 이 시대까지 남아 있는 옛 인연들뿐이었다. 과거와 연결되지 않은 것에서는 아무런 의미도 찾아낼 수 없었다.

그녀는 오늘 이 순간까지 미처 끝나지 않은 꿈을 꾸고 있었다. 오래전에 끝났어야 할, 하지만 끝내지 못했던 삶을 완성하는 순간을 위해서.

그리고 마침내 그 순간이 왔다.

"너는……."

―쉬잇.

케이알리아는 손가락을 입가에다 대며 생긋 웃었다. 장난꾸러기 같은 미소였다.

―슬픈 말은 하지 말아요. 웃어줘요. 웃는 얼굴로 기억하고 싶으니까.

그 말에 아젤은 억지로 미소를 지어 보였다. 어색하기 짝이 없는 미소였지만, 최선을 다한 미소였다.

―오빠의 웃는 얼굴, 정말 좋아했어요. 인간이던 시절에도 늘 그 얼굴로 기억하고 있었죠.

케이알리아는 배시시 웃으며 고개를 끄덕였다.

그런 그녀의 뒤에 하얀 형체들이 늘어서 있었다. 수호그림자들이었다.

「예언…….」

「예언의 사람…….」

「오랜 숙원…….」

「이루어졌어…….」

전투로 파괴된 숲 곳곳에서 속삭이는 소리가 울려 퍼졌다.

어딜 봐도 수호그림자들의 모습이 보인다. 계속되는 격전으로 수가 많이 줄었지만, 여전히 2천이 넘는 숫자가 주변에 모여 있었다.

하지만 이제 그들과도 작별이다.

케이알리아와 마찬가지로 그들도 위대한 어둠에 존재 기반을 두었다. 위대한 어둠의 소멸은 곧 그들의 존재가 끝났다는 것을 의미한다.

그 사실을 잘 알면서도 그들은 슬퍼하지 않았다. 영혼의 안식을 포기하고 수호그림자가 된 이래 처음으로 기뻐하고 있었다. 숲 속에서 울리는 그들의 속삭임들은 마치 환희의 노래 같았다.

―아젤 오빠.

그 노래 속에서 케이알리아가 뒤로 물러나며 말했다.

―행복해야 해요.

"……."

―안녕.

그녀는 환하게 웃는 얼굴 그대로 어둠 속으로 녹아들듯이 사라져 갔다.

그리고 그녀의 세계가 바뀌었다.

현실세계와의 연결은 끊어졌다. 대신 케이알리아의 본질이 속한 위대한 어둠의 세계가 의식으로 흘러들어오고 있었다.

한때 현실세계에 속했던 존재들, 그리고 그들이 살면서 경험했던 것들로 이루어진 그 세계는 붕괴하고 있었다. 기둥들을 모두 잃었다고 해서 이 세계가 곧바로 사라지는 것은 아니다. 하지만 파멸은 눈앞에 다가와 있었다.
 그 속에서 케이알리아는 자신을 이루는 기억들을 보았다.
 머나먼 옛날, 부모 없이 대지를 걷기 시작했던 때의 일.
 죽음을 두려워하는 마음으로 전생의 비술을 만들었을 때의 일.
 그리고 전생을 거듭하며 서서히 최초의 자신을 잃고 다른 존재로 변질되어가는 과정까지…….
 '케이디카.'
 그녀는 슬픈 숙명을 맞이했던 자신의 쌍둥이 오빠를 보았다. 한 존재에게서 분화되었기에 케이알리아를 용서할 수 없었던 불운한 사람.
 그는 자신에게 가까워지는 케이알리아를 보며 웃었다. 잔혹한 운명에 짓눌리기 전, 서로를 혈육의 정으로 대하며 아껴주던 어린 시절처럼.
 케이알리아는 그를 지나쳐서 계속 기억의 세계를 날았다.
 수많은 이가 그녀를 스쳐 지나갔다. 대부분의 사람은 그 이름조차 기억나지 않는다. 감정을 불러일으키는 존재는 정말로 희귀했다.
 '아테인.'
 그중에 결코 잊을 수 없는 존재들이 있었다.
 그녀를 이루는 기억의 일부이며, 동시에 그 자신이 위대한 어둠에 잔영으로 남아 있는 그는 케이알리아를 보며 미소 지었다. 그 곁에는 케이알리아가 한 번도 본 적 없는 미소를 지은 아인세라가 있었다.

'당신은 구원을 얻었군요.'

　사멸해 가는 세계 속에서, 죽은 자들의 잔영은 서로를 보며 웃었다.

　그를 지나친 케이알리아는 더 깊은 곳을 향해 날았다. 위대한 어둠에 잔영으로 남아 있는 모든 자들을 만나기 위해.

　알마릭은 미련 없는 모습이었다. 둘은 상대에게 경의를 표하며 서로를 스쳐갔다.

　'여어, 수고했다.'

　다른 존재들과 달리 넉살 좋게 말을 걸어온 것은 비상식적으로 커다란 몸을 가진 용마족 남자였다.

　그를 본 케이알리아는 놀라서 눈을 동그랗게 떴다.

　'레이거스.'

　하지만 그것도 잠시, 곧 부드러운 미소를 지으며 그에게 날아가 안겼다.

　후회 없는 삶을 완성한 자들의 잔영은 서로의 미소를 보며 안식의 순간을 맞이했다.

9

　기묘한 울림이 섞인 속삭이는 소리들이 숲 속을 가득 채우며 울려 퍼졌다.

　수호그림자들이 케이알리아의 뒤를 따라 하나둘씩 자취를 감춘다. 마치 달빛에 녹아드는 것처럼.

　그들이 하나씩 사라질 때마다 속삭이는 소리가 아득하게 멀어져갔다. 마치 수백 명의 어린아이가 숨죽여 속삭이는 것 같은 비현실적인 소리들이 점차 줄어들어 가다가, 이윽고 모두가 사라지고 정적만이 남았다.
"…편안히 잠들기를."
아젤은 케이알리아가 만지는 시늉을 했던 볼에 손을 가져가며 중얼거렸다.
결코 있을 수 없는 일이지만, 왠지 거기에는 그녀의 온기가 남아 있는 것만 같았다.

10

루레인 왕국의 용마왕자, 세이가 바일 루레인은 용마궁에서 벌어진 최후의 전투에 결사대로 참가해서 마지막까지 살아남았다. 전투가 끝난 후 그는 아젤 일행과 헤어져서 루레인 왕국으로 귀환, 모친인 용마왕비에게 그동안의 일을 보고한 후 한동안 대외적인 활동을 중지했다.
세이가가 다시 거처를 나선 것은 최후의 전투 이후로 4개월이 지난 후였다.
그 외출은 용마왕자로서 활동하기 위해서는 아니었다. 세이가는 실력 있는 호위 몇 명만을 대동한 채로 미르켈 백작령으로 향했다.
이제는 후계자에게 미르켈 백작위를 물려주고 은퇴 생활을 즐기고 있는 대마법사, 버레인 미르켈을 만나기 위해서였다.
"어서 오시지요, 왕자님."

"오랜만입니다."

세이가가 정중하게 인사했다.

버레인 또한 최후의 전투에 결사대로 참가했고, 살아남았다. 그래서 둘이 서로를 바라보는 시선에는 신분이나 나이 차를 넘어선 경의가 깃들어 있었다.

버레인이 물었다.

"목표는 달성하셨습니까?"

"네, 좀 오래 걸렸지요."

"한번 보여주실 수 있겠습니까?"

"기꺼이."

세이가가 눈을 지그시 감았다가 떴다. 동시에 강맹한 용마력 파동이 뿜어져 나왔다.

―용혼 개방!

반투명한 푸른 용의 형상이 나타나 세이가의 전신을 휘감았다. 동시에 그 주변에서 전기불꽃이 파직거리며 튀었다.

버레인이 감탄하며 물었다.

"과연. 왕자님의 용혼은 천둥용이었군요."

"그렇더군요. 아마 누님도 마찬가지시겠지요."

세이가가 용혼을 해제했다.

지금까지 거처에 처박혀 있던 것은 용혼을 완벽하게 터득하기 위해서였다. 최후의 전투 때, 힘이 부족하여 결정적인 역할을 하지 못한 것에 분한 마음이 있었던 것이다.

버레인이 물었다.

"그런데 무슨 일로 은퇴한 늙은이를 찾아오셨습니까?"

왕도에서 미르켈 백작령까지는 가까운 거리도 아니다. 귀찮음을 감수하고 굳이 찾아왔으니 그만한 용건이 있으리라.

세이가가 말했다.

"용검의 제작을 부탁드리고 싶습니다."

"용검을 말씀입니까?"

용무기는 카이렌과 미르켈이 협력해서 만들어낸 것이다. 물론 그 작업에는 둘 말고도 몇 명이 더 참여했지만 핵심은 두 사람이다. 그들 둘만 모이면 용무기를 만들어낼 수 있지만, 둘을 빼고는 만들 수 없었다.

"예, 재료는 왕실에 확보해 둔 것이 있습니다. 대가도 충분히 치를 겁니다."

용혼을 각성한 이상 세이가는 앞으로도 용마기를 얻을 수 없다. 그러니까 용마기를 제외한 최고의 무기라고 할 수 있는 용검을 갖고 싶었다.

"그리고 용검이라면 나중에 제 후손에게 물려줄 수도 있겠다 싶어서 말이지요."

용마기와 달리 용혼은 자신의 일부라 타인에게 계승해 줄 수 없다. 게다가 아발탄 숲에서 용혼을 계승받을 때 엄격한 조건이 따라붙었는지라 다른 누군가에게 용혼을 가르칠 수도 없었다.

그렇게 생각하니 더더욱 용검을 갖고 싶었다. 나중에 자신이 누군가와 성혼하고, 혹시 아들을 낳게 된다면 하다못해 무기라도 물려줘야겠다는 생각이 들어서였다.

버레인이 고개를 끄덕였다.

"그렇군요. 좋습니다. 마침 좋은 기회군요."

"좋은 기회라니요?"

"슬슬 제자들에게 용무기 제작 기술을 제대로 전수해야겠다고 생각 중이었습니다. 이 귀한 기술을 혼자 끌어안고 죽어서야 되겠습니까?"

"과연."

세이가가 웃었다. 지당한 말이었다.

문득 세이가가 물었다.

"그럼 요즘은 제자들을 가르치는 데 전념하고 계셨던 겁니까?"

"가문의 일들에서야 손을 뗐으니 대체로 그렇지요. 하지만 그것만은 아닙니다."

"그럼?"

"카르자크 공께서 주신 자료로 마족에 대해서 연구하고 있습니다. 수호그림자의 동지들과 함께."

"아……."

세이가는 처음 듣는 이야기였다. 아젤 일행이 마족에 대한 아테인의 연구 자료를 넘겨주면서 공동 연구를 제안한 것은 대부분 마법사였기 때문이다.

버레인이 수염을 쓰다듬으며 웃었다.

"까마득한 훗날에 닥쳐올 일이긴 합니다만, 지금부터 차근차근 준비를 해나가야 아테인의 예측을 벗어날 수 있겠지요. 말년에 이토록 의욕을 낼 일이 생길 줄은 몰랐습니다."

"그렇군요. 혹시 제 도움이 필요하면 말씀해 주시지요. 기꺼이 지원하겠습니다."

"알겠습니다. 향후에는 왕실에도 알려서 연구 규모를 확대하고자 하니 그때 잘 부탁드리겠습니다."

11

자일 빈스는 오랜만에 왕도의 성문으로 들어왔다.

용마공주 아리에타의 직속 기사인 그는 제법 긴 휴가를 받아서 고향인 빈스 자작령에 다녀왔다. 가족들은 그의 방문을 반가워했다. 어린 시절, 자일을 학대하다시피 혹독하게 교육시켰던 아버지도 말은 안 했지만 감격하는 기색이었다.

자일이 아리에타의 직속 기사가 된 덕분에 가문의 사정도 많이 나아져서 가족들의 얼굴도 활짝 피어 있었다. 덕분에 자일은 즐거운 시간을 보내고 복귀할 수 있었다.

"여기일세."

자일은 왕실에 복귀 신고를 하자마자 한 사람과 약속을 잡았다. 왕실 기사단의 일원인 보어 질레드였다.

나이 차가 여섯 살이나 나긴 해도 두 사람은 깊은 우정을 나누는 친구였다. 그가 아니었다면 자일은 왕실 생활에 적응하는데 꽤나 애를 먹었을 것이다.

술집에 자리를 잡고 기다리는 보어를 본 자일이 흠칫 놀랐다.

"아니, 그 상처는 어떻게 된 건가?"

보어의 볼에 선명한 흉터자국이 있었던 것이다. 보어가 머쓱하게 웃었다.

"아, 얼마 전의 임무 때 다쳤지. 새로 들어온 녀석이 주제를 모르고 설치다가 죽을 뻔한 걸 막아주다가 그만."

보어가 그때 일을 생각하며 혀를 끌끌 찼다. 자일이 맞은편에 앉자 두 사람은 술잔을 부딪쳐 건배를 하고는 그동안의 일들을 이야기했다.

"그러니까……."

보어가 다치게 된 사정을 들은 자일의 표정이 묘해졌다.

"꼭 옛날의 자네 같은 신입 때문에 그렇게 됐다는 이야기인가?"

"어이쿠, 이 친구 보게. 다른 사람 구하겠다고 명예로운 부상을 입은 사람을 앞에 두고 그런 식으로 말하기인가?"

보어가 너스레를 떨었다.

꽤나 높은 집안의 자제라서 견습 기간도 없이 정식 기사단원이 된 신입이 주제 모르고 설치다가 죽을 뻔했다. 보어는 그가 못마땅하기는 했지만 동료로서, 그리고 선배로서 못 본 척할 수 없었는지라 부상을 감수하고 그를 구해냈다는 이야기였다.

"그러고 보니 공주님이 며칠 내로 돌아오신다고 하던데, 자네도 그래서 복귀한 건가?"

"그렇지."

자일이 휴가를 받은 것은 아리에타가 대외적인 활동을 중지하고 아젤 일행에 합류했기 때문이었다. 그리고 얼마 전, 그녀가 곧 돌아간다는 소식을 알리자 왕실에서 자일에게 복귀령을 내렸던 것이다.

자일이 말했다.

"휴가를 보내는 동안 분한 마음이 사라지지 않았다네."

"어째서?"

"내가 도움이 되기에는 너무 약해서 공주님을 따라갈 수 없었으니까 말일세."

"……."

"그리고 전설의 영웅들의 싸움이지 않나. 역사에 남지는 않을지언정 우리가 살아가는 세상의 운명을 둔 결전이었지. 나도 한몫 끼고 싶은 마음이 굴뚝같았다네. 그럴 주제가 못 되는 것이 어찌나 분하던지."

"이해할 수 있을 것 같네. 나도 아젤 경의 정체가 그 아젤 카르자크라는 것을 알았을 때 그랬으니……."

보어가 씁쓸하게 웃었다.

아젤이 전설의 영웅 아젤 카르자크라는 사실은 자일을 통해서 전해 들었다. 아젤은 짧은 기간이나마 친구로 사귀었던 보어에게 자신의 정체를 감추고 싶지 않았던 것이다.

그 사실을 알았을 때, 보어의 충격은 이루 말할 수가 없었다. 자신이 역사에 이름을 남긴 전설의 영웅과 친구로 지냈다니.

그런 한편, 아젤의 친구는 될 수 있었어도 진실을 털어놓고 짐을 나눌 동료는 될 수 없었다는 사실이 씁쓸했다. 그러기에는 자신이 너무 부족하다는 사실을 잘 알기에 더더욱 그랬다.

자일이 말했다.

"강해지고 싶다네. 언젠가 그를 다시 만나게 된다면, 당신 덕분에 이렇게 강해졌다고 말해줄 수 있을 정도로……."

아젤은 그들에게 너무나도 많은 것을 주었다. 둘 다 주변에서는 천재라 칭송받지만, 아젤에게 잊힌 비술들을 배우지 않았다면 평생 이 시대의 한계에 갇혀 있었으리라.

보어가 술잔을 내밀며 말했다.

"동감일세. 우리 둘이서 이 시대의 상식을 바꾸는 시발점이 되어 보세나."

"기꺼이."

자일이 그와 술잔을 부딪쳤다.

12

에노라는 지난 4개월간 굉장히 한가하게 지냈다. 모셔야 할 아리에타가 자신을 놔두고 자리를 비웠으니 그럴 수밖에 없었다.

그렇다고 그녀가 일을 안 하고 놀았다는 것은 아니다. 아리에타의 방을 청소하는 것부터 시작해서 시녀로서 해야 할 일은 착실하게 해두고 있었다. 언제 아리에타가 돌아와도 당황하지 않고 맞이할 수 있도록 말이다.

지금도 에노라는 아리에타의 방의 침대 시트를 새것으로 갈아두고 있었다. 침대 시트를 개던 그녀의 뒤에서 누군가의 목소리가 들려왔다.

"에노라."

에노라는 순간 자신이 환청을 들었다고 생각했다.

하지만 곧 그것이 현실의 목소리임을 깨닫고 눈을 휘둥그레 떴다.

"공주님!"

아리에타가 열린 방문으로 들어오고 있었다. 반가워하며 그녀에게로 달려가던 에노라는, 곧 그 자리에 석상처럼 굳어버리고 말았다.

"왜 그러느냐?"

에노라의 급격한 변화에 아리에타가 어리둥절해했다. 감격의 재회를 기대하고 있었건만 대체 왜 끔찍한 것이라도 본 듯 새파랗게 질린 말인가?

"으아아……."

"에노라?"

"말도 안 돼. 이건 정말 말도 안 돼요."

에노라가 못 볼 것을 봤다는 듯 몸을 부들부들 떨었다. 어리둥절해하는 아리에타 앞에서 에노라가 울먹이는 목소리로 말했다.

"다른 곳도 아니고 왕궁인데! 왕궁에서 공주님이 이토록 꾀죄죄하신 모습이라니! 아아아……."

"……."

순간 아리에타는 맥이 풀려서 휘청거렸다.

확실히 그녀의 모습이 말끔하지 못하기는 했다. 아젤 일행과 헤어져 돌아오는 길에도 몸단장은 최소한으로만 했으니 그럴 수밖에.

"으음. 단정치 못하다고 하면 모를까, 꾀죄죄하다고 할 정도는……."

"무슨 말씀이세요! 당장 목욕물을 준비할게요. 돌아오셨으니 국왕 폐하와 왕비마마를 뵈어야 할 텐데 그런 모습으로 가시면 다들 기절하실 거예요!"

"…아니, 두 분 다 수고했다, 대견하다고만 하시던데 말이다."

아리에타의 투덜거림을 들은 에노라가 세상이 무너진 것 같은 표정을 지었다.

즉 아리에타는 저런 모습으로 국왕과 용마왕비를 알현했단 소리가 아닌가? 현기증이 난다.

"아아아, 끝장이에요. 모시는 분을 저런 모습으로 알현장에 보내다니 제 평판은 이제 끝장나고 말 거야……."

"그 문제는 걱정하지 않아도 된다. 입궁하자마자 곧바로 두 분부터 알현했다는 것을 모두 알고 있으니."

아리에타가 에노라의 머리를 쓰다듬어 주었다. 그리고 테이블 앞에 앉으면서 말했다.

"그보다 지금은 향긋한 차 한 잔이 마시고 싶구나. 네가 끓여주는 차가 그리웠다."

"앗, 네! 어떤 차로 내올까요?"

"음. 실연의 상처를 달랠 수 있는 차였으면 좋겠다."

"…네?"

순간 에노라는 자기가 뭘 잘못 들었나 싶었다.

아리에타는 진지한 표정으로 말했다.

"실은 실연당했다."

"고, 공주님께서요?"

"그렇다. 고백도 못해보고 실연당했지만, 꽤나 가슴이 아프더구나."

아리에타가 창밖으로 시선을 던지며 한숨을 쉬었다.

갑자기 폭탄선언을 들은 에노라는 뭐라고 해야 할지 몰라서 입만 뻐금거리고 있었다. 아리에타가 그녀를 돌아보며 물었다.
"누구한테 실연당했냐고 안 물어보느냐?"
"제가 어찌……."
"흠. 너는 눈치가 빠르니 대충 짐작은 할 거라고 생각한다."
"…혹시 아젤 경은 아니겠지요?"
제발 물어봐달라는 태도인지라 에노라는 조심스럽게 물었다. 아리에타가 못마땅한 표정으로 투덜거렸다.
"바로 그 남자다."
"……."
"나쁜 남자 같으니. 그렇게 많은 사고를 쳐놨어도 좋았거늘. 소녀의 마음을 고백할 빈틈 정도는 보여주는 게 예의 아닌가? 뭐가 카르자크 후작령을 재건하고 새로운 인생을 시작한다, 인가?"
아리에타가 투덜거리는 것을 듣던 에노라는 작게 한숨을 쉬고는 슬그머니 차를 끓이러 갔다. 그리고 잠시 후, 마음을 안정시켜 주는 향긋한 차를 따라주었다.
찻잔을 들고 향기를 음미하던 아리에타가 말했다.
"실은 심술이 나서 전해주지 않으려고 했다."
"무엇을요?"
"그 남자가 에노라 네게 전해달라는 말이 있었다."
"저한테요?"
에노라가 눈을 동그랗게 떴다.
아리에타가 고개를 끄덕였다.
"그렇다. 자기는 비제스 왕국으로 가서 카르자크 후작령을 재건할 생각이니, 혹시 나중에라도 생각이 있으면 새로운 카르자크 후작가의 시녀장이 되어달라고 하더구나."

"아······."

에노라의 얼굴이 빨갛게 물들었다.

감격스러운 제안이었다. 세상을 구한 전설의 영웅이, 잃어버린 옛 영지를 찾은 뒤 자신에게 함께 미래를 개척해 보자고 불러준 것이 아닌가?

그녀의 표정을 본 아리에타가 뚱한 기색으로 말했다.

"원한다면 가도 좋다. 비제스 왕국까지는 먼 길이지만, 내가 안전하게 갈 수 있도록 모든 편의를 봐주도록 하마. 당장의 이야기도 아니고 몇 년 후의 이야기고, 분명 꽤나 보람 있는······."

"아니에요, 공주님."

에노라는 자기도 모르게 아리에타의 말을 자르고 말았다. 그녀는 자신이 저지른 무례에 놀라서 흠칫했지만, 곧 침착함을 되찾고 마음속의 품고 있던 말을 아리에타에게 들려주었다.

"제 장래 계획은 이미 촘촘하게 짜놨는걸요."

"흠. 어떤 계획인지 들려주겠느냐?"

"네. 전 공주님이 은퇴하실 때까지 모시다가, 은퇴하시고 나면 공주님을 따라가서 전속 시녀장이 되고 싶어요. 턱짓으로 다른 시녀들을 부리는 지위를 누리다가 좋은 사람 만나서 행복하게 사는 게 제 꿈이랍니다."

"······."

언젠가 아젤에게 이야기했던 꿈이었다. 처음으로 그 이야기를 들은 아리에타가 눈을 휘둥그레 떴다.

그러자 에노라가 자신 없는 목소리로 덧붙였다.

"물론 어디까지나 제가 그러고 싶다는 것이고, 공주님께서 받아주시지 않는다면 다른 일자리를 찾아봐야겠지만······."

"무슨 소리를 하는 것이냐? 대환영이다!"

아리에타가 허둥지둥 말했다. 그녀가 헛기침을 한 번 하고는 확실하게 뜻을 밝혔다.

"내가 은퇴하고 나면 내 영지의 시녀장은 에노라 너 말고는 없다. 약속하마."

"공주님······!"

에노라가 감격했다. 아리에타도 흥분으로 상기된 얼굴로 말했다.

"세계 제일의 게으름뱅이 생활을 하려면 나를 시중들 사람이 뛰어나야 하는 것은 물론이다. 에노라, 너는 아무런 걱정 없이 나만 따라와다오. 내가 최대한 빨리 은퇴할 수 있도록 최선을 다하겠다."

"네!"

에노라가 활짝 웃으며 대답했다.

13

레티시아는 멀리 보이는 도시를 보며 무심코 중얼거렸다.

"아름다운 곳이군."

"그렇지?"

곧바로 대꾸한 것은 카이렌이었다. 그 말에 레티시아는 흠칫 하더니 곧 고개를 끄덕였다.

"당신 부모님이 당신과는 달리 예술적인 감각이 뛰어나셨다는 것을 아주 잘 알겠어."

"하하하. 그렇지."

카이렌이 웃었다.

두 사람은 타란토스 공작령의 중심, 타란토스 성을 보고 있었다.

카이렌이 깊은 감회가 묻어나는 표정으로 말했다.

"정말 오랜만에 돌아오는군. 얼마나 많은 잔소리를 들어야 할지 상상도 못할 지경이야."

아젤을 따라서 이곳을 떠난 지도 자그마치 1년이 넘었다.

정기적으로 꼬박꼬박 소식을 전하기는 했지만, 영주가 부재한 영지를 1년도 넘게 건사해 온 하스반이 얼마나 스트레스를 받았을지는 쉽게 상상해 볼 수 있었다. 아마 돌아가면 정말 폭풍 같은 잔소리를 들어야 하리라.

"다 내 업보니 감수해야겠지."

"그나마 죄를 지었다는 것을 자각은 하고 있군."

"하지만 어쩔 수 없었다. 그때 떠나지 않았다면……."

"않았다면?"

"아젤은 유능한 지휘관이 없어서 허둥거렸겠지."

"…말이나 못하면."

레티시아가 그를 흘겨보았다. 카이렌이 웃었다.

"난 그때 떠난 것을 전혀 후회하지 않는다. 비록 용마전쟁 때처럼 역사에 남진 않을지언정 전설의 영웅과 함께 세계의 운명을 건 싸움도 했고, 레티시아 당신도 만났으니까."

위대한 어둠이 소멸하고, 케이알리아와 수호그림자가 진정한 안식을 얻었을 때 일행의 여정은 끝났다.

축배를 든 일행은 재회의 날을 약속하고 해산했다.

아젤은 비제스 왕국으로 가서 카르자크 후작령을 재건하겠다고 했다. 그리고 라우라는 그 일에 동참할 뜻을 밝혔다.

아리에타는 루레인 왕실로 돌아가서 용마공주로서의 활동을 재개해야 했다.

카이렌도 타란토스 공작령으로 돌아가서 영주로서의 일을 해야 했다.

남은 것은 레티시아뿐이었다. 일생을 지배하던 싸움을 끝마치고 묘한 허탈감에 젖어 있던 그녀에게 카이렌이 자신의 영지로 함께 가자고 제안했다. 달리 갈 곳도 없었던 레티시아는 그 제안을 받아들였다.

"이제 와서 묻기에는 좀 늦은 감이 있는 것 같지만……."

문득 레티시아가 물었다.

"역시 아젤하고는 사전에 이야기를 해뒀었겠지?"

"음."

"솔직하게 밝혀주시지."

"…그랬지."

카이렌이 슬쩍 시선을 피하며 대답하자 레티시아가 혀를 찼다.

아젤은 레티시아에게는 카르자크 후작령을 재건하는 일을 도와달라는 제안을 하지 않았다. 그것은 카이렌이 사전에 아젤과 말을 맞춰뒀기 때문이었다.

"싸움이 끝나면 레티시아에게 나와 함께 가달라고 말할 생각이다. 그러니까 그녀가 내 제안을 거절하기 전까지는 카르자크 후작령 재건에 동참해 달라는 제안을 하지 말아줬으면 좋겠다."

레티시아가 뚱한 표정으로 말했다.
"어디 한번 말해봐."
"뭘 말인가?"
"그렇게 한 이유를 말이지."
"음……."
"나야 향후의 계획도 없었고, 또 당신의 영지에 손님으로 머무르는 것에도 흥미가 있었으니 제안을 받아들였지. 하지만 당신이 나를 초대한 이유는? 그냥 동료라서인가?"
"어, 음. 그게……."
카이렌이 당혹감을 드러냈다. 난처한 기색으로 레티시아를 바라보던 그가 한숨을 푹 쉬었다.
"…나도 제법 오래 살아왔지만 이런 식의 질문은 처음 받아보는군."
"내가 다른 여자하고는 다르다는 건 잘 알고 계시지 않나? 사귄 여자는 많았지만 애는 확실히 없으시다는 타란토스 공작 나리?"
"미안하다. 내가 잘못했다."
카이렌이 항복했다. 그리고 헛기침을 한 번 한 다음 말했다.
"레티시아, 나는 당신이 좋다."
"나도 당신이 좋기는 해."
"……."

레티시아가 대뜸 대답하자 카이렌이 눈을 크게 떴다. 하지만 레티시아는 별로 연심을 고백하는 분위기가 아니었다.

"하지만 당신이 좋다고 한 것과는 좀 다를 거야. 오해할까 봐 덧붙이자면 당신의 마음에 응해줄 수 없다, 그런 이야기를 하는 게 아니라… 나도 당신이 좋기는 한데 일반적으로 남녀가 좋다고 하는 그런 감정을 잘 모르겠어."

"흠. 그러니까……."

카이렌이 조심스럽게 물었다.

"…내가 차인 것은 아니라는 의미인가?"

"일단은."

"그거면 됐다."

"정말로?"

"나머지는 시간을 들여서 해결해 보도록 하지. 내 집에 손님으로 머무는 동안 끈기 있게 꼬시도록 하겠다. 부디 마음을 활짝 열고 기다려 주도록."

"정말이지……."

레티시아가 피식 웃었다.

"뻔뻔한 남자야."

"기왕이면 당당하다고 해주지 않겠나?"

카이렌이 장난스러운 웃음으로 화답했다.

두 사람이 그런 대화를 나누는 동안 타란토스 성이 가까워져 오고 있었다.

14

비제스 왕국은 용마왕 숭배자들의 모략으로 인해서 이에로스 왕국과 전쟁을 벌였다. 하지만 루레인 왕국과 리로스 왕국이 그랬듯, 수호그림자들의 노력 덕분에 종전협정을 맺을 수 있었다.
 전쟁이 꽤나 격화되었었기 때문에 비제스 왕국의 국내 정세는 혼란스러웠다. 그리고 그런 비제스 왕국을 진동시키며 명성을 떨치기 시작한 남자가 있었다.
 아젤 카르자크.
 오래전, 용마왕 아테인을 쓰러뜨리고 용마전쟁을 끝낸 전설의 영웅과 같은 이름을 가진 남자.
 외모까지도 전해 내려오는 영웅의 초상화와 쏙 빼닮은 그 남자는 스스로를 몰살당한 카르자크 후작가의 후예라고 주장했다. 옛 영웅의 명성을 이용하려는 사기꾼으로 매도당하기 딱 좋은 행동이었지만, 놀랍게도 왕의 외척인 치레하 백작과 동부의 대영주 르나스 공작이 그의 말이 사실이라고 지지하고 나섰다.
 이 일이 부른 파문은 엄청났다.
 이후 아젤은 혼란스러운 비제스 왕국을 돌아다니면서 대활약을 펼쳤다.
 전쟁으로 인해서 사람들의 터전을 지키는 병력이 부족해졌다. 그 기회를 놓치지 않고 마물들이 준동했고 그로 인한 피해는 너무나도 컸다.
 아젤은 전국을 돌아다니며 아무런 대가도 받지 않고 그런 마물들을 무찌르며 사람들에게 인정받았다.
 남부 지방의 오크 도적단을 몰살시키고, 베르단 지방에서 날

뛰는 서리용을 동료 마법사와 단둘이서 쓰러뜨리는 위업에 사람들은 하나같이 그가 영웅의 후예가 틀림없다고 떠들어대었다.
아젤은 늘 자신의 목표를 당당하게 밝히고 다녔다.

"마물들에게 빼앗긴 카르자크 후작령을 되찾을 것이다."

그는 비제스 왕실이 그럴 수 있는 권리를 인정해 주기를 원했다.
사람들은 그를 영웅으로 칭송했고, 치레하 백작과 르나스 공작을 필두로 한 여러 귀족이 그의 활동을 후원했다. 그리하여 활동을 시작한 지 8개월 만에 아젤은 비제스 왕실에 카르자크 후작가의 계승자임을 공식적으로 인정받고, 카르자크 후작령을 수복할 수 있는 권리를 손에 넣게 되었다.
왕실은 병력은 지원해 주지 않았다. 그러나 아젤이 카르자크 후작령 수복을 시작할 것을 공언하니 그를 선망하는 이들이 전국 각지에서 모여들기 시작했다.

15

"겨우 여기까지 왔군."
아젤은 막사에 앉은 채로 중얼거렸다.
서서히 동이 터오고 있었다.
바깥은 돌아다니는 사람들로 인해서 소란스러웠다. 제각각 통일되지 않은 무장을 갖춘 그들은 아젤을 선망하여 카르자크 후작령 수복에 동참하고자 온 이들이었다.

그 수는 천여 명에 이른다. 아젤이 명성을 떨쳤다고는 하나 카르자크 후작이라는 허울 좋은 감투 말고는 아무런 기반도 없고, 대가를 제시하지도 않았다는 점을 감안할 때 기적 같은 숫자였다.

"오래 걸렸네."

그렇게 말한 것은 라우라였다.

아젤에 대한 소문 속에는 항상 그와 함께 다니는 아름다운 금발의 용마족 소녀의 존재가 있었다. 사람들은 모두 두 사람이 연인일 거라고 확신했고 그것은 사실이었다.

아젤이 고개를 갸웃했다.

"오래 걸린 건가? 채 1년도 안 걸렸는데……."

"쓸데없이 힘을 숨기지 않았으면 더 빨랐을 거야."

아젤은 자신의 진정한 힘을 감춘 채로 활동해 왔다. 이 시대 사람들은 그가 전설적인 무력의 소유자라고 칭송했지만 그것은 그야말로 과일의 겉면만을 핥아보고 맛을 품평한 격이었다.

아젤이 고개를 저었다.

"그렇지는 않았을 거야."

"사람들이 당신을 두려워했을 거라고?"

"이 시대 기준으로 보면 내 힘은 능히 국가를 위협할 수 있는 힘이니까."

용마전쟁 때는 괜찮았다.

아테인이 이끄는 용마왕군은 너무나도 강대한 재앙이었고, 나딕 제국은 전대륙을 지배하는 통일 제국이었으며, 그 안에는 강한 개인이 수두룩해서 집단의 역량을 모은다면 초인적인 한 사람을 충분히 막을 수 있었으니까.

하지만 이 시대는 다르다. 아젤이 진정한 힘을 드러낸다면 민중은 열광할지 몰라도 지배자 계층은 극도로 두려움을 느낄 것이다.

"어차피 우리는 이 시대의 일원으로 살아가야 해. 그런데 이 시대 사람들을 적으로 만들면 안 되지. 지지해 준 수호그림자들에게도 감사하고 있어."

아젤이 카르자크 후작가의 후예로 인정받는 데 크게 공헌한 치레하 백작과 쿠르나스 공작은 수호그림자의 일원이었다. 자신들의 숙원을 풀어준 아젤에 대한 경의에, 그를 비제스 왕국의 일원으로 삼을 수 있다는 현실적인 이득까지 있었기에 전폭적인 지지를 보여줬던 것이다.

라우라가 물었다.

"그래도, 더 욕심 부렸어도 괜찮지 않았을까?"

"어떤 욕심 말이지?"

"카르자크 후작령이 아니라, 카르자크 왕국이 될 수도 있었을 텐데."

카르자크 후작의 작위는 나딕 제국 시절의 것이다.

지금 대륙을 지배하는 일곱 왕가도 그 시절에는 대영주 가문에 불과했다. 그러니 아젤이 카르자크 왕국을 목표로 삼을 수도 있지 않겠는가?

아젤이 씩 웃으며 물었다.

"왜? 왕비님이 되고 싶어?"

"아니."

"그럼 왜?"

"그냥. 영웅이 왕이 되는 것이 당연한 이야기 같아서."

"내가 꿈꾸는 것은 카르자크 후작령을 사람 사는 곳으로, 살기 좋은 곳으로 만드는 거야. 그 이상의 일은… 그래, 훗날의 가능성으로 남겨두자."

"우리 자식 계획처럼?"

"쿨럭!"

기습적인 라우라의 말에 아젤이 사레들려서 격하게 기침을 했다. 아젤이 얼굴이 빨개져서 그녀를 돌아보았다.

"…그, 그래. 그렇지"

"서두르자는 이야기는 아냐. 보금자리는 마련해 놓고 할 일이지."

라우라가 무표정한 얼굴로 혀를 쏙 내밀었다. 그것을 본 아젤이 한숨을 푹 쉬었다.

"너도 성격 참 많이 변했어."

"심술쟁이 누구누구 씨랑 같이 있다 보니까."

"나 참."

아젤은 그녀를 끌어안고 가볍게 입을 맞추었다.

지난 1년간 둘은 연인이 되었다. 과거의 그림자로부터 해방된 아젤이 스스로의 마음에 솔직해졌고, 라우라도 그것을 받아들였던 것이다.

곧 아젤이 막사 입구를 나서면서 말했다.

"그럼 가볼까?"

라우라가 고개를 끄덕였다. 워낙 표정변화가 미미해서 다른 사람은 알아볼 수 없지만, 아젤은 그녀가 미소 짓고 있다는 것을 알았다.

밖으로 나온 두 사람을 발견한 사람들이 술렁였다. 자신에게 집중되는 무수한 시선을 느끼면서 아젤은 하늘을 향해 손을 뻗었다.

그러자 하늘 한구석에서 섬광이 폭발, 새벽의 어둠을 갈가리 찢으면서 그의 손 위로 내리꽂혔다. 폭발하는 빛 속에서 푸른 검을 든 아젤이 망토를 펄럭이며 걸어 나오자 사람들이 열광적으로 함성을 질렀다.

와아아아아아!

울려 퍼지는 함성 속에서, 아젤과 라우라는 마경이라 불리는 카르자크 후작령으로 나아가기 시작했다.

아젤이 펼쳐진 숲의 저편을 바라보며 말했다.

"자, 이제 시작이다."

마침내 과거의 그림자로부터 벗어난 새로운 삶이 시작되고 있었다.

『용마검전』 완결

후기

장편 하나를 끝내고 나면 늘 시원섭섭함이 밀려옵니다. 긴 시간 동안 붙잡고 있던 이야기를 끝냈다는 충실감, 해방감도 있지만 언제나 머릿속 한구석을 차지하고 있던 녀석들을 떠나보낸다는 사실이 아쉽지요.

'용마검전'은 정말이지 우여곡절이 많은 이야기였습니다.

출판사의 사정으로 출판이 중단되고, 전자책 연재가 중단되는 일은 작가 생활하면서 처음 겪는 위기였지요. 정신적으로도 타격이 컸습니다.

하마터면 그대로 작품 하나가 끝장날 뻔도 했지만 새로운 출판사에서 다시 책을 낼 수 있게 되었고, 전자책 연재도 여러 연재처에서 재개해서 여기까지 왔습니다.

힘든 일들을 극복하고 구상해 둔 이야기를 모두 풀어내어 무사히 마무리 지을 수 있었던 것은 이 작품을 사랑해 주신 독자 여러분들 덕분입니다.

어려운 상황에서 이 작품을 지지해 주신 여러분, 끝까지 함께 해 주신 여러분 모두 감사드립니다.

매번 그렇지만 이번에도 집필 중에 많은 분에게 신세를 졌습니다.

원고를 보면서 도움 되는 조언을 해주었던 친구들, 언제나 근사한 일러스트를 그려주시는 지엘 님, 한 번 출판이 중단되었던 책을 흔쾌히 재간해 준 청어람 출판사에 감사의 말을 전합니다.

전 아직 진행 중인 '성운을 먹는 자'를 끝내고, 또 새로운 이야기로 찾아뵙도록 하겠습니다.

2015년 5월
김재한

작가 블로그 http://rona13.egloos.com/
작가연합 CUG http://www.fancug.com/

이 시대를 선도하는 이북 사이트

이젠북

www.ezenbook.co.kr

더욱 막강해진 라인업!
최강의 작가들이 보이는 최고의 재미.

이들의 "유료연재"가 시작됩니다!

김재한 『성운을 먹는 자』
홍정훈 『월야환담 광월야』
이지환 『어린황후』
좌백 『천마군림 2부』
김정률 『아나크레온』

태제 『태왕기 현왕전』
전진검 『퍼팩트 로드』
방태산 『완벽한 인생』
왕후장상 『전혁』
설경구 『게임볼』

검색창에 을 쳐보세요! ▼ 🔍

네르가시아 장편 소설
FUSION FANTASTIC STORY

THE MODERN MAGICAL SCHOLAR

현대 마도학자

나르서스 제국의 전쟁영웅이자
마나코어를 개발한 천재 마도학자 카미엘!

그러나 제국의 부흥을 위한 재물이 되어
숙청당하는데…….

『현대 마도학자』

죽음 끝에 주어진 또 다른 삶.
그러나 그에게 남겨진 것은 작은 고물상이 전부였다.

**더 이상의 밑은 없다!
마도학자의 현대 성공기가 시작된다!**

Book Publishing CHUNGEORAM
WWW.chungeoram.com

내일을 향해 쏴라

김형석 장편 소설

FUSION FANTASTIC STORY

1만 시간의 법칙!
'성공은 1만 시간의 노력이 만든다'는 뜻이다.

그러나…
사회복지학과 복학생 수.
전공 실습으로 나간 호스피스 병동에서
미지와 조우하다.

1만 시간의 법칙?
아니, 1분의 법칙!

**전무후무한 능력이 수에게 강림하다!
맨주먹 하나로 시작한 수의
인생역전이 시작된다!**

www.chungeoram.com

즐거운 인생

미더라 장편 소설

FUSION FANTASTIC STORY
A Bittersweet Life

삶의 의욕을 모두 잃은 주혁.
어느 날 녹이 슨 금속 상자를 얻는데…….

"분명 어제도 3월 6일이었는데?"

동전을 넣고 당기면 나온 숫자만큼 하루가 반복된다!

포기했던 배우의 꿈을 향해 다시금 시작된 발돋움.
눈앞에 펼쳐진 새로운 미래.

과연 그는 목표를 이루고
인생을 바꿀 수 있을 것인가!

Book Publishing CHUNGEORAM

WWW.chungeoram.com

이모탈 퓨전 판타지 소설
FUSION FANTASTIC STORY

워리어
Warrior

최강의 병기 메카닉 솔져,
판타지 세계로 떨어지다!

서기 2051년.
세계 최초의 메카닉 솔져 이산은
새로운 세계에 발을 딛게 된다.

"나는… 변한 건가?"

차가운 기계에서 따뜻한 피가 흐르는 인간으로!
카이론의 이름으로 새롭게 시작하는
진정한 전사의 일대기!

Book Publishing CHUNGEORAM

유행이 아닌 자유추구 -
WWW.chungeoram.com

데일리 히어로

FUSION FANTASTIC STORY

인기영 장편 소설

지금까지 이런 영웅은 없었다!
『데일리 히어로』

꿈과 이상을 가진 평.범.한. 고딩 유지웅.
하지만……
현실은 '빵 셔틀'일 뿐.

그러던 어느 날, 유지웅의 앞에 나타난 고양이.
그(?)로 인해 모든 것이 바뀌었다.

선행! 선행! 그리고 또 선행!
데일리 히어로 유지웅의 선행 쌓기 프로젝트!

Book Publishing CHUNGEORAM

유행이 아닌 자유추구
WWW.chungeoram.com

강준현 장편 소설

FUSION FANTASTIC STORY

개척자
Pioneer

『복수의 길』의 강준현 작가가 선보이는
2015년 특급 신작!

글로벌 기업의 총수, 준영.
갑자기 찾아온 몽유병과 알 수 없는 상황들.

"…누구냐, 넌?"
혼돈 속에서 순식간에 바뀐 그의 모든 일상.
조각 같던 몸도, 엄청난 돈도, 뛰어난 머리도 모두, 사라졌다!

스스로도 알 수 없는 낯선 대한민국의 밑바닥부터
다시 시작해야 하는 준영.

"젠장! 그래, 이렇게 산다!
대신 나중에 바꾸자고 하면 절대 안 바꿔!"

그는 과연 이 상황을 극복하고 자신의 운명을
새롭게 개척해 나갈 수 있을 것인가!

Book Publishing CHUNGEORAM

유행이 아닌 자유추구 -
WWW.chungeoram.com

글샘 장편 소설
FUSION FANTASTIC STORY

세상을 다 가져라

[세상을 다 가져라]

문피아 선호작 베스트 작품 전격 출간!
현대판타지, 그 상상력의 한계를 넘어서다!

권고사직을 당한 지 2년째의 백수 권혁준.

우연히 타게 된 괴상한 발명품으로 인해
과거로 회귀한다!

그런데
과거로 온 혁준의 손에 들려 있는 것은 바로
최신형 스마트폰!

"까짓 세상, 죄다 가져 버리겠다 이거야!"

백수였던 혁준의 짜릿한 인생 역전이 시작된다!

Book Publishing CHUNGEORAM

WWW.chungeoram.com

야차전기

임영기 新무협 판타지 소설

FANTASTIC ORIENTAL HEROES

『무정도』,『등룡기』의 작가 임영기.
2015년 봄, 야차가 강림한다!

"오 년 후에 백학무숙을 마치게 되면
누나를 찾아오너라."
가문의 멸망.
복수만을 꿈꾸며 하나뿐인 혈육과 헤어졌다.
하지만 금의환향의 길에 벌어진 엇갈림…

모든 것이 무너진 사내 화용군!
재처럼 타버린 위에
삼면육비(三面六臂)의 야차가 되어 살아났다!

악이여, 목을 씻고 기다려라!

Book Publishing CHUNGEORAM

유행이 아닌 자유추구 -
WWW.chungeoram.com

우각 新무협 판타지 소설

FANTASTIC ORIENTAL HEROES

2014년의 대미를 장식할, 작가 우각의 신작!

『십전제』, 『환영무인』, 『파멸왕』…
그리고,

『북검전기』

무협, 그 극한의 재미를 돌파했다.

북천문의 마지막 후예, 진무원.
무너진 하늘 아래 홀로 서고, 거친 바람 아래 몸을 숙였다.

살기 위해! 철저히 자신을 숨기고
약하기에! 잃을 수밖에 없었다.

심장이 두근거리는 강렬한 무(武)!
그 걷잡을 수 없는 마력이,
북검의 손 아래 펼쳐진다!

Book Publishing CHUNGEORAM

- 유행이 아닌 자유추구 -
WWW.chungeoram.com